남자 금지 게임 세계에서 내가 해야 할 유일한 일

2

하자쿠라 료
Ryo Hazakura

[illust.] hai

백합 사이에 낀 남자로 전생해 버렸습니다

EVERYTHING FOR THE SCORE

[VOLUME] TWO

DANSHI KINSEI GAME

SEKAI DE

ORE GA YARUBEKI

YUIITSU NO

KOTO

츠키오리 사쿠라

오필리아
폰리아
마지라인

NAME 산죠 히이로

남자 **금지** 게임세계에서 **내**가 해야 할 **유일**한 일

백합 사이에 낀 남자로 전생해 버렸습니다

2

하자쿠라 료
Ryo Hazakura

[illust.] hai

커버 그림, 본문 일러스트 | hai

폭발한다.

폭발, 폭발, 폭발.

잇달아 연쇄하여 터진 빛과 소리와 화염이 사막 일대를 날려 버린다.

아프리카 대륙과 수단 북동부—— 누비아 사막.

나일강 유역에 있는 쿠시 문명 유적 중심으로 금빛 모래 먼지가 자욱하게 피어오르고, 맹렬하게 인 사풍이 수많은 피라미드를 감싼다.

잘려 나간 피라미드의 정점이 회전하며 허공을 떠돈다.

꼭대기 부분은 모랫바닥에 내동댕이쳐졌고 곱지도 거칠지도 않은 갈색 모래가 대량으로 튄다.

뭉게뭉게 모래 먼지가 피어오른다.

모래 먼지는 돌풍과 함께 모래 폭풍에 휩싸였고—— 그 폭풍우 한가운데서 사람 그림자가 튀어나왔다.

왼팔이 없는 인간.

검은색과 금색 군복 코트를 어깨에 걸치고 그 아래 진홍색 약식 군복을 걸친 여성이다. 잃어버린 왼팔이 그 내부에서 몸부림치는 듯 군복 왼쪽 소매는 돌풍에 나부꼈고, 미소를 띤 그녀의 오른팔은 주머니에 들어가 있었다.

그 그림자를 쫓아 세 개의 마영(魔影)이 나타났다.

심연의 악마(그레이터 데몬).

유적(幽寂)의 소희(宵姬)(뱀파이어 로드).

죽은 어둠의 왕(리치 킹).

마인을 따르는 세 마리 권속은 그 이름에 걸맞은 실력으로 각자 매직 디바이스를 통해 눈앞에 있는 왼팔 없는 영웅에게 모든 힘을 쏟아냈다――. 공중에 푸른 마력의 빛이 용솟음친다.

영웅의 오른손은 여전히 주머니 속에 있다.

평범한 사람이 봐선 알 수 없는 난사와 응수, 촘촘히 짜인 전술, 힘과 힘의 충돌.

혼자 몸으로.

세 마리 권속을 압도한 그녀는 눈을 번뜩이며―― 한 놈의 안면을 부수고 한 놈의 머리를 발로 부수고 한 놈의 장기를 파괴했다.

세 몸뚱이가 소리를 내며 땅에 엎어진다.

모래 폭풍 중심에 군림한 그녀는 광활한 사면에 발을 내디딘다.

그 시선 끝에도 사람이 하나 있다.

상표가 가려진 담뱃갑에서 담배를 꺼내 유유히 연기를 들이마시는 마인――, 알스하리야는 쓴웃음을 띠었다.

"브라운 레스 브라켓라이트."

마인에게 그렇게 불린 인간――『왼팔 잃은 영웅』이란 이명을 가진 그녀는 어깨를 으쓱하더니, 온몸을 떨며 손에 든 담배에서 연기를 들이마신다.

자기 손에서 홀연히 사라진 담배를 발견한 알스하리야는 더욱 쓰게 웃는다.

"이봐, 너 언제 담배 같은 걸 피우게 된 거야?"

"아니, 안 피워……. 피부에 해롭거든."

그녀는 칠흑색 코트를 나부끼며 담배를 으스러뜨려 소멸시킨다. 흔적도 찾아볼 수 없는 그것은 모래 폭풍 속으로 사라졌다.

"그냥 심술이지."

알스하리야는 눈을 내리떴고 브라운은 어깨를 으쓱한다.

"알스하리야, 슬슬 이 몸과 원수지고 사는 데도 질렸지? 붙었다가 떨어졌다가 하는 게 과학 수업에서 하는 S극과 N극 실험도 아니고, 슬슬 명쾌하고 단순하게 결판을 내자고."

"전부터 생각한 건데."

손가락을 튕겨 손끝에 불을 밝힌 마인은 담배에 불을 붙인다. 연기를 내뱉고 입꼬리를 더 끌어올리며 속삭인다.

"그 『이 몸』이라는 일인칭은 아주 멍청해 보여. 나는 천박한 원숭이가 싫거든. 특히 남의 뒤를 졸졸 쫓아다니는 스토커 기질이 있는 유인원은 질색이야."

"이 몸은 재패니즈 코믹을 통해 배웠어."

브라운은 자신만만하게 미소를 띤다.

"『이 몸』이라는 일인칭을 쓰는 캐릭터는…… 강해……!"

"아니, 『이 몸』이라는 일인칭을 쓰는 캐릭터는 대부분 전투력 측정기야."

깜짝. 브라운은 두 눈을 크게 뜨며 온몸을 흔든다.

"노, 농담이지……? 히, 히즈미 녀석. 나, 날 속인 건가…….

처, 철석같이 믿었는데……. 이 나이까지, 믿고 살았는데……. 왜, 왠지 남들이 날 짠하다는 눈으로 본다 싶더라니……. 이, 이 몸의 멋진 이미지가…… 와르르……!"

"브라운, 슬슬 나와 이러고 노는 데도 질렸지?"

알스하리야는 두 팔을 벌렸고── 그녀 뒤에서 대량의 안개가 등장하더니 모래와 안개가 뒤섞인 환상의 세계를 만들어냈다.

"끝을 내자."

"좋은걸."

그에 맞서는 브라운은 오른팔을 뻗더니 검지로 마인을 부른다.

"그런 단순한 건 아주 좋아해."

인간과 마(魔), 그 모습이── 사라진다.

푸른 빛.

누비아 사막의 모래와 흙과 자갈이 강렬한 섬광으로 인해 희푸르게 물들었다.

비정상적인 양의 마력이 서로 충돌해, 그 여파로 모래란 모래가 모두 날아올라 한 시대를 쌓아 올린 문명의 유적이 기운다. 갖은 곳에서 희푸른 마력이 폭발했고 그 자초지종을 내려다보는 태양이 지상의 전투를 더욱 뜨겁게 달구었다.

"여전하군!"

핏물을 튀기면서 알스하리야가 웃는다.

"무식하게 빨라, 브라운 레스 브라켓라이트! 내가 눈으로 완벽하게 쫓지 못하는 건 너 정도뿐이야! 그것만은 높게 평가하지!"

"네가 느린 거야, 멍청아! 네가 느린 걸 남을 띄워주며 무마하려 들지 마!"

서로의 목숨을 깎아내는 사투.

분해된 피라미드의 돌이 공중을 떠돌며 브라운을 쳤고 그 돌에 매달린 브라운은 뇌광과 함께 모습을 감추었다.

하늘에 다리가 걸린다.

아니, 그것은 한 영웅이 만들어 낸 자전(紫電)의 다리였다.

"마력의…… 레일……!"

알스하리야는 경악했고── 영웅의 수족이 날아온다.

보랏빛 번개로 변한 브라운은 일직선상으로 마인을 향해 질주했고, 주머니에서 빼낸 오른쪽 주먹이── 얼굴을 붙든다.

그 일격이 추세를 정했다.

서서히, 알스하리야의 온몸이 무너져내렸다. 그녀의 얼굴에 괴로움과 절망이 스친다.

브라운은 승리를 확신하며 웃다가 발견하고 말았다.

한 아이를.

갈색 피부를 가진 어린 친구를 발견한 브라운은 그녀의 표정이 공포에 물드는 것을 알아챘고, 이어서 마인이 유쾌하다는 듯 웃는 것을 발견했다.

"…………윽!"

레일이 뒤틀린다.

무리하게 도달점을 바꾼 탓에 브라운의 온몸이 비명을 지르면서 무너지기 시작했고, 피가 뿜어져 나왔다.

하지만 그녀는 가장 빠르다고 평가받는 마법사의 실력을 유감

없이 발휘했다.

빠르게 달려서——, 날아온 안개의 검날로부터 아이를 감싸 온몸을 방패로 쓴 것이다.

"…………."

아이의 온몸을 감싼 브라운의 몸에 안개의 칼날이 깊숙이 박혔다. 한눈에 봐도 알 수 있을 만큼 치명상을 입은 그녀는 미소 짓는다.

"……이쪽으로 놀러 오지 말라고 했지, 아티파?"

아티파라고 불린 소녀는 울면서 도리질을 쳤다.

"아, 아니야……. 마, 마을이…… 마을이 마물에게 습격당해서……. 그래……, 그래서 브라운 씨를 불러오라고……. 다, 다들…… 다들, 이대로 두면 죽을 거야……."

브라운의 눈이 천천히 커졌고, 그 시선 끝에 있는 마인은 웃었다.

"이봐, 어쩌다 우연히 그 애가 나를 궁지에서 구해줬다고 생각한 거야?"

알스하리야는 손끝으로 자기 옆통수를 툭툭 쳤다.

"이거 원, 인간이란 뭐 이리 어리석고 나약하고 사랑스러운 생물인지. 늘, 늘, 늘 합리성보다 감정을 우선시하니까 지는 거야. 딱 한 발짝이면 나를 쓰러뜨릴 수 있었는데도 개미 새끼 하나를 감싸는 어리석은 선택을 한 네 그 우직함에 실로 웃음이 나는걸."

두 팔을 벌린 그녀는 비웃으며 정중히 인사한다.

"처음으로 네가 좋아졌어."

상처를 누르고 비틀거리며 일어난 브라운은 아티파의 머리를 툭툭 쓰다듬었다.

"울지 마, 괜찮아……. 마을로 돌아가자……."

"이봐, 그런 빈사 상태로 마을로 가겠다고? 아하하, 대체 얼마나 날 웃길 셈이야, 너? 아무리 그게 잘나신 영웅의 역할이라지만, 목숨이 간당간당한 빈사자가 그만한 마물을 쓰러뜨릴 수 있을 것 같아?"

"브, 브라운 씨……. 하지만, 피가……. 의, 의사 선생님께 가야 해……. 이러다 주, 죽어……."

미소를 띠며 소녀를 끌어안은 브라운 레스 브라켓라이트는 달렸다.

태양이 저문다.

노을이 누비아 사막을 적갈색으로 물들인다.

"…………."

대량의 마물 시체에 둘러싸여 빛을 잃은 두 눈으로 허공을 응시한 영웅은 갈가리 찢겨 나간 몸을 잔해에 기댄다.

남은 상반신에 매달려 오른팔에 보호받은 아티파는 오열한다.

"……놀랐네."

무너진 누비아 마을 중심에서 알스하리야는 한 영웅을 내려다본다.

"설마 빈사 상태에서 마물을 끝장낸 데다 마을 사람을 다 도망 보내고 그 짐짝까지 지켜낼 줄이야……. 내 예상에 없던 전개인데……. 어떻게 이런 일이 가능하지……. 인간……, 네 그 원천은 대체 뭐냐……."

어디서 나는 것인지 모를 폭발음이 울리기 시작했고 알스하리야는 혀를 찬다.

"이 마력, 에스틸파멘트인가……. 조금이라도 소란을 피우면 바로 등장하는 쓰레기 같으니……."

아티파를 바라본 부하를 알스하리야는 한쪽 팔을 들어 저지한다.

"눈치 없게 굴지 마, 경의를 표해야 할 장면이니까. 울다 지친 어린아이 앞에서 장난감을 망가뜨려 봤자 하나도 재미없거든."

마인은 미소를 띤다.

"역시 인간은 흥미로워. 너를 싫어했는데 꽤 즐거웠어. 하지만 죽으면 거기서 끝이야. 승자만이 생존을 쟁취하고 본인의 뜻을 관철할 수 있지. 아쉽지만 더는 너든 네 동료든 떠올릴 일이 없을 듯하군."

그런 말을 남기고 알스하리야는 떠났고——, 매달리는 아티파의 시선 끝에서 브라운의 눈이 빛을 되찾았다.

"……이즈디하르?"

"아, 아니. 엄마가 아니야……. 아티야……, 아티파……."

"아아……, 아티구나……. 왜 그래, 이런 데서……. 왜……."

브라운은 시야에서 흐느껴 우는 소녀에게 웃어 보였다.

"왜, 울고 있어……."

그제야, 상반신만 남은 무참한 자신을 발견하고 자기 운명을 깨달은 영웅은 떨리는 손으로 품을 뒤졌다──. 그리고 파피루스로 감싼 송곳니를 꺼내 아티파에게 건넨다.

"아티파……, 맡겨도 될까……?"

"마, 말, 말하지 마……. 의, 의사 선생님을 불러올게……. 기, 기다려……. 여기서 기다려요……!"

달려가려 하는 소녀의 팔을 붙들고 강제로 그 손에 송곳니를 쥐여준다.

"여기에는 이 몸의 마력이 담겨 있어……. 동료들의 마력도……. 그리고 네 엄마의 마력도……, 가져가……. 반드시…… 반드시, 필요해질 거야……. 언젠가 이 땅에 영웅이 내려오겠지……. 그때에 대비해……."

브라운은 만면의 미소를 띤다.

"의지를…… 이어가렴……."

"싫어……. 죽지 마……. 죽지 마, 브라운 씨……."

그녀는 오열하는 아티파의 뺨을 어루만지며 어머니를 닮은 아름다운 얼굴을 응시했다.

"아티……, 어머니께 받은 그 깨끗한 피부를 소중히 여기렴……. 피부 관리는 게을리하지 마……. 이 부근은 금방 살이 거칠어지니까……. 웃어……. 자, 웃어 줘……. 부탁이야……. 마지막으로…… 마지막으로…… 네 미소가 보고 싶어……."

울면서.

필사적으로 웃는 아티파를 보고 브라운은 입꼬리를 바르르 떨며 고개를 끄덕인다.

"가……. 가까이에 에스틸파멘트가 있어……. 그 녀석은, 아이만은 아끼니까…… 도와 달라고 해……. 행복…… 행복해지렴, 아티……. 어른들 몫까지……. 씩씩하게 살아……. 너는…… 내 자랑이야……."

"브라운 씨──."

"가!"

마지막 힘을 쥐어 짜낸 브라운은 절규했다.

브라운이 맡긴 송곳니── 코핀(관장, 棺杖)이라는 이름의 아이템을 끌어안고 흐느껴 울면서 아티파는 달렸다.

"…………."

혼자 남은 브라운은 차가워져 가는 온몸과 흐릿한 시야를 받아들이고, 바르르 떨리는 손끝으로 사진을 꺼냈다.

거기 찍힌 자신과 친구가 남긴 외동딸 루리의 모습을 보고 미소 짓는다.

"히즈미……, 미안, 네 딸이 성장하는 모습은 못 볼 것 같아……. 하지만 루리라면 괜찮아……. 그 아이는 착한 아이야……. 아주 착한 아이야……. 씩씩하게 자라서 많은 사람을 웃게 할 거야……."

힘을 유지할 수 없어 사진을 들었던 오른손이 덜컥 내려간다.

"아이미아, 넌 끝까지 결혼을 못 했지……. 역시 넌 금방 손이 올라가는 게 문제야……. 소피, 네 의붓여동생은 흉포해서 감당이 안 돼……. 마지막 말이 날 신부로 맞아 줘라니……. 우, 웃기지도 않아……. 이즈디하르……, 네 딸은 발이 빠르네……. 벌써 저기까지 갔어……. 하하, 빠르다, 빨라…….”

시야가 거무스름해지며 의식이 현세에서 멀어졌다.

브라운 레스 브라켓라이트는 자신이 늘 달려왔단 걸 떠올렸다.

계속.

계속, 계속, 계속 달렸다.

그녀는 누구보다 빨랐기에 아무도 따라오지 못할 줄 알고 있었다.

하지만 달리기를 그만둘 수 없었다.

자신이 골에 도달하지 않으면 누군가가 운다는 걸 알고 있었기에.

누군가를 웃게 하려고 필사적으로 열심히 두 발을 움직여 달린 것이다.

돈이 없어서 신발이 없으면 맨발로, 너덜너덜한 셔츠와 바지를 입고 진흙투성이 족적을 남기며 달렸다.

그런 자신을 바보 취급하는 사람도 있었지만 분명 언젠가는 도착하리라 믿고 오로지 앞을 보고 달렸다.

혼자였기에, 도와주는 사람도 없었기에 너무 힘들어서 멈추려고 여러 번 생각했지만 누군가가 웃어 주었기에 받아들일 수 있었다.

하지만 언제부턴가.

자신을 뒤쫓는 발소리가 들렸다.

죽을힘을 다해 쫓아오는 사람들이 있다는 것을 알아차렸다.

이런 자신에게도 동료가 있구나 싶었다. 자신과 함께 행복한 결말을 지향하는 동지가 있다는 게 참을 수 없이 기뻤다.

기뻐서, 기뻐서, 기뻐서 그녀는 계속해서 더욱 빠르게 뛰었다.

누군가가 따라오도록, 누군가가 이을 수 있도록, 누군가가 따라와 주도록.

함께 달리는 건 즐거웠다.

하지만 언젠가.

뒤에서 들리던 발소리가 끊겼고 뒤를 돌아보니 아무도 없었다.

그래도 그녀는 계속해서 달렸다.

소리가 들렸기에.

함께 달리던 맹우들의 목소리가—— 들렸기에.

그래서 그녀는 달렸다.

누군가의 미소를 위해, 브라운 레스 브라켓라이트는 계속해서 달렸고—— 의식을 되찾았다.

"아아, 뭐야……."

함께 달리던 동료들이 자신을 에워싸고 바라보며, 격려하듯 다정한 미소를 띠고 있었다.

"역시 다들, 같이 뛰고 있었나……. 나…… 혼자인 줄 알았어……. 하하……, 착각했네……. 그래……, 그렇구나……. 계속 달린 거구나……, 어릴 적부터……, 쭉……, 잘 따라와 줬어, 나 같은 걸……. 왜 나 같은 걸……, 미안……, 미안, 다들…… 그렇게 달렸는데 골까지 가지 못했어……. 미안해……."

눈물을 흘리는 브라운에게 그녀들은 살며시 다가온다.

"그래……."

동그래진 눈꼬리에서 눈물이 흘러내렸다. 친구들의 뜻을 이해하고 와들와들 떨면서—— 영웅은 웃었다.

"나…… 멈추지 않길…… 잘한 건가……."

달린다.

달린다, 달린다, 달린다.

어린 자신이 끝없이 달리는데—— 그 뒷모습이 한 소녀와 겹쳐 보인다.

눈이 뜨인다.

아주 잠깐, 신께서 주신 마지막 시간.

몇 번이고.

몇 번이고, 몇 번이고, 몇 번이고.

비틀거리면서도 열심히 달리는 아티파의 뒷모습을 동경 어린 눈길로 바라본 브라운은 손을 뻗는다.

떨리는 손끝으로 그녀의 뒷모습을 쫓는다.

"달려……. 계속 달려……, 끝까지…… 끝까지 달려……. 가라……, 가라, 영웅……. 끝없이…… 어디까지고 달려……. 나도…… 따라갈게……. 그 뒷모습을 쫓을게……. 분명, 다다를 거야……. 저기, 얘들아…… 이제……."

친구와 함께 계속 달려온 여자는 즐거운 듯 웃으며 눈을 감는다.

"어딜…… 달릴까……."

한 영웅은 죽었고—— 그 뜻은 계승되었다.

＊

   호죠 마법 학원 신입생의 메인 이벤트, 오리엔테이션 합숙.

   아가씨 학원의 최고봉이라고도 일컬어지는 호죠인 만큼 명목은 오리엔테이션이나 그 규모는 심상치 않다.

   일단 이 2박 3일의 합숙은 크루즈 객선에서 하는 배 여행이니 말이다.

   호죠 마법 학원이 보유한 호화 객선 『퀸 워치』.

   아가씨 학원이 가진 호화 객선이란 어느 정도 수준일까. 나——산죠 히이로가 스노우와 어깨를 맞대고 알아본 결과 퀸 워치는 최고급으로 분류되는 객선이라는 게 밝혀졌다.

   크루즈 객선은 네 등급으로 분류된다.

   대중선(매스), 특별선(프리미엄), 상급선(럭셔리), 최고급선. 명칭으로 추측할 수 있겠지만 대중선이 가장 낮은 등급이고 최고급선은 가장 높은 랭크다(객선 바이 객선이기도 하다).

   최고급선이라는 등급에 부끄럽지 않게 퀸 워치 선내 설비는 서민적인 감각을 가진 우리가 기겁할 정도로 호화롭다.

   프라이빗 발코니와 호화로운 침대로 꾸며진 객실(캐빈), 여러 곳인 레스토랑은 전통식, 양식, 중식이라는 세 가지 선택지를 갖추고 있다. 교원에게는 주류를 주고 학생에게는 청량음료를 제공하는 바까지 있다.

   선상에는 풀과 서핑 시뮬레이터가 상설되어 있고 피트니스 클럽, 스파, 미용실에 각종 숍, 오락실에 댄스 플로어까지 있다. 의사와 간호사도 함께 승선했기에 의무실로 가면 적절한 치료를 받을 수 있다.

담임 마리나 선생님이 배부한 퀸 워치 서비스 내용을 보고 나는 『이건 움직이는 서비스 요새잖아』, 스노우는 『반으로 딱 갈라져 버렸으면』이라는 찬사를 아끼지 않았다.

서민파 도련님과 메이드에게는 그 존재를 의심할 수준으로 호화찬란한 객선이었는데.

아가씨들에게는 『이런 건 이미 질리도록 타서 사양하고 싶어요』 정도였는지 흥분하는 나를 곁눈질하며 『그래, 그래. 호화 객선이지』 같은 표정으로 따분하다는 듯 하품했다.

배 여행 대부분은 바다 위에서 보내게 된다.

잔잔한 해면을 질리지도 않고 계속 바라볼 수 있는 정신 강도를 가진 사람은 적기에, 이벤트나 쇼 등의 선내 프로그램이 사전에 고지되었다. 기항지에 내려서도 관광하는 시간 외에는 행사가 준비되어 있다.

이번 오리엔테이션 합숙은 학생 간의 교류가 목적이기에 클래스를 불문하고 소통을 도모하기 위해 A클래스부터 E클래스까지 한배에 타게 된다.

물론 이벤트는 클래스 내에서 치르는 데다 기본적으로 그룹 행동이지만.

기항지에서도 상시 그룹별 행동이지만 따로 규제다운 규제는 존재하지 않는다. 기항지에 내리지 않더라도 따로 문제가 되지 않을 정도로 개인 재량에 맡긴다.

다만 모든 학생이 소지한 매직 디바이스에는 미니 콘솔을 끼워놓고 늘 학원 교사가 감시하게 된다. 합숙 중에 교원은 윈도우와 눈싸움을 벌이며 위험한 일을 벌이려는 바보가 있다면 당장에 달려가 처리해야 한다.

불쌍하다……. 제멋대로 구는 아가씨 연합의 폭거가 마리나 선생님 위를 유린하겠지.

자, 이 오리엔테이션 합숙은 당연하지만 그냥 끝나지 않는다.

나는 원작 게임을 플레이했기에 무슨 일이 벌어질지 안다.

『죽을 수도 있다』라는 각오를 다지긴 했지만, 이 정도 이벤트를 원작 주인공 츠키오리가 대처 못 할 것 같지는 않다. 이번엔 내가 나설 대목이 없다고 본다.

원작대로 진행된다면 이 사건을 계기로 츠키오리와 히로인들의 거리는 눈에 띄게 가까워질 것이다.

그렇기에 이 합숙은 츠키오리에게 분기점이 될 수 있다.

숨을. 숨을 죽여야 한다.

나는 들에 핀 백합을 바라보는 신사적인 관찰자가 되어 존재감을 지우고 배 여행을 즐길 셈이다.

내가 따로 완수해야 할 과제가 있다면 집에 남은 메이드들 줄 선물을 사서 가는 것 정도겠지.

대합실 자리에 앉은 나는 객선 배치도를 띄웠던 화면을 닫는다.

지금 우리가 있는 곳은『도쿄 국제 크루즈 터미널』.

10분 후면 이 터미널을 통과해 호화 객선에 오를 텐데…… 솔

직히 미치도록 졸리다.

아니, 호화 객선 같은 건 처음 타보는걸. 두근두근 콩닥콩닥 해서 잘 수가 있어야지. 계속 깨어 있었더니 『평생 잠들 수 있는 수면 자극제를 처방할까요?』하고 친절한 메이드가 슬레지 해머를 짊어 메고 찾아왔을 정도다.

뱃멀미가 오면 어떡하지, 새삼 불안해졌다. 종자의 승선은 자유인 듯한데 각종 비용은 자기 부담이라고 했으니…… . 금전적으로 무리해서라도 집에 남은 스노우를 데려왔어야 했나? 이러니저러니 해도 그 녀석은 눈치 빠른 메이드니까.

그런 생각과 함께 하품을 한 번 하고 주변을 둘러본다.

엔트런스 로비에서 올라가면 널찍한 2층 대합 공간이 나타난다.

한없이 깊은 대합 공간에 수많은 아가씨가 모여 있는 모습은 장관이었다.

당연히 남자인 내 주변에는 아무도 없었——.

"히이로."

교복을 입은 츠키오리가 다리를 꼬고 이쪽을 보며 미소 짓는다.

"어디 아파? 껌 씹을래?"

어째서인지 주인공께서는 히로인즈를 무시하고 내 옆에 앉아 있었다.

"…………."

같은 그룹이니까 하는 수 없기야 하겠지만…… 『남자 옆? 역겨워요!』라면서 사라진 지 오래인 오필리아를 본받았으면 한다.

"오라버니, 조금 안색이 안 좋네요. 뭘 좀 먹는 게 좋지 않을까요? 아니면 또 무릎베개라도 해 줄까요? 자요, 변변치 않지만."

득의양양한 표정을 한 산쵸가 아가씨—— 레이는 자신이 데려온 종자가 따라준 홍차를 나에게 내밀더니 어필하듯 힐끗힐끗 자기 무릎을 본다.

"…………."

왜 이 녀석은 나랑 같은 그룹도 아니면서 밀착해서 날 챙기는 거지? 어떤 이벤트에 참가할지도 어마어마하게 빠른 속도로 물어오는 데다 종자에게 내가 먹을 멀미약까지 사 오게 했다.

"저기, 히이로. 덱에 풀 있다는 거 알아? 이거 봐! 그렇게 크진 않은 듯하지만 튜브도 가져왔으니까 히이로한테 빌려줄게!"

라피스, 요전에 네가 맹세했던 도움이 경멸해야 할 남자인 나를 개인 튜브에 끼워 풀에 둥실둥실 띄우는 거냐?

"…………."

동태눈으로 라피스를 노려보는데 그녀가 헉하고 숨을 집어삼키며 고개를 끄덕였다.

"괜찮아, 알거든! 참가하고 싶은 이벤트엔 빨간색으로 동그라미를 쳐 놨어!"

백합의 신이시여……, 듣고 계십니까? 지금 당신의 마음에 말을 거는 중입니다……. 나가 죽어…….

절망한 나는 고개를 숙인 채 바닥을 바라본다.

외톨이 더 공주님은 이미 틀렸다. 자기 사명을 잊고 여행을 기대 중이다. 일본에 온 후로 거듭된 고독한 시간이 친구와의 배 여행을 계기로 폭주하기 시작, 론리(lonely) 임계점을 뛰어넘은

듯하다.

나는 우선 견제해 두기로 했다.

"……단도직입적으로 말할게."

말없이 자리에서 일어나 윈도우를 펼친 나는 스노우에게 연락했다.

"도와줘."

[구조 요청이 빨라도 너무 빠르네요. 향수병 온 F1 레이서인가? SOS 확인. 구조 요청 신호는 접수했지만 수신 거부하고 싶은 마음이 치솟는 본부입니다. 말씀하세요.]

"본부, 이쪽은 백합통신사. 적이 뿌린 분무식 환각제를 흡입, 주변에 미소녀밖에 안 보인다. 백합 확인 불가. 시야가 흐려서 본인이 미소녀들에게 에워싸인 환각이 보인다, 오버."

[흐려진 건 댁의 눈과 머리다, 오버.]

"닥쳐라, 오버."

스노우는 작게 한숨을 내쉰다.

[대기화면은 저랑 찍은 러브러브 투 샷으로 해 뒀죠? 그 화면을 자연스레 보여주는 계획은 어떻게 되었나요?]

"개무시당했어. 실적은 0승 3패, 오버!"

[오버는 무슨 오버.]

세 여자에게서 멀어진 나는 해변을 바라보면서 유리창에 손바닥을 얹는다.

"계획을 제2단계로 옮기고 행동에 나서자. 네 솜씨를 보여줘. 난 과하게 나설 수 없거든. 나설 수는 없는데 나대고만 있지."

[주인님이 우둔하단 건 어이가 없을 정도로 잘 알겠네요. 세계 최고봉의 귀여움을 자랑하는 메이드가 거들 테니까 스피커로 변환해 보세요.]

어험어험, 스노우는 귀엽게 기침하며 목소리를 조절한다.

[격의 차이를 보여드리죠. 이번 연도 뇌 내 아카데미 여우주연상은 올해도 제 것이란 걸 깨닫게 해드릴게요.]

"스, 스노우 씨⋯⋯!"

[비켜라, 미소녀 메이드의 할리우드 연기력 행차시다.]

나는 스피커로 바꾼 상태에서 스노우와 통화를 시작했다.

"여보세요. 허니. 난 터미널에 도착――."

[레이 님께 연락이 와서 그만 끊을 건데 다시는 전화하지 마시고 힘내시길, 사랑스러운 달링 바이바이.]

뚜―― 뚜―― 뚜――.

갑자기 전화가 끊겨서 입을 떡 벌린 나는 아연한 표정으로 화면을 바라본다.

"어지간히."

한기다.

뒤를 돌아보니 등을 곧게 펴고 두 손을 앞으로 모은 레이가 싱글벙글 웃으며 이쪽을 보고 있었다.

"약혼자와 사이가 좋은가 보네요. 몸은 떨어져 있더라도 마음은 이어졌다⋯⋯, 항간에 흔해 빠진 러브송처럼요."

"야, 약혼자니까⋯⋯."

"그 약혼자란 게 오빠를 진심으로 걱정하는 소중한 여동생을

31

무참히 방치하고, 잠깐이면 끝날 닭살 토크에 몰입할 만큼 중요한가요?"

여전히 웃는 얼굴로 레이는 내 손에 멀미약을 쥐여준다.

"승선 전부터 울렁거리죠, 오라버니? 술보다 여자에게 느끼는 취기가 더 심하다고 의원 선생님께 들은 적 있어요."

"아, 아하, 아하하."

"겨우 남매다워졌으니까요."

뺨을 붉힌 레이는 자기 팔을 감으며 토라진 듯 고개를 돌린다.

"조금 더, 저를 소중히 여겨줘도…… 되지 않나요? 약혼자는 나중에 헤어질 수도 있지만, 귀, 귀여운 동생은 평생을 함께해요."

"너 또 레이디스 코믹에서 그런 표현을 배워——."

"배운 적 없어요! 오리지널이에요!"

얼굴을 새빨갛게 붉힌 레이가 노려보자 두 손을 든 나는 항복의 뜻을 표시한다.

"맞는 말일 수도 있지만 레이, 애초에 우리는 그룹이 다르잖아. 같이 이벤트를 즐긴다는 건 부정하지 않겠지만, 이 오리엔테이션 합숙의 기본은 그룹 행동이야. 같은 그룹 멤버를 팽개쳐 두고 제멋대로 행동하면 남은 사람이 웬 외톨이 공주님처럼 불쌍하잖아? 그렇지, 라피스?"

흠칫.

그늘에 숨어 이쪽을 살피던 라피스는 머뭇거리며 모습을 드러냈다.

"너희 둘 다 일단 자기 그룹으로 돌아가. 모처럼 온 기회잖아.

교우 관계를 넓히고 여행의 추억을 찍은 사진을 나한테 보내줘. 1장당 만 엔 낼게."

"오라버니가 또 무슨 짓을 저지르진 않는지 두 눈 크게 뜨고 감시하는 것뿐이에요. 원래부터 그럴 생각이었어요."

"히이로."

들뜬 기색인 공주님은 나에게 살며시 귀띔하며 윙크한다.

"괜찮아, 나만 믿어. 언제든 지켜볼게."

너 아직까진 바보처럼 신나서 나한테 튜브를 보여준 게 다인 거 알지?

머릿속이 핑크빛인 여동생과 신나 있는 안 자는 배 위의 공주는 그룹에 합류하기 위해 떠나간다. 풍선껌을 불며 즐겁게 지켜보던 츠키오리가 미소를 띤다.

"제대로 된 사랑을 모르는 아가씨와 공주님을 양쪽에 거느린 기분이 어때?"

"사이에 이물질이 하나 끼지만 않았다면 최고인데. 그보다 아가씨는 어디 있어? 나를 거부하는 기계는 훌륭하지만, 승선할 때 점호가 있어서 같이 안 있으면 곤란한데."

"저기서 벌써 이벤트를 즐기는 중인데."

"뭐? 이벤트?"

츠키오리가 가리키는 곳을 바라보니.

서로 멱살을 잡아도 이상하지 않을 기세로 오필리아와 다른 클래스 소녀들이 신나게 말싸움 중이었다.

"이 · 래 · 서! 이 · 래 · 서, 서민이 안 된다니까요! 이 · 래 · 서

늘 이 오필리아 폰 마지라인이 말 많고 성가신 일반 서민, 하층민과는 얽히지 않으려고 단단히 선을 긋는 거예요!"

"뭐?! 너 그 거만한 말투 좀 어떻게 해봐! 우리는 셋이거든, 머릿수 차이 안 보여?!"

자신만만한 아가씨는 부채를 펼치더니 목걸이 형태의 매직 디바이스를 쥔다.

"오호호홋! 고작 셋이서 일인당백, 세계평화, 산업혁명 오필리아 폰 마지라인을 상대하려고요?"

"산업혁명이랑 네가 무슨 상관인데?! 듣기에 그럴싸한 사자성어를 늘어두면서 자기 공적처럼 떠들어대지 마!"

"오호호, 이 풍운의 기린아에게 그런 말장난은 안 통해요! 무적이라고요! 그렇기에 저! 오필리아 폰 마지라인! 장 · 난 · 질이 지나치다고 하는 거예요. 자기 주제를 아세요, 이 서민들~!"

잠깐 안 보는 사이 벌써 전투력 측정에 들어갔어!

"츠키오리, 너도 보고만 있지 말고 말려! 저 자신만만한 얼굴 좀 봐! 3초 후면 울상으로 변할걸!"

"3초도 안 걸려. 늘 있는 일이잖아."

"불쌍하잖아?! 저렇게까지 오만불손한데 울 거 아냐?!"

나는 전력으로 트리거를 당긴 뒤, 뛰어갈 준비를 했다.

"죄송합니다, 호죠의 아가씨들~! 저기! 이렇게 납작 기겠습니다! 가급적 빠르게 길 테니까 용서해 주세요! 우오오! 울부짖어라, 내 무릎!"

무릎을 꿇으며 미끄러진 나는 황급히 아가씨와 세 여학생 사이로 끼어든다.

벌써 전도 다난한 여행길이 시작될 듯한 예감이 들었다.

＊

총원 152명의 학생들을 태우고 퀸 워치는 출항했다.

약 15노트(시속 27.78km)로 바다를 건너는 호화 객선은 커다란 만큼 안정감이 있다. 크루즈 객선은 좌우의 흔들림을 컴퓨터로 제어하기에, 폭풍이라도 만나지 않는 한 크게 흔들리지 않을 것이다.

선상에 A부터 E클래스로 나뉜 우리는 그룹별로 모여 마리나 선생님의 지시를 기다렸다.

"그, 그럼, 어험! 우웨엑! 우웩! 웨엑! 그러니까…… 부탁할게요!"

랩처럼 오열하다가 직무 방임하지 마.

첫 숙박 여행 인솔……, 초보 마크를 못 뗀 마리나 선생님에게 긴장하지 말고 릴랙스하라고 해도 안 통하겠지.

얼굴이 새파랗게 질린 마리나 선생님은 몸을 부들부들 떨며 거의 안정된 선상인데도 흔들리고 있었다. 당장에라도 쓰러질 듯한 그녀는 학생들의 부축을 받는 중이었고, 배가 흔들렸다간 우주까지 날아갈 듯했다.

그런 선생님 앞에 낯선 여성이 슥 모습을 드러냈다.

"그럼 여러분, 주목해 주세요."

검은 바지에 흰 셔츠, 시크한 조끼를 걸친 스태프다. 그녀는 짧은 금발을 나부끼면서 미소 짓는다.

"3일에 걸친 여정 동안 A클래스 학생들의 전속 스태프가 될 『A』라고 합니다. 그 이상의 호칭은 필요 없습니다. 카지노에서 뽑은 카드처럼 한 번뿐인 인연이라 생각하고 편하게 불러 주세요."

고개를 깊게 수그린 그녀는 흰 장갑을 낀 손으로 목적지를 가리켰다.

"조금 전, 마리나 님이 설명하신 것처럼 우선 퀸 워치 내부를 안내하겠습니다. 그 후 여러분의 매직 디바이스에 장착할 미니 콘솔을 배부하죠. 이건 여러분이 지내실 객실 키이기도 하니 잃어버리지 않도록 조심하세요."

아무래도 클래스별로 차례차례 넓은 선내를 안내할 모양이다. 우리는 E클래스와 엇갈리며 배 안으로 내려갔다.

"퀸 워치의 덱은 4부터 14까지 있습니다. 덱 플랜은 후에 미니 콘솔을 통해 전달할 텐데, 이벤트 플랜 등도 그쪽을 참조해 주세요."

나와 츠키오리는 살며시 얼굴을 맞댄다.

"······히이로, 덱이 뭐야?"

"······음, 아마 유○왕일 거야. 그것까진 알아들었어. 매직 더 갬블○이나 포켓○ 카드 게임은 아냐. 분명 유○왕이겠지."

"이래서 서민이란!"

화려한 부채로 입을 가린 오필리아는 거친 콧김을 내쉰다.

"덱이라고 하면 당연히 갑판이죠! 갑판은 선상에서 안정적인 발판 구실을 하는 곳, 우리가 쓸 수 있는 설비 대부분은 갑판 위에 있어요. 그렇기에 덱 플랜……, 즉 선내 안내가 필요한 거고요!"

"그렇구나! 역시 아가씨야!"

허리를 짚은 아가씨는 허리를 힘껏 젖히며 기쁜 듯이 뺨을 붉혔다.

"오호호홋―! 나만 한 레벨이면 이 정도는 당연히 아는 법이에요!"

"……히이로, 왠지 얘한테 설설 기는 것 같다?"

이게 바로 약자 동정이란 겁니다. 귀여운 자식은 매로 다스리는 게 아니라 오냐오냐하는 타입이라서요.

우리는 A 씨가 펼친 매직 디바이스의 라지 윈도우상에 있는 선내 안내를 참조하면서 널찍한 선내를 천천히 걸었다.

각 갑판에는 외우기 쉽도록 보석 이름이 붙어 있었다.

예를 들어 다이아 덱에는 바나 나이트클럽이 있다.

최상층 탄자나이트 덱에는 옥외 자쿠지, 미니 골프장이. 그 아래 베니토아이트 덱에는 풀과 탈의실, 사우나, 대욕탕, 시어터 룸, 피트니스 센터가 있다.

중턱에 있는 사파이어 덱에는 발코니 풀 자쿠지, 옥외 레스토랑 『라이트 어텐던트』, 빵과 가벼운 식사를 할 수 있는 『스위트 랑데부』에 아이스크림 바와 카페가 있다.

눈이! 눈이 핑핑 돌아!

도저히 요 3일 동안 다 즐길 수 없을 듯하다.

덱 8부터 12는 객실이며 전부 스위트룸이다. 그 스위트룸 중에서도 급이 나뉜다.

그랜드 패밀리 스위트룸이니 하는데, 더는 의미를 모르겠다.

팸플릿으로 각 방의 설비 정보를 확인했지만 여기가 정말 배위가 맞나 싶을 정도로 충실했다(방 전속 메이드 서비스가 있다니 대체 뭐냐고).

본래라면 숙박할 수 있는 방의 급이나 사용 가능 설비는 스코어에 따라 정해지지만……, 이번에는 그룹 행동이기에 그건 따지지 않는 듯하다.

어쨌든 이번에 우리는 그룹별로 한방을 쓰게 된다.

백합 게임은…… 여자끼리 한 침대에 자고 아침에 둘이 딱 붙어서 아침 햇살에 감싸이는 이벤트 CG가 많으면 많을수록 좋은데…….

물론 나는 츠키오리나 아가씨와 한방에 묵을 생각이 없다. 남자들은 매년 방에서 쫓겨나기에 그들 전용 선실이 준비되어 있다나 보다.

멍하니 선실 정보를 확인하다 보니 선내 안내는 거의 끝나 있었고, 마지막으로 우리는 선저(船底)로 갔다.

그곳에는 용도를 알 수 없는 기기가 빽빽하게 늘어선 투박한 엔진 룸이 있었다.

왜 굳이 이런 곳으로 데려온 거냐고 수상해하는데……, A 씨는 미소 지으며 큰 문을 가리켰다.

"이쪽이 이 퀸 워치의 심장부. 콘스트럭터 매직 디바이스, 『여왕의 동주(瞳柱)』입니다."

어디선가 불쑥 매직 디바이스로 무장한 여성들이 나타났다.

무표정한 그들은 큰 원형 문을 두 사람이 매달려 열었고——.
순간 막대한 마력이 날아들었다.

강렬한 마력을 느낀 나와 츠키오리는 순간적으로 동시에 매직
디바이스를 뽑았다. 태평하게 있던 아가씨는 우리 반응을 보고
안절부절못하며 목걸이를 쥐었다.

"안심하세요. 그냥 마력의 소용돌이니까요. 각종 기기로 완
벽하게 제어되는 데다 엔진 룸 외부에 있는 안전 기구를 건들지
않는 한, 폭발할 일도 없어요."

"……폭발?"

츠키오리가 그렇게 중얼거리든 말든, A 씨는 학생들을 데리고
큰 문을 통과한다.

광대한 공간이다.

이상하다. 그 비좁은 선저 사이즈보다 아무리 생각해 봐도
크다.

탁 트인 순백의 공간 중앙에 희푸르게 빛나면서 천천히 돌아
가는 거대한 원기둥이 있었다. 원기둥에는 복잡하고 기묘한 도
선이 그어졌으며 눈동자처럼 커다란 콘솔이 장착되어 있었다.

천장부터 바닥까지 공간을 관통한 원기둥. 그 이상한 굵기와
크기.

압도된 우리는 그저 그 거대한 기둥을 올려다본다.

"이『여왕의 동주』가 바로 우리 퀸 워치가 자랑하는 엔진. 이

배의 구동부를 혼자 도맡은 에너지원이자 아직껏 깨진 적 없는 대마 장벽의 근원…… . 요격 시스템의 중점인 마력 중추이기도 합니다."

천장부터 벽, 바닥에 이르기까지 A 씨의 목소리가 울려 퍼진다.

"평소에는 엄중히 잠가두지만, 전에 마신교 소속 도적이 숨어드는 사건이 있었습니다. 그 패거리는 이 내부에서 폭사했죠."

술렁이는 학생들을 향해 A 씨는 정중히 고개를 수그렸다.

"각 학생 여러분께 부탁드립니다. 부디 이 엔진 룸 부근에는 다가오지 마시길. 만약 실수로 다가왔더라도 결코 마력을 흘려보내는 일이 없게 해 주십시오."

"흐, 흘려보내면 어떻게 되길래요?"

나와 츠키오리 뒤에 숨은 아가씨는 움찔움찔하면서 원기둥을 올려다본다.

A 씨는 키득 웃는다.

"마력이 연쇄반응을 일으켜 폭발합니다. 단 이 방 내부에는 여러 겹의 대마 장벽이 쳐져 있기에 그 폭발에 배가 잠길 일은 없고, 『여왕의 동주』가 망가질 일도 없습니다. 다만 마력을 흘려보낸 당사자와 그 주변 공간에 있는 물건이 산산이 조각날 뿐이죠."

의미심장하게 말하지만 실은 이거, 딱히 터지지 않습니다(스포일러).

원작 게임에서도 이 대목은 나왔지만 결국 폭발 사기극으로 끝난다.

아마 플레이어에게 위기감을 주고 싶었겠지만, 주인공이 폭발을 본다는 건 주인공까지 폭발한다는 거니까. 터뜨릴 수 없겠지.

백문이 불여일견.

이 위협은 꽤 효과가 있는 듯하다. 반 아이들은 안색이 나빠져선 엔진 룸을 피하듯 최상층으로 돌아갔다.

겨우 햇빛 아래로 돌아왔다.

엔진 룸 설명 때문에 쫄 대로 쫄아서 다릿심이 풀린 마리나 선생님은, A 씨에게 공주님처럼 안겨(A×마리, 이건 된다……) 귀환했다.

"그, 그럼 방 키를 배부할게요! 이, 1그룹부터 순서대로 미니콘솔을 받으러 와 주세요!"

곧 우리 5그룹 차례가 왔다. 제 갈 길을 가는 아가씨를 앞장세워 우리는 미니 콘솔을 받았다.

부피가 큰 짐은 이미 방으로 옮긴 모양이다.

다음 예정까지 시간이 남기에 우리는 객실로 향했고——.

"당신은 나가요!"

나는 초고속으로 방에서 추방당했다.

작전대로야(씨이익).

복도에서 짐을 정리한 나는 들뜬 마음으로 남자 방에 가기로 했다.

몇 걸음 걸었는데.

기다리고 있었단 듯 다른 객실 문이 열리더니 레이가 나타난다. 레이는 어험, 하고 헛기침하더니 자세를 바로 했다.

"오라버니, 혹시 싫지만 방에서 쫓겨나신 건가요?"

동생님, 혹시 싶지만 제가 방에서 쫓겨나길 기다리신 겁니까……?

"혹시 괜찮으시다면, 아니, 다른 선택지가 없을 듯한데요."

머리를 귀 뒤로 넘기며 고개를 숙인 레이는 나에게 말한다.

"저희 방으로 오셔도 돼요. 그룹 멤버들도 말이 잘 통하는 사람들이니 논리정연하게 사정을 설명하면 문제없을 거예요."

"아니, 하지만 침대는 3개뿐이잖아?"

"트윈베드니까요."

뺨을 붉힌 레이는 내 눈치를 힐끗 본다.

"저, 저와 오라버니가 한 침대에서 자는 수밖에 없겠네요. 이건 피치 못할 긴급 대처니까 그룹원들도 이해해 줄 거예요."

"남녀가 동침하는 건 당연히 안――."

"남매인데 뭘 의식하는 거죠?"

너 입 아프게 먼 친척이라고 하고 다녔잖아?! 자기한테 유리하도록 정보를 조종하는 이 인포메이션 에로 매지션!

끊임없이 콜록콜록 기침해대며 신음하는 레이는 조심스레 말을 잇는다.

"아, 아니면 오라버니는 저를 그런 눈으로 보고 계신 건가요? 그, 그런 눈으로 보면 다소 곤란한데요."

설득을 포기한 나는 말없이 뒤로 물러났고―― 부딪혔다.

언제부터 거기 있었는지 츠키오리가 내 어깨를 꼭 움켜쥐었다.

"레이, 미안하지만 히이로는 나랑 같은 조거든. 히이로가 다른 방으로 간다면 나도 같이 가게 될 거야."

츠키오리를 바라보고 미소 지은 레이는 자연스레 내 손을 잡는다.

"남매간의 오붓한 첫 여행이니까 제삼자는 뒤로 물러나 주시죠. 자애의 정신으로 오라버니를 지켜야 하거든요. 이날을 위해서 전 스노우에게 UNO를 배워 왔어요."

"안 돼. 혼자 외롭게 해."

UNO 솔로 플레이? 그건 그냥 벌칙 아니냐…….

시끄럽게 떠들어대면서도 어째서인지 두 사람에게선 삐걱거리는 느낌이 나지 않는다.

왠지 미묘하게 서로 가까워진 듯한……, 기쁘지만, 왜……?

"그럼 셋이서 잘래?"

"하는 수 없네요."

평소 같으면 서로 으르렁거릴 두 사람이 호흡을 맞추더니 양옆에서 나를 포위한다.

"그럼 선생님께 사정을 설명하고 방을 하나 준비해 달라고 할까요."

"찬성."

단단히 붙들려 납치당하던 나는 하나의 답에 다다랐다.

이 녀석들, 스노우에 맞서 공동전선을 펼쳤구나.

경악스러운 사실을 깨달았지만 때는 이미 늦었다.

절망스러운 표정으로 끌려가던 나였지만, "살려줘……, 살려줘……"라고 가느다란 목소리로 속삭이자 그 목소리가 백합의 신에게 전해졌다.

"어, 어라~?! 히이로, 뭐 해~?!"

정면에서 다가온 라피스가 우리 사이로 몸을 밀어 넣는다.

공간이 생기자 나는 그곳으로 단숨에 탈출했다.

"아까 오필리아 씨가 부르던데~?! 아마 방으로 돌아와도 된다는 거 아닐까~?!"

"잇츠 어 오케이! 땡큐 베리 머치!"

맹렬한 기세로 선내를 질주한 나는 5그룹 객실 문에 매달려 여러 번 노크를 반복했다.

"아, 정말! 아까부터 뭐── 히익?!"

남자 방에 가기를 포기한 나는 오필리아 앞에서 깔끔하게 무릎을 꿇었다.

"여기 재워 주세요. 아니면 이 합숙 중에 이 상태로 이동할래요. 슬라이드해서요."

"무릎에 휠이라도 달렸어요?!"

거품을 문 아가씨는 정상적인 판단력을 잃은 상태로 쩔쩔매며 목소리를 높인다.

"아, 알겠어요! 고, 고개 들어요! 하는 수 없죠!"

기세에 밀린 아가씨에게서 5그룹용 객실 숙박권을 획득──.

[지금부터 제1기항지에서 A~E클래스 합동으로 레크리에이션 이벤트를 개최하겠습니다. 방에 짐을 두고 나면 다이아 덱으로 모여 주세요.]

선내에 안내 방송이 울려 퍼졌다.

*

제1기항지──『호오지마(鳳凰島)』.

이 섬은 현실 일본에는 존재하지 않는 가공의 무인도다.

에스코 세계에는 이계라고 불리는 또 하나의 세계가 존재한다. 드래곤이나 엘프가 사는 곳인데, 전형적인 판타지 세계를 이미지하면 알기 쉽다.

이 이계와 현실 세계(통칭 현계)는 균형대에 한 발로 서 있는 것처럼 불안정한 상태로 포개어져 있다. 이 불안정한 상황에 놓인 이계는 다양한 종류, 방법으로 현계와 서로 영향을 주고받는다.

예를 들어 현계에 존재하는 던전은 늘 이계와 이어져 있으며 이계에서 현계로 이동할 수 있다.

예를 들어 엘프들의 나라인 알프 헤임은 의식을 거쳐 이계에서 현계로 이동할 수 있다.

예를 들어 호오지마처럼 이계의 땅이나 물질이 현계에 나타나기도 한다.

마술 연산자는 설정상으로는 이계에서 흘러든 입자다. 그 입자를 이용한 기술을 체계화한 것이 매직 디바이스이며, 인간이 쓰기 편하게끔 이미지와 결합한 것이 마법이다.

도쿄 근방에 출현한 호오지마는 현계와 이계가 이어지기 시작했을 시기부터 그 영향력을 교묘하게 조절해 경제를 지배한 호오가(호쿄 학원을 개원한 공작가)의 지배하에 있으며, 별장이 아니라 별도(別島) 취급당하고 있다.

그런 이유로. 거대한 비치 하우스가 세워진 호오지마에는 학원 학생 말고는 출입할 수 없으며, 프라이빗 비치가 되어 있었다.

오리엔테이션 합숙 중에 교복 착용은 의무가 아니다. 학원의 드레스코드를 내던진 아가씨들은 각자 준비한 사복으로 갈아입었다.

"음~! 바닷바람이 상쾌해요~!"

머리를 폭 덮은 밀짚모자. 앞가슴이 파인 흰 원피스를 착용하고 땋아 만든 비치 샌들을 신은 오필리아는 눈을 내리뜬다.

"……따분해."

적당히 고무줄로 묶은 밤색 머리카락. 멋을 부릴 마음은 털끝만큼도 없어 보이는 츠키오리는 셔츠에 청바지라는 털털한 차림이었다.

하지만 너무 스타일이 좋은 탓에 할리우드 여배우 같은 복장을 한 아가씨와 나란히 서면 도리어 눈에 띈다. 집 근처 편의점에 가는 학생의 복장 그 자체지만 주변 학원생들에게서 뜨거운 시선을 받고 있었다.

……근데 이 녀석, 너무 예쁘게 생긴 거 아냐?

츠키오리는 주머니에 양손을 찔러넣은 채로 나른하다는 듯 눈을 내리떴다. 그게 복장과 맞물려 중성적인 아름다움을 자아내고 있었다.

"……저, 저기. 츠키오리?"

나는 머뭇거리며 아가씨를 가리켰다.

"자, 잠깐이라도 좋으니까 아가씨 어깨 좀 안아 볼래?"

"뭐? 왜?"

"아니, 그, 잠깐이면 되니까. 미안, 잠깐이면 돼."

한숨을 내쉰 츠키오리는 머리를 쓸어 올리면서 아가씨에게 다가갔고—— 살며시 어깨를 끌어안았다.

"흐앙?! 뭐, 뭐예요. 갑자기?!"

말없이 츠키오리가 바라보자 금세 아가씨 얼굴이 새빨갛게 물든다.

"뭐, 뭔데요……."

츠키오리는 손에 힘을 준다. 아가씨는 부채로 얼굴을 가리고 고개를 돌렸다.

"……싫어?"

"시, 싫다고 할까……. 저, 저기……."

"싫어?"

"흐에에?! 어, 아뇨오?!"

아, 최, 최고야……. 최고오……. 사, 살아 있어서…… 살아 있어서, 다행……. 최고…… 옷!

밀착한 두 사람을 보고 승천 게이지가 급상승한 나는 눈을 희번덕거렸다.

츠키오리, 나는 네가 할 수 있는 아이란 걸 알고 있었어. 본래의 너는 이런 단순한 여자를 닥치는 대로 함락시켜 가는 아이라고! 함락시켜……, 함락……! 네가 가진 잠재력을 해방해, 츠키오리잇! 함락시켜엇……!

"오필리아."

"아, 네, 네헤······."

츠키오리는 오필리아를 향해 미소 지은 뒤——, 발길을 돌려 이쪽으로 돌아온다. 망연자실한 아가씨가 남겨졌고, 나는 절망한 표정으로 츠키오리를 맞았다.

"질렸어."

"츠, 츠키오리······. 그렇게 상큼한 미소로 아깝게······. 바로 코 앞이었잖아, 난 오늘 밤 슬립 모드로 들어가기 틀린 것 같은데."

"응? 그럼 옆에서 자줄게."

미소를 띤 츠키오리는 내 뺨을 어루만진다.

"잠들 때까지 등을 토닥토닥해 줄게."

"내 등 말고 아가씨 등을 토닥토닥해 주면 초속으로 꿀잠(자는 척)할게."

"저 아이랑 동기화한 거야······? 같은 제조사 제품이야······?"

"츠, 츠키오리 사쿠라아아아아아아아아아아아아아아아아아아아아아아아아아아! 또 날 우습게 여긴 거죠오오오오오오오오오오오오오오오오오오!"

이쪽으로 달려온 아가씨가 넘겼고 얼굴부터 모래사장에 박는다. 모래 먼지가 요란하게 피어올랐고, 다리가 까진 그녀는 빨개진 무릎을 끌어안고는 얼굴을 찡그린다.

"············으으."

어, 어쩌지. 울 것 같아! 애정캐의 우는 얼굴만은 보기 싫어!

내 뻗친 머리카락을 손보느라 정신이 없는 츠키오리는 도우러 갈 마음이 전혀 없는 듯했다. 방치할 수도 없기에, 나는 당장에라도 울 듯한 아가씨에게로 달려갔다.

"아가씨, 자, 잡아."

"나뭇가지 같은 걸 내밀다니 날 바보 취급하는 거죠?!"

"아니, 내 더러운 손으로 그 고저스한 손을 만질 수는 없잖아."

"서민치고는 꽤 갸륵한 태도지만, 나는 남자 따위의 도움을 받지……. 아, 아파……."

뒤를 돌아본 내가 츠키오리에게 애원하는 시선을 보내자, 그녀는 입꼬리를 들어 올리며 쓰게 웃었다.

"이 가냘픈 팔로 추정 2만 톤짜리 아가씨를 안아 들 수 있을 것 같아?"

"그 정도로 무겁다면 아가씨 엉덩이가 함몰됐을걸."

"함몰하는 건 엉덩이가 아니라 지면! 상상으로라도 나의 고귀한 둔부를 함몰시키지 말아 주겠어요?!"

"이봐, 츠키오리. 그렇게 심술부리지 말고 아가씨의 고급 함몰 둔부 좀 옮겨 줘. 우리는 같은 그룹이잖아. 나중에 둘이 결혼했을 때는 꼭 참석——."

설득하는 도중에 소매를 힘껏 잡아끌린 나는 울상인 아가씨에게 귀를 기울인다.

"츠키오리 사쿠라가 옮기는 건…… 시, 싫어……. 저 애는 나를, 바보 취급한다고요……."

"다른 여자라면 좋고?"

"시, 싫어……. 나는 마지라인가의 영애……. 이런 한심한 꼴…… 보이기 싫어……."

으음, 이 고집불통이 포인트지!

여전히 이쪽 반응을 살피며 미소 짓는 츠키오리를 확인한 나는 흐느껴 울기 시작한 아가씨를 보고 각오를 다진다.

나는 그녀를 두 팔로 안고 단숨에 들어 올린다.

"꺄악!"

오필리아를 공주님처럼 안은 나는 다른 사람들 눈을 피해 가며 신속히 퀸 워치로 돌아갔다.

"뭐, 뭐 하는 거죠! 내, 내려놔요! 놓으라고요, 이 무례한 인간!"

투닥투닥, 맥없이 아가씨는 나를 때린다.

뭐 이런 측정력이, 1 대미지도 입은 느낌이 안 든다. 본인은 얼굴이 새빨개져서 필사적인 게 귀엽네. 아가씨 성분이 심신에 스며든다.

저항은 포기한 것인지 체력이 다한 건지. 온몸의 체중을 맡긴 아가씨는 촉촉한 눈으로 나를 올려다본다.

"바, 바보옷……!"

혐오감보다 수치심이 앞섰나?

그녀는 싫어해야 할 남자의 셔츠를 꼭 움켜쥐고 도망치듯 고개를 파묻었다.

"더는…… 싫어……."

"아가씨를 안은 건 츠키오리, 아가씨를 안은 건 츠키오리, 아가씨를 안은 건 츠키오리, 아가씨를 안은 건 츠키오리, 아가씨를 안은 건 츠키오리, 아가씨를 안은 건 츠키오리, 아가씨를 안은 건 츠키오리, 아가씨를 안은 건 츠키오리……."

"잠깐, 빨라──. 빨라, 빨라, 빠르다고요! 떨어지겠어! 덜컹덜컹, 위아래로 흔들려서 내 반고리관이 리버스 신호를 발신하기 시작했다고요!"

나는 자기 암시를 걸면서 전속력으로 선내로 돌아가 의무실 문을 발로 걷어찼다.

의무실 침대에 아가씨를 내려두었을 때 그녀의 피부는 목덜미까지 빨개져 있었다. 수치심에 떨면서 고개를 숙인 그녀는 한마디도 하지 않고 입을 다문다.

"츠키오리, 아가씨를 옮겨 줘서 고마워!"

"벽이랑 얘기하지 말고 그쪽 아가씨에게 무슨 일이 있었는지 알려주시겠어요?"

현실도피로 정신력을 회복 중이던 나는 공허한 눈으로 여의사를 바라보며 아가씨가 요란하게 넘어져서 무릎이 까졌다는 걸 전했다.

당장에라도 울 듯한 얼굴로 아가씨는 나를 노려봤다.

"산죠 히이로……, 이 원한은 잊지 않겠어요……. 고맙다는 말은…… 해 두겠지만……. 바보오……!"

"인사라면 츠키오리에게 해."

"뭐 때문에?!"

내가 모래사장으로 돌아갔을 때는 마침 레크리에이션 설명을 시작한 참이었다.

츠키오리는 웃으며 나를 맞았다.

"어서 와, 왕자님."

"너 진심으로 부탁 좀 하자. 이건 원래 네가 해야 할 일이야. 부탁할게, 정말. 승부는 지금부터야. 이 레크리에이션을 통해 바뀔 거라고. 각오 단단히 해둬. 내가 그런 짓을 하는 건 이번 한 번뿐이야."

아니, 그보다 나는 이러고 있을 때가 아니라고.

츠키오리에게서 눈을 뗀 나는 A부터 E까지, 클래스 집단을 둘러보다가 내가 찾는 3인조를 발견했다.

언뜻 보기에 그 셋은 다른 학생들과 다르지 않은 모범적인 학생 같아 보인다. 하지만 셋의 시선은 한 소녀에게 고정된 채 꼼짝하지 않았고, 주위에서 잔뜩 들뜬 여학생들과는 어울리지 않는 생소한 살기를 뿜고 있었다.

B클래스라, 원작과 똑같군.

자, 원작대로라면 앞으로 저 셋이 소란을 피울 텐데……. 솜씨 좋게 츠키오리가 해결할 테니 나는 나서지 않을 것이다. 말도 안 되는 일이긴 하지만 츠키오리가 궁지에 몰리게 된다면 원호 정도는 해 줄 생각이다.

만약 만에 하나의 일이 생겨서 츠키오리가 죽는다면, 모든 해피엔딩이 사라진다. 미래의 백합을 위해서라도 도울 타이밍을 잘 봐서, 주인공을 띄울 기회를 빼앗지 말도록 하자.

"지금부터 스태프가 섬 내에 흩어져 각종 활동의 보조원 역할을 할 겁니다. 활동에 참여할 때는 스태프에게 말을 걸고——."

스태프의 레크리에이션 설명이 끝나고 학생들은 흩어졌다.

B클래스 3인조는 똘똘 뭉쳐서는 섬 안으로 이동한다——.

"츠키오리, 이쪽이야. 저 3인조에게 활동을 도——. 츠키오리?"

츠키오리가 사라졌다.

"츠키오리?! 야, 츠키오리?! 어디 있어?!"

필사적으로 찾아다니지만, 조금 전까지 옆에 있던 츠키오리 사쿠라는 홀연히 모습을 감춘 후였다.

나는 모래 속에 숨겨둔 쿠키 마사무네를 꺼내 들고, 멍하니 인기척 없는 모래사장에 서 있었다.

어디선가 환호성이 들린다.

각종 활동을 하러 흩어진 아가씨들이 교류를 개시한 듯했다.

어, 어쩌지……. 왜, 왜, 이런 타이밍에 사라지는 거야……! 그 녀석이 없으면, 여러모로 큰일인데……!

방황하던 나는 최악의 사태를 그리며 트리거를 당긴다.

안 돼, 안 돼, 안 돼! 만약 츠키오리가 그 녀석들과 맞붙지 않는다면……!

울창한 삼림으로 뛰어들어 덤불을 한 손으로 걷어낸 나는 섬 중심을 누빈다.

발바닥에서 분출된 체내 마력에 반응해 공기 중의 체외 마력이 희푸른 섬광을 발한다. 대낮에 발해지는 마력의 여기(勵起) 반응*. 속도를 늦추지 않은 채로 직선거리를 돌파하자 발판으로 삼은 나무들이 힘껏 부러졌다.

시야를 확보하기 위해 도약한 나는 최악의 예상이 적중한 것

---

*외부에서 에너지를 받은 전자가 높은 에너지 상태로 이동하는 것

을 내려다보았다.

B클래스에 속한 세 여학생.

눈매가 사나운 소녀들 뒤로 일그러진 이공간에서 검붉은 두 팔이 뻗어 나와 있었다. 그 이형(異形)의 팔은 한 여자를 나무에 억누른 채 목을 조르는 중이다.

"영광인 줄 알아. 알프 헤임의 공주님. 그분의 초석이 되는 거니까. 아스테밀의 전초전이야. 여기서 죽어 줘야겠어."

"아……, 아윽……!"

레크리에이션 중이기에 매직 디바이스를 갖고 있지 않던 라피스는 허를 찔린 듯하다.

검붉은 멍이 목에 퍼진 그녀는 괴로운 듯 얼굴을 찡그렸다.

츠키오리를 불러오자――. 그런 생각은 그 광경을 본 순간 날아갔다.

한달음에 나는 돌진한다.

"뭐얏?!"

끊어낸다――. 검붉은 팔을 잘라 버리고 축 늘어진 라피스를 품으로 받아낸다.

뜻밖의 난입자에 놀라 순간적으로 뒤로 물러난 세 사람을 쏘아보며 나는 천천히 중얼거렸다.

"…………준비해."

"뭐?"

"준비해."

나는 오른팔에 보이지 않는 화살(닐 애로)을 생성한다.

"어차피 피할 수 없겠지만……, 기회는 주지."

검지와 중지를 곧게 뻗자——, 물의 화살(워터 애로)이 뻗어 나오며 긴장감이 흘렀다.

"죽기 싫으면 준비해."

내 시선과 손끝이 세 사람을 꿰뚫는다.

"너희가 이 아이를 해코지하기에 정당한 이유는 없어. 여자가 여자의 목을 조르다니……, 동의하에 한 거라면 또 모를까 살의로 한 짓이라면 용서받을 생각 하지 마."

움찔거리며 반응한 세 사람은 자기들 뒤로 여러 개의 팔을 전개한다.

"너희와 이 아이 사이에는 기꺼이 끼어주지."

본래 단순한 방해꾼 캐릭터인 히이로가 덤볐다가는 도리어 당할 세 사람을 손짓으로 부른다.

"이 밑바닥 인생이 놀아 줄 테니까…… 냉큼 덤벼."

일제히.

뻗었다가 수축하며 꾸불거리는 검붉은 팔이 공간을 가르면서 날아든다. 라피스를 안은 나는 발밑의 가지를 발로 차 날려서 인체 구조를 무시하며 뻗어온 팔들을 튕겨낸다. 그래도 따라오는 팔들을 곁눈질하며 나무 그늘로 몸을 미끄러뜨려 그것들을 전부 피했다.

섬뜩한 소리와 함께 뒤에 있는 큰 나무가 썩어들더니 무너지듯 꺾였다.

"왜, 왜 빗맞힌 거야?! 저놈은 스코어 0이거든?! 저런 쓰레기남 정도는 냉큼 해치우고 라피스 클루에 라 루메트를 죽여야 해!"

리더 격인 듯한 소녀가 외치자 나는 살며시 라피스를 거목에 기대어 세웠다.

"뭘 그렇게 초조해해. 고작 남자 상대로."

노성을 들은 두 사람은 히죽히죽 웃었다.

"저런 송사리는 별것 아니잖아. 스코어 0이야, 스코어 0. 제대로 된 실전 경험도 없는 송사리 새끼라는 증거라고."

두 사람은 웃으면서 나를 가리킨다.

"저 물 화살 좀 봐. 맥 빠져! 마력량도 별것 아니고 몇십 초만 지나면 죽──."

파아앙!

강력한 파열음이 울리더니 재잘거리던 그녀가 옆으로 쓰러졌다. 인간의 몸이 땅에 충돌하는 둔탁한 소리가 울리고, 바닥에 쓰러진 소녀는 입을 다물었다.

소리가 뚝 끊겼다.

순식간에 쓰러진 그녀는 무슨 일이 벌어졌는지 모른 채로 끽소리도 못 한 채 엎어져 있다.

바로 남은 두 사람은 뒤로 훌쩍 물러났다.

"뭐, 뭐야?! 저, 저 녀석 뭐 하는 건데?!"

"바, 발사된 적 없어! 물의 화살은 팔에 붙어 있는데! 라, 라피스 클루에 라 루메트가 깬 건가?! 서, 설마 츠키오리 사쿠라가 구하러 온 건 아니겠지?! 그렇지?!"

"됐으니까 몸을 숨기──, 힉!"

보이지 않는 화살이 뺨을 스치고 지나가자 두려움에 떨던 소녀들은 나무 그늘에 숨는다.

트리거.

혼란을 틈타 나무 위에 은신한 나는 몇천 번은 반복한 공정을 반복해—— 팔을 활 삼아 물 화살을 생성한다.

동서를 불문하고 활과 화살은 생물을 죽이기 위해 쓰여 왔다.

활이란 역학의 결정체다.

목표하는 쪽으로 화살을 날리기 위해, 화궁(和弓)은 기술을 추구하고 양궁(洋弓)은 도구(활과 화살)에 무게를 두었다고 한다.

활에는 『당기고』, 『노리고』, 『쏜다』라는 세 가지 동작이 필요하다.

그에 반해 쇠뇌는 총신에 설치된 시위에 화살을 장착하고 이미 활을 당긴 상태에서 쏘게 된다.

활이든 쇠뇌든 화살을 활에 먹이고 그 복원력으로 화살을 날린다는 기본원리는 같다. 이 당겼다가 쏘는 힘은 『조작:사출』의 콘솔……. 마력으로 성립되기에 의식을 할애할 필요가 없다.

중시해야 할 것은 어느 쪽이 보다 위력적으로 뛰어난가.

쇠뇌는 활과 비교해 화살의 초속(初速)이 시속 400km를 넘기도 하며, 비거리와 관통력이 뛰어나고 명중도도 뛰어나다. 다만 150포인트(약 68kg) 정도의 높은 장력을 요하기에, 연사 성능은 활보다 부족하며 사출 후의 공기 중 안정성도 떨어진다.

하지만 이 모든 결점이 보이지 않는 화살에서는 상쇄된다.

높은 장력은 전술한 『조작:사출』 콘솔을 이용해 날리기에 필요하지 않다. 보이지 않는 화살은 마력으로 형성된 통형 레일을 따라 날아가기에 공기 중에서도 안정적이다.

통형 레일은 검지와 중지를 기준으로 만든다.

똑바로 뻗은 오른팔을 안정시키기 위해 굽힌 왼팔을 받침대 삼고, 두 팔을 엇갈리게 둔 상태에서 목표를 지정한다.

경로 생성(루트 온)——, 마력으로 형성된 레일은 완만한 커브를 그리며 나무 그늘 뒤에 숨은 한 소녀에게로 날아갔다.

생성.

그 화살은 길고, 가볍고…… 살상력을 억누르기 위해 화살촉이 둥글며 화살대는 기본형인 평형이다. 활에 메길 필요가 없기에 활고자(활의 양 끝머리)는 생략했고 비행 방향을 유지하기 위해 화살 깃을 장착했다.

마력의 화살——, 쏘아낼 탄체는 세 개.

푸른색 화살이 희푸른 빛을 발하면서 팔 뒤로 뻗어난다.

검지와 중지 사이에 매달린 그것을 힘껏 뒤로 잡아당긴다.

오른팔 주변을 에워싸듯 매달린 마력 탄체는 화살 형태를 띠었으며 마력의 원천이 된 마술 연산자는 이 형상을 기억한다.

이 마력 탄체는 쏘아낸 후 공기 중에 녹아들어 모습을 감추지만, 내가 형성한 통형 레일을 따라 날아간다.

희푸른 마력의 불꽃을 튀긴 보이지 않는 화살이 레일 위를 달린다.

이미 트리거는 당겼다.

마력 탄체가 소녀의 턱에 도달했고—— 나는 마력을 담았다.

"날아가라."

"어?"

몸이—— 바로 옆으로 날아간다.

반으로 꺾인 소녀의 몸통은 어마어마한 기세로 분출된 물살에 밀려 바로 옆에 있던 굵은 나무 기둥에 충돌, 땅에 내팽개쳐졌다.

비명을 지를 새도 없었다.

소녀는 움찔움찔 경련하면서 실신해 버렸다.

홀로 남은 리더 격 소녀는 그 광경을 보고 놀라서 숨을 집어삼킨다.

"아, 아아, 아아아아아아아아아아아아아아아아아아아아아아아아아아아아아아악!"

그녀는 떨면서 새파랗게 질린 얼굴로 소리치더니, 나무 그늘에서 뛰쳐나와 두 팔을 마구잡이로 내뻗는다. 허공에 떠오른 검붉은 팔은 그 동작에 반응해 나뭇가지와 기둥을 헤치듯 앞으로 밀어냈다.

검집에 손을 얹고 자세를 낮춘 나는 달려가려 했다.

쑤욱——, 뻗어온 네 개의 팔. 그 사이로 빠져나가면서 날밑을—— 엄지로 들어 올렸다.

"모, 못 들었어! 이런 얘기 못 들었다고! 츠, 츠키오리 사쿠라 말고는 주의할 필요 없댔는데! 이, 이런 놈이 있다니——."

사이로 들어간 나는 스치듯이 트리거를——뽑고 휘두른 뒤——, 날을 검집에 넣었다.

"모, 못 들었……, 어……."

잘려 나간 앞머리가 바람에 날아가자 그녀는 그 자리에 주저앉았다.

트리거에서 손을 뗀 나는 딱딱해진 온몸의 근육에서 힘을 뺐고, 상대를 주시하며 뒤를 돌아보았다.

엥, 나 엄청 강해진 거 아냐……?

나는 무심코 득의양양하게 웃었다.

솔직히 이제 죽을 것 같지 않다. 기숙사에 약혼자(임시)를 두고 왔다는 사망 플래그쯤은 방금 그 일격으로 깔끔하게 양단해 버렸는걸.

기세등등해진 나는 이성을 되찾고 리더 격 소녀를 잡는다.

투지를 상실한 그녀는 공허한 눈으로 허공을 바라본다.

나는 살며시 그녀의 옷깃 언저리를 걷는다. 그 흰 목덜미에 권속의 증표인 낙인을 확인하고 나서 손을 뗐다.

생각대로 마신교의 습격 이벤트인가……. 이 낙인은 알스하리야의 것이니 시나리오대로임은 분명하다.

마신──, 과거에 이 세계를 지배하고자 신을 사칭한 마물.

그 한 마리의 마물은 인간을 본떠 여섯 기둥의 마인을 만들었다.

제1기둥, 사묘(死廟)의 알스하리야.

제2기둥, 화해(画骸)의 라이젤뤼트.

제3기둥, 파절(破絕)의 Q.

제4기둥, 만경(万鏡)의 나나츠바키.

제5기둥, 낙예(烙禮)의 페어 레이디.

제6기둥, 히즈키카미카쿠시.

여섯 기둥의 마인은 이계와 현계를 지배한다는 목적을 위해 움직이며, 각 루트의 중점이 되는 장면에 등장해 주인공들과 적대한다. 이놈이고 저놈이고 너무 편향적인 데다 대부분이 처음 보면 죽는 패턴을 가지고 있어서, 내가 염려하는 츠키오리 사망 엔딩과 이어지기 쉽다.

마인은 자기 목적에 적합하지 않은 대상을 살해, 말소 혹은 자기 편으로 끌어들이기 위해 수단을 가리지 않는다. 마신교에게 불리하다고 판단한 장애물을 배제하기 위해 행동하며 이 녀석들에게 히로인이 살해당하면 배드엔딩을 맞는다.

여섯 기둥의 마인은 인간 조종술 역시 뛰어나서 『마신교』라고 불리는 신자들이 현계에 만연하다.

마신교는 여섯 지부로 나뉘어 있으며 지지하는 마인에 맞춰 지배의 증표인 낙인을 가진다. 그녀들은 『권속』이라고 불리며 악덕 기업 못지않게 생사를 불문하는 혹사를 당한다.

참고로 게임 내에서 마인은 여섯 기둥으로 소개되지만 실은 제7과 제8 마인이 존재한다.

각각 누구와 누구냐면…… 우리의 히이로 군과 츠키오리다.

라피스 루트에선 사령술로 히이로가 되살아났다가 살해당한다는 폭소 신이 나온다. 이 장면, 정확히 말하자면 사요의 알스하리야 눈에 들어 마인화한 히이로가 되살아났다가 살해당하는 것이다.

알스하리야는『절대적인 백합 파괴녀』라는 별칭을 가졌고, 쓰레기뿐인 마인 중에서도 월등히 빛나는 쓰레기계의 1등성이다.

어쨌든 그 히이로와 죽이 맞아서 그가 백합 사이에 끼는 것을 도우려 하니까.

알스하리야는 가진 권능으로 죽은 사람마저도 부활시킬 수 있다. 라피스 루트의 최후반, 알스하리야가 되살린 한 인물을 보고 라피스가 격앙하는 신이 있다.

그 신을 보고 나는 알스하리야가 너무 싫어졌다. 히이로 다음으로 죽이고 싶다.

한편 츠키오리가 마인화하는 건『타락 루트』초반이다.

마신의 힘에 매료당한 그녀가 마인『츠키오리 사쿠라』로 변해 히로인들을 죽여 나가는 루트는 죽도록 찝찝하다.

이번 라피스 습격 이벤트는 마인과의 첫 접촉에 해당한다.

주범은 마인 알스하리야.

그녀의 권속이 된 인간은 조금 전의 검붉은 손,『사자의 손짓(할로 핸드)』이라 불리는 마법을 쓸 수 있게 된다.

이계 소환 기술의 일종이니 정확히 말하자면 매직 디바이스를 이용한 마법과는 다르지만⋯⋯, 그 위력은 확실해서 체력에 자신이 있는 썩을 히이로라도 잡히면 썩어서 죽어 버린다(그냥 죽어).

마인과의 첫 접촉이라고 해도 중요한 알스하리야 본인이 등장하는 건 종반 중에서도 종반이다.

지금 단계에서 싸우면 츠키오리라도 무조건 죽기에 게임 사정상 그녀와 싸우는 건 최종반이다.

그럼, 이번 일은 어떻게 정리할까.

원작 게임대로라면 라피스에게는 『이 오리엔테이션 합숙에서 친구를 사귄다』라는 목표가 있다. 그렇기에 위압적으로 보일 수 있는 호위 알브나 스승을 데려오지 않았다.

이번 습격은 그 허점을 찌른 것이다.

이 습격 이벤트를 무시하고 라피스를 구하지 않았을 경우, 라피스 루트는 완전히 소멸한다. 본래의 흐름대로라면 궁지에 빠진 라피스를 츠키오리가 구함으로써 싸우기만 하던 두 사람 사이에 우정이 싹튼다.

현계에 처음 생긴 친구 츠키오리 사쿠라에게 서서히 끌리며 우정에서 애정으로 변해가는 감정에 당황하는 묘사를 다루는 게 라피스 루트다.

내가 라피스를 구했다는 게 드러나면 그 소중한 계기를 망치게 된다. 츠키오리를 라피스 루트로 이끌기 위해서라도 그녀를 구한 건 츠키오리라고 라피스가 믿게 해야 한다.

실신한 라피스의 안부를 확인한 후, 나는 곰곰이 생각한다.

"…………."

좋은 아이디어가 떠올랐다!

나는 앞머리를 잘려 벙쪄 있는 권속 소녀에게 웃어 보였다.

"나를 때려."

"…………뭐?"

"사자의 손짓으로 날 때리라고. 봐줄 것 없이 있는 힘껏 패.

백합을 지키기 위한 거니까 너도 협력하겠지?"

"아니, 네, 저기……?"

나는 팔짱을 끼고 당당히 섰다.

"좋아, 와라!"

공격을 대기 중인 나를 무시하고 권속 소녀는 멍하니 주저앉아 있다.

"".............""

부담스러운 침묵이 우리 사이를 메웠고, 나는 물 흐르듯 발도했다. 굳은 미소를 띠고 거칠게 호흡하면서 떨리는 칼끝을 그녀에게 들이민다.

"너, 너, 너는…… 배, 백합에 해를 끼치는 존재냐……?"

"히, 히익! 때, 때릴게요! 때리게 해 주세요!"

"기합 단단히 넣고 때려!"

나는 정면에서 날아든 사자의 손짓을 맞고 날아가 큰 나무에 부딪혔다.

자리에서 일어나 내 온몸을 점검하지만 아무래도 상처가 그냥 그래 보인다.

"저, 저기……?"

"부족한데?! 네 백합을 향한 마음가짐이 이 정도냐?! 칸ㅇ 작가님의 『저 ㅇㅇ에게 키스와 흰 백합꽃을』을 백만 번 반복해서 읽고 와! 기합이 덜 들어갔어, 기합이!"

"히이이이이이익! 죄송합니다아아아아아!"

"『합ㅇ을 위한! 쉬운 삼각관ㅇ 입문』과 『황ㅇ 기숙사의 별자리

나날』도 정독하도로오오오오오오오오오오오오오오오오오오오옥!"

난타를 날린 나는 샤워기 아래서 물이 나오길 기다리는 심정으로 대기한다. 겨우 피투성이 멍투성이가 된 나는 넝마가 된 상태로 권속 소녀를 향해 엄지를 치켜든다.

"하면, 할 수 있잖아……!"

"더는 싫어……. 권속 때려치울래……!"

권속에는 마인의 축복이 부여되어 있으며 능력치 보정도 된다.

죽을 듯한 기세로 날아간 두 소녀도 체력과 마력 보정 덕인지 깨어났고 셋이서 후다닥 꽁무니를 뺐다.

미수인 데다 이제 질렸을 테니 놓아주기로 하자.

온몸에 상처를 입은 나는 변변한 저항도 못 하고 깨진 사람을 가장해 쓰러진다. 갈라진 목소리로 씩씩거리면서 츠키오리에게 연락했다.

꼼꼼히 준비를 마친 나는 벌러덩 누우면서 회심의 미소를 짓는다.

크큭, 내가 보기에도 한 점의 오류도 없는 악마 같은 계획이야. MADE IN 나의 백합 덫에 츠키오리가 보기 좋게 걸려든 순간, 박진감 있는 연기로 권속 셋을 쓰러뜨린 건 츠키오리 사쿠라라고 외치자. 아무 도움도 안 되는 나는 엉망으로 깨져서 츠키오리에게 매달린 걸로 하면 라피스는 자길 구한 츠키오리에게 연심을 품겠지.

참 나, 백합 IQ 180의 두뇌는 최고야……!

"……으응."

라피스가 잠긴 목소리를 냈고 깨어나려 하고 있다는 걸 간파한 나는 쩔쩔맸다.

"어, 잠깐. 아직 츠키오리가 안 왔——, 으윽. 호되게 당했네."

"으응……. 나, 습격당해서……. 뭐가……, 히이로……?"

깨어나고야 만 라피스는 눈을 깜빡였고 여전히 엎드려 있는 나는 움직임을 멈춘다.

괘, 괜찮아. 진정해, 산죠 히이로. 츠키오리가 올 때까지 허접쓰레기인 척하며 전개를 이어가면 된다. 가능한 한 비참하게 약해 보이게, 그야말로 미덥지 못한 쓰레기남을 연기하자.

깃들어라! 깃들어, 왕년의 명배우! 와라, 아카데미상! 아카데미상아 와라!

"끄…… 끄응, 끄으응끄응, 얼빠진 놈이라 제대로 당했네……!"

"엇?! 히이로?!"

무릎을 꿇은 라피스는 필사적으로 나에게 다가온다.

"사, 상처투성이……. 무, 무슨 일이 있었던 거야……, 히이로……?!"

"미안, 라피스. 나는 당했어. 무참히 당해 버렸어. 허접쓰레기였어. 정말 반격 한번 못 하고 있는데 츠키오리가 도와줬어. 난 그 녀석 발끝에도 못 미쳐. 라피스를 구한 건 츠키오리고 난 그냥 비실이야. 츠키오리는 정말 대단해. 라피스는 츠키오리에게 감사해야 한다고 생각해. 츠키오리 최고, 예이예이."

"그럴 수가……, 히이로가 지다니……!"

나를 내려다본 그녀는 당장에라도 울 듯한 얼굴로 속삭인다.

"바보……! 너 나를 감싼 거지……?!"

"잠시만. 생각이 왜 그리 튀어?"

무심코 피투성이가 된 나는 벌떡 일어났다.

내 머리를 무릎 위에 올려둔 그녀는 사내놈 뺨에 묻은 피를 열심히 손으로 닦는다. 그녀의 따뜻한 손바닥이 부드럽게 뺨을 어루만지며 붉은색을 띠었다.

"그딴 놈들에게 히이로가 질 리가……! 너 나를 감싸면서 싸우는 바람에……, 이렇게 상처투성이가……. 츠키오리 사쿠라가 구하러 오지 않았다면 날 감싸다가 죽을 셈이었어……?!"

"죄송한데 그건 당신에게 유리한 해석 아닌가요? 제가 라피스를 감싸면서 싸웠다니, 뭐 그런 데이터가 있나요? 뭐지, 미담으로 삼지 않아도 되니──."

뚝뚝, 무슨 액체가 떨어진다. 그게 라피스의 눈물이라는 걸 알아차린 나는 깜짝 놀랐고, 입을 누른 그녀에게서 오열이 새어 나왔다.

"이 바보……! 나 같은 애 때문에…… 죽으면 어쩌려고……!"

라피스는 울면서 내 머리를 끌어안는다.

부드러운 언덕과 향기에 감싸여 나는 라피스도 데오드란트를 쓰는구나, 라고 생각했다. 모처럼 입은 사복에 피가 묻겠다는 아무래도 상관없는 생각을 하면서 내 머릿속에선 대량의 의문 부호가 난무했다.

어라라? 왜, 우째서?

내 완벽한 계산(『원숭이도 가능한 백합 계산 ~기본편~』 참조)에 따르면 라피스가 나에게 말을 걸 때 츠키오리가 씩씩하게 나타나야 한다.

나는 당장에 일어나 츠키오리에게 이번 공로를 떠넘긴다. 라피스는 자기 생명의 은인인 츠키오리에게 반하고, 나는 상처가 나은 셈 치고 곧장 떠난다.

해피엔딩!

그럴 터인데 왜, 왜, 라피스는 길가의 돌멩이를 위해 우는 거지……? 어, 어디서 내 완벽한 백합 계산이 잘못됐나……? 백합 이미지를 보기 위해 픽시ㅇ에 돈을 처바르는 내 퍼펙트 릴리 서큘레이션이 잘못됐다 이거야……?!

"라, 라피스, 자, 잘 생각해 봐……."

이를 딱딱 부딪치면서 나는 필사적으로 탈출구를 찾는다.

"나는, 너를 못 지키고 졌거든……. 아, 아는 거지? 우열이 쉽게 가려진 한심한 패배자라고……. 비참하고 나약하고 너무나도 한심한 궁상남이야……!"

"그래서, 나를 감싼 거지……?"

훌쩍훌쩍하면서 라피스는 나를 계속 끌어안는다.

"감싼 적 없어! 오히려 방패로 쓰려고 했단 설이 유용해!"

"거짓말! 히이로가 뛰어든 순간은 기억해! 방패가 되어 준 건 히이로잖아!"

영문을 모르겠다……. 왜 참패한 내 호감도가 상승하지……?

"…………?"

혹시 이 세계……, 버그인가……?

"왜."

의문이 머리에 꽉 차 있는데 똑똑, 하고 큰 나무를 두들기며 츠키오리가 나타난다.

"왜 피투성이가 돼서 찰싹 붙어 있어?"

왔다아아아아아아아아아아아아아아아아! 츠키오리가 왔다아아아아아아아아아아아아아아아아아! 이제 이길 수 있어! 아니, 이미 이겼어! 나 츠키오리가 너무 좋아!

"츠키오리 사쿠라……."

라피스는 뜨거운 시선으로 츠키오리를 바라본다.

설레는 마음으로 나는 두 사람의 동향에 주목한다.

이제, 라피스는 츠키오리에게 호감을 품고 두 사람은 순조롭게 사랑을 키워──.

"왜 다친 히이로를 그냥 두고 갔어?!"

""뭐?""

나와 츠키오리는 서로를 마주 봤고 라피스는 다시 나를 품에 끌어안는다.

"구해준 건 고마워! 하지만 그거랑 이건 별개야! 다친 히이로를 돌보지도 않고 어디 갔던 건데?!"

"응? 무슨 소리야?"

단숨에 핏기가 가신 나는 황급히 변명하기 시작했다.

"아, 아니야, 라피스! 내가 부탁했어! 너를 습격한 녀석들이 도망치길래 쫓아가 달라고! 츠키오리는 아무 잘못 없어! 엄청 착한 녀석이야! 강하지 아름답지 최고야! 츠키오리 최고!"

"왜 갑자기 그렇게 띄워줘?"

머리를 쓸어올리며 미소 지은 츠키오리가 까딱까딱 손짓한다. 나는 라피스에게서 멀어져 그녀와 함께 큰 나무 그늘로 들어갔고──, 깔끔하게 고개를 숙였다.

"도와주세요……!"

"네네, 얘기해 봐."

거목에 등을 기댄 츠키오리는 키득 웃었다.

"라피스가 마신교에게 습격당해서……, 그래서 내가 무심코 쓰러뜨렸는데……. 가능하다면 그 녀석들을 쓰러뜨린 건 츠키오리란 걸로 해 두고 싶어서……."

"왜?"

"츠, 츠키오리가 다른 애들이랑 친해졌으면 해서……."

천천히 입꼬리를 더 끌어올린 그녀는 내 뺨을 손끝으로 만졌다.

"히이로는 착하네."

…………엥?

"혹시 내가 혼자 있어서 친구를 만들어 주려고 한 거야? 난 싹싹하게 굴기 힘들고 어필할 포인트라곤 이 힘밖에 없으니까. 이런 기회가 아니면 나와 다른 애들이 친해질 수 없을 줄 알았어?"

…………무슨 소릴 하는 거지, 이 녀석?

"아니, 친해졌으면 한다는 게 그런 뜻이──."

"상대는 마신교고, 몇 명이었어?"

"어……. 세, 세 명."

"혼자 이긴 거야?"

71

"그래, 뭐, 스승님 덕 같은 거지만……."

위치가 뒤바뀐 나는 어깨를 눌려서 나무 쪽으로 밀려났다.

아름다운 미소를 띤 그녀는 살며시 내게 몸을 기댔다. 부드러운 몸이 밀착하자 체온을 통해 심장 박동이 울려 온몸이 경직됐다.

"나도 셋이야."

"뭐? 너 어디서 싸웠어?"

"히이로의 소중한 여동생이 습격당해서 돕고 왔거든. 그 낙인은 알스하리야의 것이겠지……. 내 모습은 드러내지 않았으니 레이는 히이로가 구해줬다고 믿고 있을지 몰라."

"왜 진지한 얼굴로 덤덤하게 농담하고 그래, 너. 정치가라도 됐냐?"

산죠 히이로 위장 죄로 감옥에 체크인할 것이 확실한 츠키오리는 둘째 치고, 레이까지 마신교에게 습격당했다고? 원작대로라면 라피스와 레이가 동시에 습격당하는 일은 없었는데?

알스하리야는 아직 깨어나지 않았을 테니 드러내놓고 활동할 수 있는 권속(알스하리야파)의 인원수는 한정돼 있을 것이다. 뭔가 이상하다. 머릿속에서 위화감이 소용돌이치며 방치해서는 안 된다는 경보를 울린다.

"자, 감사 인사는 끝."

정체불명의 감사 인사를 마치고 몸을 뗀 츠키오리는 내 두 어깨를 움켜쥔 채로 고개를 갸웃한다.

"친하게 지내면 되는 거지? 다른 애들과."

"어……. 응!"

"좋아, 아니면 또 어디 사는 순둥이가 내 문제에 참견할 것 같으니까."

아마 처음이다. 츠키오리 사쿠라는 나를 향해 표리 없이 활짝 웃어 보였다.

"고마워."

"어……, 나야말로, 고마워……?"

의미를 알 수 없는 감사 인사를 주고받은 우리는 라피스에게로 돌아갔다.

실망한 눈치인 라피스는 적개심을 드러내며 츠키오리를 노려본다. 그 시선을 알아차린 츠키오리는 유연하게 평소 같은 느낌으로 입꼬리를 들어 올렸다.

"아무리 공주님이라도 생명의 은인을 그렇게 보는 건 아니지 않나."

"하, 하지만, 히이로가……!"

"라피스, 아까도 말했다시피 내가 부탁했어. 게다가 그때 츠키오리가 놈들을 쫓아가지 않았다면 레이가 위험했을 거야."

"그래, 그래. 그러니까."

츠키오리는 아름답게 웃으며 라피스에게 손을 내밀었다.

"사이좋게 지내자."

거듭 설명한 끝에 사정을 납득한 듯하다.

고개를 획 돌린 라피스는 얼굴을 붉히며 그 손을 잡는다.

"딱히, 험악하게 지내고 싶진…… 않으니까……. 고마운 마음은, 분명히 느껴……. 히이로 다음으로, 지만……."

나는 눈물을 흘리면서 그 아치를 바라본다.

정말, 백합은 최고야……!

이로써 한 건 해결이다. 뜻밖의 해프닝 때문에 어떻게 될지 불안했는데 역시 백합 IQ 180인 나야. 무사히 백합의 싹을 관측했다.

이제 라피스와 츠키오리는 서서히 사랑을 키워 가겠지. 더는 산죠 히이로가 백합 사이에 낄 일도 없을 것이다.

여러분, 함께 외쳐주세요! 백합 사이에 낀 남자는 죽어라!

나는 미소를 띠며 걸어 나갔고 뒤에 있는 두 사람에게 손을 흔들었다.

행복하시길……, 방해되는 남자는 쿨하게 꺼져줄 테니…….

둘에게 들키지 않도록 방해꾼은 배로 돌아가려 했는데——, 라피스가 황급히 쫓아오더니 나를 부축한다.

"히이로, 무리하지 마!"

밀착해온 그녀를 내려다본 나는 경악하며 눈을 크게 떴다.

왜 츠키오리가 아니라 나를 부축하지?!

"히이로, 다리가 살짝 흔들리고 있어. 자, 가자."

반대쪽에서 츠키오리가 나에게 달라붙더니 살며시 겨드랑이 아래로 팔을 집어넣었다.

나는 절망하며 얼굴을 찡그렸다.

왜 라피스가 아니라 나를 부축하지?!

두 미소녀 사이에 낀 나는 겨우 이성을 되찾았고, 현실도피의 세계에서 돌아왔다.

안 돼! 결국 내 호감도 올랐잖아!

"라, 라피스……. 츠키오리이……. 나, 나는 두고 가……, 두고 가아……!"

"무슨 소리야, 정말. 너를 왜 두고 가."

바람이 불자 라피스의 황금빛 머리카락이 나부꼈다.

"너는 여기 있으면 안 되잖아."

"싫어, 나는, 싫어어……! 이런 거…… 이런 거, 스코어가 아니야아……! 백합 요소가, 없잖아……. 장르 사기야……! 잘못됐어……. 이런 건 잘못됐다고오……!"

"히이로, 머리를 크게 부딪혔어? 정신은 괜찮은 거지? 괜찮아, 정신?"

"나는…… 나는, 포기 안 해……. 나는……!"

둘에게 질질 끌려가면서 나는 목소리를 쥐어 짜낸다.

"포기 안 할 거야……!"

진심에서 우러난 소원은 허무하게 메아리쳤고 둘 사이에 낀 나는 의무실로 연행——.

"부러졌네요."

뜻밖의 진단을 받았다.

"……선생님 볼펜이요?"

"아니, 당신 뼈가요."

긴 다리를 꼰 여자 의사는 볼펜으로 내 흉부 엑스레이 사진을 가리켰다.

"여기, 봐요. 깨끗하게 부러졌죠."

"……선생님 볼펜이요?"

"아니, 당신 뼈가 부러졌다고요."

의무실에서 치료를 마친 오필리아는 이미 객실로 돌아갔는지 실내엔 우리 말고 다른 사람을 찾아볼 수 없다.

레크리에이션도 끝나고 불그스레한 하늘이 세상을 집어삼켰다.

저녁 시간까지는 자유시간. 잔잔한 바다를 붉은색으로 물들이는 저녁노을을 바라보며 아가씨들은 우아하고 아름다운 크루징을 즐기는 중이다.

그런 아름다운 항행 뒤편에선 내 오른쪽 팔목과 갈비뼈가 부러져 있었다.

"마법 치료를 받으면 내일 아침이면 완치까진 어렵더라도 거의 신경 안 쓰일 정도로 만들 수 있어요. 다만 나름의 고통은 따르죠. 약물 작용 때문에 의식도 몽롱할 거예요. 오늘 밤은 담임 선생님께 곁에 있어 달라고——."

"제가 있을게요."

진단받은 나에게 다가와 오른쪽 어깨에 손을 얹은 라피스가 진지한 얼굴로 단언한다.

"이 사람은 저 때문에 다쳤어요. 그러니까 제가 있을게요."

"저도 같은 방이라서요."

츠키오리는 미소 지으며 내 왼쪽 어깨에 살며시 손을 얹는다.

도주할 길이 막힌 나는 두 사람이 못 듣게끔 의사 선생님에게 속삭인다.

"……묵직한 과자 상자가 필요하진 않으세요?"

"네?"

"이 우아한 분위기로 눈치채셨을 수도 있지만 전 귀한 신분을 가진 그 산죠가의 도련님이거든요. 조금 전의 진단 결과를 제 뼈가 아닌 선생님 볼펜이 부러진 걸로 해 주시면 섭섭지 않게 챙겨드리겠다고 약속하죠."

나는 히죽히죽 웃는다.

"당신에게도…… 그렇게, 나쁜 얘기는 아니죠?"

"붙어 있겠다고 해도 그는 남성이에요. 호죠 마법 학원 아가씨가 남자 곁에서 하룻밤을 보내는 건 좋지 않아 보이네요. 여자끼리라면 그런 관계인 걸로 처리되겠지만……, 남자와 여자는 사정이 달라요."

의사에게 깨끗하게 무시당한 나는 충격받은 나머지 벌어진 입을 다물지 못했다.

"히, 히이로라면."

라피스는 고개를 숙이고는 얼굴을 붉히며 중얼거렸다.

"상관없어요……. 생명의 은인이니까……. 저를 위해 다친 거예요……."

"라피스, 이거 실은 직접 한 거야. 너랑 츠키오리가 친해졌으면 해서 마신교 권속에게 여러 번 때려 달라고 했어. 부러진 뼈와 이 상처도 내 계획적인 책략으로 생긴 고의적인 거니까 널 위해 다쳤다는 이야기는 전혀 사실이 아니야."

"오른팔과 갈비뼈가 부러질 때까지 일부러 계속 맞는 바보 같은 짓을 하는 바보가 어디 있어. 거짓말을 하려면 조금 더 현실적으로 생각하는 게 좋을걸. 바보도 아니고."

방금 나한테 바보라고 했냐?

라피스의 열의에 밀린 의사 선생님은 부풀어 오른 가슴에서 한숨을 밀어냈다.

"알겠는데 담임 선생님께는 보고해 줘요. 만약 환자가 호흡에 위화감을 느끼면 바로 저를 부르고요."

"네, 알겠어요. 히이로 곁에서 계속 지켜볼게요."

"저도 동의해요."

"나도 동의…… 가 아니지!"

나는 일어나서 소리친다.

"나는 동의할 수 없어!"

나는 속내를 털어두듯 입을 열었다.

"나는 동의할 수 없──."

의사 선생님이 갈비뼈를 부드럽게 누른다. 나는 말없이 그 자리에 주저앉았고 살며시 가슴을 눌렀다.

"그럼 치료를 시작할 테니 두 사람은 밖으로 나가 줘요. 산죠가 도련님은 웃옷을 전부 벗고 이쪽을 봐주겠어요?"

"선생님! 당신 명의 맞죠?! 내일 말고 지금 당장 이 자리에서 고쳐줘요! 돈이라면(산죠가를 협박해서) 얼마든지 내놓을 테니까! 부탁해요!"

퇴장하는 두 사람을 곁눈질하고 오열하면서 나는 의사 선생님에게 매달린다.

"나는 이런 데서……, 이런 데서 끝날 수 없어……!"

의사 선생님은 말없이 턱짓했고 나는 양쪽으로 단단히 붙들렸다.

"자~. 벗읍시다~!"

"하지 마아아아아아아아아아아아아아아아아아아! 인권 침해야, 이거어어어어어어어어어어어어언! 나는 산죠가 도련님이거드으으으으으으으으으으으으으으으은!"

간호사들에게 제압당해 눈 깜짝할 사이 상반신이 드러났다.

싱글벙글 웃는 두 간호사는 신체 강화 마법이 걸린 것인지 마운틴 고릴라 같은 힘으로 나를 의자에 단단히 눌렀다.

고통이 따르지 않을 정도의 힘으로.

의사 선생님은 내 가슴을 더듬더듬 손가락으로 만지며 부풀어 오른 환부를 확인한다.

"선생…… 당신, 원하는 게 뭐야……. 지위, 명예, 아니면 여자……? 크큭, 덤덤한 표정 지어 봤자 소용없어……. 인간의 욕망은 끝이 없거든……. 당신의 욕심을 채워줄 수 있는 건 이 나뿐이야……. 잘 생각해 봐……. 10초간 기다리지……. 내 제안을 받아들일 수 있는 건 이제 10초 남았어……. 양보해 주지……."

10초 후, 의사 선생님은 진지한 얼굴로 촉진을 이어갔다.

"30초 정도 더 기다려 줄까……!"

울상으로 떨리는 목소리를 내는 나에게 의사 선생님은 힐끗 눈길을 보낸다.

"산죠 씨, 의사는 환자를 구하는 게 일이에요. 거기에 성별은 없죠. 당연히 산죠가도 예외는 아니에요. 모든 게 평등합니다. 무슨 뜻인지 알겠어요?"

"죽을죄를 지었습니다……!"

나는 의사 선생님에게 방해가 되지 않도록 입을 다문다.

멈칫. 의사 선생님은 내 흉부의 일부, 아마 갈비뼈 위에서 손가락을 멈춘다.

그녀는 눈을 내리뜨더니 앞가슴 쪽 주머니에 꽂아둔 볼펜——매직 디바이스를 꺼내어 빙글빙글 돌렸다. 그리고 트리거——, 머리 쪽을 두드리자 볼펜에서 희푸른 빛이 뿜어져 나왔다.

인간의 체내에는 내인성 마술 연산자가 존재하기에, 매직 디바이스를 이용하면 체외에서 병이나 상처에 접근할 수 있다.

다만 마법을 발동하려면 상상력이 필요하다.

검이나 화살을 만들더라도 세세한 요소까지 떠올려야 한다. 인간의 몸속을 건들려면 그 이상의 세세한 상상과 지식이 반드시 필요하다.

그렇기에 에스코 세계에서도 현실 세계와 마찬가지로 의사가 되려면 국가시험에 합격해야 한다. 어중간한 노력으로는 그 자격을 얻을 수 없다. 응급처치 정도라면 개인도 할 수 있겠지만, 그 이상의 치료를 원한다면 전문기관의 치료가 필요하다.

서서히 통증이 가신다.

의사 선생님은 여러 번 콘솔을 바꿔 가면서 반복해서 마법을 발동했다.

몇십 분 후, 처치가 끝났다.

내 오른팔에 부목을 대고 고정한 의사 선생님은 미소 지었다.

"이제 됐어요. 수고했어요. 식사나 목욕은 편하게 해도 되지만, 격렬한 운동은 삼가도록 해요. 지금은 진통제를 놓고 고정해 놔서 아프지 않겠지만, 잘 때에는 통증이 올라올 거예요. 약 기운이 돌면 의식도 몽롱할 거고요. 무슨 일이 있으면 옆에 있는 사람에게 알리고 이리로 오세요."

"불편을 끼쳐서 정말 죄송합니다."

바닥에 넙죽 엎드린 다음 의무실 밖으로 나오자, 라피스와 츠키오리가 기다리고 있었다.

"어땠어……, 괜찮아……?"

"완치됐대."

"거짓말."

내 거짓말을 바로 간파한 츠키오리는 난간에 기댄 채로 미소 짓는다. 뒤로 이동한 그녀가 건드는 바람에 나는 울면서 "알겠어, 부러졌어! 아, 그만해!" 하고 부러지지 않은 팔로 견제했다.

"히이로, 이제 다 같이 식사할 거래."

나에게 살며시 다가온 라피스는 부드러운 몸을 밀착시켰다.

"혼자 못 걷겠지, 부축할게."

"아니, 부러진 건 오른팔과 갈비뼈고 방금 부러진 건 마음이라서 혼자 걸을 수 있어."

"그냥 히이로에게 붙어 있고 싶은 거 아냐?"

츠키오리의 놀림에 라피스는 얼굴이 새빨개져선 나에게서 멀어졌다.

"아, 아니——."

"아니야! 그렇지 않다고! 라피스는, 그렇지 않아! 나한테는 약혼자가 있으니까 라피스는 그런 생각 안 해!"

"왜 히이로가 얼굴이 새빨개져서 부정해? 그렇게 거칠게 다가오다니, 혹시 날 넘어뜨리고 싶은 거야?"

""아니야!""

"이번엔 둘이서 사이좋게 부정하네……. 그보다 약혼자라니?"

입술에 검지를 댄 츠키오리는 나를 올려다보며 싱긋 웃는다.

"그런 게 있었나? 아, 히말라야산맥에서 발자국을 찾았댔나?"

"남의 약혼자를 미확인 생물체 취급하지 말아 줄래……?"

"오라버니!"

라피스와 츠키오리 사이에 끼어 석식 회장을 확인하는데, 검은 장발을 나부끼며 달려온 여동생이 내게 단단히 매달려 눈물을 쏟아낸다.

"다행이다. 무사해서……. 저, 오라버니가 다쳤다는 말에…… 걱정돼서, 제정신이 아니었어요……. 또 저를 지키기 위해 무모한 짓을……."

"악의적인 오보 때문에 캐릭터성 망치지 마. 냉큼 자신을 유지하는 업무로 돌아가, 쿨 캐릭터의 기준법 위반이야, 산죠 레이. 내가 너를 목숨 걸고 지켰다는 목격 정보는 히말라야산맥 오지에서 키 2m, 몸무게 350kg인 내 약혼자가 발견된 것만큼이나 신빙성이 없어."

"저기, 히이로는 갈비뼈가 부러졌으니까 너무 힘껏 매달리지 않는 게 좋을걸. 게다가 그에게는 약혼자가 있어."

레이를 힘껏 밀어내 나에게서 떼어놓은 라피스가 훌륭하게 날 서포트했다.

"그리고 히이로가 목숨 걸고 지킨 건 나야. 네 그건 착각이라고, 알겠지?"

"아니, 난 누구도 지킨 적 없는데. 오히려 습격했단 설까지 있어."

"알프 헤임의 세상 물정 모르는 공주 전하께서는——."

레이는 열심히 다시 라피스를 밀어내며 이마에 혈관 마크를 띄운다.

"무슨 근거로 그런 이유 없는 망언을 하시는 거죠? 제 오빠가. 이·저·의 오빠가 소중한 여동생을 위해 가장 먼저 달려오는 건 산죠가 남자로서 당연한 일이에요. 자랑처럼 들린다면 죄송하지만, 오빠가 진심으로 소중히 여기는 저를 위해 무모한 일을 벌이는 건 이번이 처음도 아니고요."

"산죠가의 고상하고 무지한 아가씨께선."

서로의 어깨를 부딪치면서 라피스는 싱글벙글한 얼굴로 레이의 온몸을 민다.

"모를 수도 있지만, 히이로는 나를 위해서도 꽤 무모하게 나서거든. 무모 원 플러스 원에 공주님 안기까지 덤으로 얹었단 말이야, 줄줄이 3종 세트라고. 게·다·가! 그룹원이 몸이 안 좋으니까 곁에 있어 주게 배로 돌아간다고 레이는 따로 움직였잖아? 그때 히이로는 날 위해 싸웠어."

"당신이 습격당한 정확한 시각은 모르겠지만 저도 배로 돌아오는 길에 급습당했어요. 어떻게든 피하려고 빠르게 움직였는데……, 정신을 차리고 보니 나쁜 사람들이 쓰러져 있었죠. 그때 틀림없이 오라버니 그림자를 봤어요."

"잘못 본 거야. 상처투성이 히이로는 내 눈앞에서 쓰러졌어."

"당신은 한 번 기절한 것 같던데요. 그 사이 오라버니가 저를 구하다가 중상을 입고 당신에게 돌아가자마자 힘이 다했다고 보면 앞뒤가 맞지 않을까요."

"아니, 그건 말이 안——."

"딱히 한쪽이 아니어도 되지 않나?"

츠키오리는 성가시다는 듯 중얼거린다.

"둘 다 히이로가 구한 걸로 마무리 짓지?"

두 사람은 서로를 바라보다가 같은 타이밍에 고개를 돌렸다.

"“……이의 없어요.”"

"이의 있음!"

논의가 끝을 맺으려 하자 나는 하늘을 찌르는 듯한 포효를 내질렀다.

"그 결론에 이의 있으음!"

"왜 그래, 피고인. 상처에 해로워."

"레이를 구한 건 츠키오리 너잖아! 남에게 공훈을 떠넘기는 지독한 짓거리를 용케도 떠올렸네! 인간으로서 최악의 행위야, 그건!"

"하지만 레이가 히이로 그림자를 봤대."

"당연히 잘못 본 거지! 증거 있어, 증거? 증거를 내놔 봐! 무죄야, 무죄! 히이로는 무고하다고! 재판장은 유죄 추정을 인정하라!"

"그건 오라버니 그림자였어요. 틀림없다고요. 이 카시오 미니를 걸어도 좋아요."

"네, 폐정."

"도망치지 마, 이 겁쟁이! 도망치지 마! 도망치지 마, 바보, 바아보, 겁쟁이!"

"그보다 오늘 밤은 어쩔래?"

시끄럽게 울어대는 내 머리를 쓰다듬으며 중얼거린 츠키오리의 질문에 라피스와 레이는 서로 눈짓을 주고받는다.

"다 같이 히이로를 돌본다고 해도 마리나 선생님은 허락하지 않을 테니……. 누구 하나로 좁혀야겠지."

가만히 경위를 들은 레이는 한 걸음 앞으로 나선다.

"우문이네요. 당연히 그건 여동생인 제 역할이에요. 애초에 오라버니가 입은 중상의 원인은 제 방심에 있어요. 죗값을 치르는 건 산죠가 사람으로서 당연한 일, 오라버니를 간호할 수 있는 건 저 말고는 없다고요."

"히이로는 나를 위해 다쳤으니까 당연히 나지. 다른 선택지가 더 있어?"

"나는 같은 방을 쓰니까 마리나 선생님에게 허가받기도 쉬울 거야. 내가 히이로를 돕지 못해서 다쳤다고 볼 수도 있으니, 다친 원인은 나에게 있다고 봐도 과언이 아니겠지."

줄줄이 돌보미 역할에 자원한 라피스와 츠키오리를 보고 즉각 나는 힘껏 손을 들었다.

"저요! 내가 나를 돌보는 게 뭐 잘못인데?! 나 이상으로 산죠 히이로라는 인간을 꿰고 있는 사람은 없어! 그가 원하고 있어! 내 몸은 내가 치료한다고! 여자는 여자와 같이 자라고! 이 산죠 히이로에게 남을 의지하는 나약한 개념 따위는 존재하지 않아! 너희는! 착각하고 있어! 나는, 여기서, 이 비틀린 세상을 바로잡 겠어!"

"이대로 두면 이야기는 제자리걸음이겠네."

미소를 띤 츠키오리는 살며시 자기 손바닥을 내밀었다.

"단순하게 가위바위보로 정하자."

공기가 술렁였고 우리는 조용히 서로를 마주 보았다.

바람이 휙 불어 들었고 우리 사이로 아무 상관 없는 여자아이 가 지나간다.

각기 네 방향으로 물러난 나와 츠키오리, 라피스, 레이는 숙 명으로 정해진 것처럼 『바위』의 형상으로 주먹을 내밀었다.

조용한 공간, 폭발하는 결의, 몇 초 사이 다양한 생각이 오갔다.

서로의 의지가 충돌해 꼭 불꽃을 튀기는 듯했다.

눈을 감고 심호흡한 나는 명예로운 상처가 주는 통증에 신음 했다.

질 수는 없다. 여기서 지면 고생한 보람 없이 백합을 상실하고 어이없이 끝날 것이다. 나는 에스코 팬의 마음을 짊어지고 여기서 있는 거야. 감각을 날카롭게 다듬고 자신을 믿자.

백합의 신이여, 지켜봐 주시길. 나는—— 눈을 떴다.

여기서! 반드시! 이긴다!

""""가위바위!""""

우리 사이에서 발생한 열광의 소용돌이가 휘몰아치며 천장으로 치솟았다.

펄떡거리는 뜨거운 마음이 하늘 높게 솟구쳤고 한바탕 돌풍을 몰고 온다. 불어든 바람에 전원의 머리카락이 휘날렸고 하늘 높게 외침이 울려 퍼졌다.

이 일합에—— 내 모든 걸—— 걸겠어!

공기의 흐름을 가르며 『가위』를 내던졌다.

"보오오오!"

우리는 동시에—— 손을 내밀었다.

소리가 멎는다.

교차한 손과 손, 이미 결착이 나 있었다.

내 가위는 바위를 세 개나 맞고 휘어졌다.

"…………"

나는 살며시 가위를 주먹으로 바꾼다.

""""가위바위~.""""

당연하다는 듯 무시당했고 눈앞이 흐려진 나는 무릎을 꿇고 오열했다.

87

나는…… 나는…… 약해……!

"앗!"

환호성이 터져 나왔고 흥분에 얼굴을 빨갛게 붉힌 라피스가 웃었다.

"내가 이겼다! 야호!"

세 사람의 가위바위보 승부는 라피스가 이기며 끝난 듯하다.

힐끗, 이쪽을 살핀 라피스와 눈이 마주치자 그녀는 작게 브이를 만들며 웃어 보였다.

"…………."

뭐, 그나마 낫나.

최악은 레이, 그다음은 츠키오리니까.

라피스에게는 스노우가 가짜 약혼자라는 걸 밝혔지만, 그녀는 내가 여성과 사귈 수 없는 사정이 있다고 믿는다. 나에게 연심을 품을 수 있다는 충고를 들은 레이나 무슨 짓을 할지 모르는 츠키오리보다는 신뢰할 수 있겠지.

산죠가 별택에서는 한 지붕 아래 깨끗하고 올바르고 아름다운 라이벌 관계를 유지해 온 사이다. 이제 와서 하룻밤을 함께 보낸다고 해서 문제 될 건 없으리라고 믿자.

팔짱을 끼고 서 있던 레이는 노골적으로 혀를 차더니 자리를 떴다. 츠키오리는 한숨을 내쉬더니 재미없다는 표정으로 방으로 돌아갔다.

히죽거리고 있는 라피스는 내 소매를 잡아당기며 자기 존재를 어필한다.

"라이벌인 내가 보살피게 돼서 기쁘지~?"

"저기, 괜히 신경 쓸 거 없어. 별택에 살 때도 공주님의 조용한 배려 덕에 하마터면 인생 종료를 대대적으로 전파할 뻔한 때도 있었고."

"그, 그렇게 부풀리지 마. 그냥 방을 착각한 거잖아?"

"살이 다 비치는 야시시한 잠옷을 입은 네가 방을 착각했을 뿐인데, 발칙한 놈으로 오해받은 나는 목이 날아갈 뻔했어."

"그, 그러니까 알프 헤임에선 그게 평범하다고, 알겠어?!"

옆구리를 쿡쿡 찔리며 나는 안도의 한숨을 내쉬었다.

뭐야, 의외로 평범하네. 내가 너무 의식했을 뿐인가.

내 슈퍼 잔꾀가 꼬이는 바람에 라피스를 목숨 걸고 지킨 듯한 구도가 되어서 걱정했지만……, 라피스는 라피스, 평소와 같다.

"그럼 디너 타임을 즐기자고. 어디로 모이랬더라? 저녁 식사는 그룹끼리 하는 건가?"

"아니, 레크리에이션에서 반을 불문하고 친해졌을 테니까 그룹끼리 모일 필요 없어. 원하는 곳에서 먹어도 된다니까 같이 선내 안내를 보고 골라볼래?"

라피스는 내 소매를 잡은 채로 윈도우를 연다.

나는 그 화면을 바라보다가—— 어깨에 부드러운 감촉을 느꼈다.

"저기, 사파이어 덱의 『라이트 어텐던트』라는 곳은 해산물 요리가 맛있대. 선내 안내 상세 설명에 적혀 있었는데 셰프가 소재를 엄선해서——."

"……저기, 라피스 씨?"

"응? 왜?"

나는 아까부터 맞닿아 있는 나와 라피스의 어깨를 가리켰다.

"가, 가깝지 않아……?"

"그래? 평범하지 않나?"

미소 지으며 라피스는 머리카락을 귀 뒤로 넘긴다.

샴푸 향이 코를 간질이고, 새하얀 목덜미가 드러난다.

황금빛 머리카락이 그녀의 목덜미로 흘러내렸고 고개를 내리니 무방비한 가슴이——, 나는 내 얼굴을 향해 주먹을 날렸다.

"우왁?! 잠깐, 히이로?!"

"쉬, 쉬!"

"그렇게까지 깔끔하게 망설임 없이 자기 얼굴에 레프트 잽과 라이프 스트레이트를 넣을 필요가 있어?! 주먹이 안 보일 정도의 숙련도 아냐?! 자해 원투 펀치가 세계 최고 수준인데?! 코, 코피 나……!"

라피스는 손수건으로 코피를 부드럽게 닦아냈다.

"히이로도 참."

그녀는 유하게 미소 짓는다.

"어쩔 수 없다니까."

머릿속을 백합 파괴 경보가 휘저었기에 나는 즉석에서 대처에 나섰다.

"라, 라피스. 미안해, 전화 좀 하고 올게."

"응? 알겠어. 기다릴게."

막연히 기다리던 라피스는 난간에 팔꿈치 양쪽을 얹고 바다를 바라본다. 나는 그런 그녀를 곁눈질하며 떨리는 손으로 전화를 걸었다.

"스노에몽~!"

[제가 미래의 고양이형 메이드 로봇인가요. 툭하면 편리한 여자 취급하면서 걸쭉한 목소리로 도움을 요청하지 말아 주실래요?]

이러쿵저러쿵하면서도 전화는 꼬박꼬박 받는 스노우에게 경위를 설명한다.

맞장구치던 그녀는 만반의 준비를 하고 답을 제시했다.

[그냥 확 해버리면 되잖아요.]

"혹시 윤리 회로란 게 누락됐냐? 미래의 썩을 메이드 로봇."

[도덕하고 거리가 먼 얼굴로 무슨 헛소리예요, 썩을 금발. 도덕관을 간신히 쥐어 짜내는 듯한 당신 같은 남자는 웃는 얼굴로 파칭코 비용을 건네는 여자가 취향 아닌가요? 그런 여자는 이 지구상에 한 명 정도밖에 없어요. 그게 저고요. 다행이네요.]

"이렇게까지 모럴 없는 자기 어필은 처음 들어 봐."

[흥분한 주제에.]

"분노로?"

플라움(황의 기숙사)은 티타임이었던 모양이다. 수화기를 통해 뮤르의 자기 자랑과 맞장구치는 릴리 씨 목소리가 들린다.

[라피스 님은 깨끗하고 올바른 공주 전하예요. 주인님이 건드리지 않는 한, '친구'의 선을 넘지 않겠죠. 이 관계성을 유지하고

91

싶다면 호감도가 올라갈 법한 짓은 삼가세요.]

"알아. 이제 괜한 짓 안 할게."

[…………..]

"뭐야, 너. 그 틈은. 수화기 너머로 불신감을 느끼는 건 보통 절대 있을 수 없는 일이거든. 뭐야, 너. 그 절묘한 틈은. 상대와 불화를 만드는 틈 만들기 연구라도 하고 있냐?"

몇 초 동안 침묵한 끝에 스노우는 불쑥 중얼거렸다.

[일단 연적에게 못을 박아 둘까요?]

"오! 역시 스노우 씨야! 바로 그런 걸 기다렸습죠~! 그럼 큼~직한 놈으로다가 박아 주십쇼!"

[짜증 날 정도로 천박한 연기가 좋네, 이 인간. 어디 아카데미 조연 천박상 3년 연속 수상이라고 스티커라도 대문짝만하게 붙여 놨나? 일단 약혼자인 저에게 사랑을 속삭이면서 슬며시 라피스 님에게 다가가 주실래요?]

즉각 태세를 변환한 나는 속삭인다.

"스노우……, 스노우, 좋아해…… 좋아……, 사랑해. 마이 허니……."

[……귀엽다는 말도 섞어가면서.]

"귀여워, 스노우……. 귀여워……, 아이 러브 유, 러브러브, 너무 좋아……."

[……좀 더 구체적으로 열기를 담아서.]

"입이 험한 면도 귀여워, 스노우. 매일 식사를 준비해 줘서 고마워. 사랑해, 선물 사 갈 테니까 기다려."

[⋯⋯⋯⋯⋯.]

"조아조아, 너무 조아, 스노우, 사랑──."

"히, 히이로. 누구랑 얘기해? 조아조아, 너무 조아라는 건 혹시 좋아좋아, 너무 좋아야?"

이미 라피스 앞에 다다른 나는 필사적인 형상으로 수화기에 대고 속삭인다.

"벌써 라피스 앞에 도착했는데⋯⋯! 수준 미달인 내 연애 어휘력을 교정당했어⋯⋯!"

[⋯⋯⋯⋯⋯.]

"스노우 씨⋯⋯?! 스노우 씨, 저기요, 스노우 씨⋯⋯?! 여기서 외면하는 건 정말 간사하고 나쁜 짓이야. 배신하는 거 아니지⋯⋯?!"

혀 차는 소리가 들린 후, 아무 일도 없었다는 듯한 영리한 목소리가 들린다.

[그럼 스피커로 바꿔 주세요.]

나는 눈에 보이지도 않을 만큼 빠른 속도로 윈도우를 조작해 스피커 모드로 변환했다.

순간 수화기에서 달콤하고 나른한 목소리가 들렸다.

[너~무 좋아, 달링! 얼른 돌아와!]

『쪽』하는 키스 소리가 울려 퍼지자 몸을 움찔한 라피스의 동작이 멎는다. 전화를 끊은 내 앞에서 그녀는 불편한 듯 시선을 내렸다.

"아⋯⋯. 바, 방금 스노우 씨지⋯⋯?"

"그래, 내 약혼자야. 로봇이자 메이드이자 스릴 덩어리지. 웃는 얼굴로 파칭코 비용을 건네는 노답남 연성술사야."

오른손으로 왼쪽 손목을 움켜쥔 라피스는 여전히 오른쪽 아래를 바라보며 속삭였다.

"히이로는 그……, 스노우 씨하고는 가짜 약혼 관계인 거지……?"

"그렇긴 한데 연기를 생활화하지 않으면 척이란 걸 들키니까. 난 여자를 사귈 수 없고. 저래 봬도 스노우의 뜻은 숭고해. 히말라야의 칸첸중가*에서 미확인 약혼자로서 목격되었을 정도야."

라피스는 천천히 입술을 비집어 열고는…… 아무 말도 하지 않고 웃는다.

"갈까? 『라이트 어텐던트』면 되지?"

고개를 끄덕인 나는 라피스와 나란히 걸으며 스노우의 절묘한 연출에 박수를 보냈다.

역시 간사함과 간악함의 대명사 스노우 씨야. 작전 확실성은 자주 찾는 단골 가게처럼 안정적이군. 라피스의 성실함을 이용해 가슴 깊숙이 대못을 박았다.

이렇게까지 하면 라피스도 나에게 호의를 보이진 않겠지——.

라피스는 우뚝 멈춰 선다.

의아해하는 내 앞에서 그녀는 빙 돌아섰다.

"미안, 히이로."

---

*네팔 북동쪽 끝에 있는 고봉

자기 팔을 꼭 움켜쥔 채로 뺨을 붉힌 그녀는 고개를 돌린다.

"내가 돌봐주는 동안에는…… 스노우 씨랑 통화하지 말아 줘."

"어, 어, 어, 아, 아니, 왜?"

"시, 싫거든."

그녀는 눈을 치켜뜨고 날 바라본다.

"싫으니까……. 더는 통화하지 마……."

모든 걸 이해한 나는 붉은 기를 띤 코발트 블루색 눈을 바라보면서 미소 짓는다.

죽자.

부드럽게 미소 짓는 내 검지를 움켜쥔 라피스는 살며시 그것을 흔든다.

"…………가자."

충격──, 뇌척수액이 새어 나오는 느낌이다.

그 희미한 흔들림으로 발생한 정신적 교반, 백합 파괴 진도 7의 재해급 연애 진동으로 뇌 속이 엉망이 된 나는 라피스에게 이끌려 『라이트 어텐던트』까지 운반되었다.

사파이어 덱, 라이트 어텐던트.

내려든 땅거미를 산뜻한 장식으로 받아들인 레스토랑에서 사복으로 갈아입은 학생들이 해산물 요리에 입맛을 다셨다.

밤기운에 휩싸인 테라스석에는 편안한 복장을 한 숙녀분들이 자리했고, 과도한 드레스코드에서 해방되어 안락함을 즐기고 있다. 바닷바람을 쐰 소녀들의 머리카락은 아주 살짝 바다 냄새를 풍겼고 상쾌한 바람이 살을 어루만졌다.

그중 한 자리에 나와 라피스는 마주 보고 앉았다.

얼굴을 새빨갛게 붉힌 라피스가 파들파들 떨면서 스푼을 내
민다.

"아, 아～."

의욕을 잃고 축 늘어진 나는 흡사 심연 같은 새까만 구멍을 떡
벌렸고, 그 무의 공간 속으로 라피스는 해산물 수프를 부어 넣
는다. 어패류의 감칠맛을 담은 진한 풍미의 수프가 내 녹슨 마
음에 기름 한 방울을 떨어뜨리자, 망가진 눈물선이 자극당해 눈
물이 흘렀다.

"미, 미안, 이런 건 해본 적이 없어서."

라피스는 목덜미까지 새빨개져서 두 손으로 얼굴을 가린다.

"차, 창피할지도……, 아니……, 창피해……. 미, 미안. 히이
로는 혼자 식사하기 힘든데……."

나는 입꼬리로 여전히 침을 흘리며 허공을 바라본다.

"히, 히이로……. 아～."

낮과 밤의 경계, 검정과 주황색의 대비. 심야의 중간지점에서
물든 화려한 수평선.

선선한 바람이 간지럽힌 촛불은 양초라는 무대 위에서 일렁인
다. 테라스석을 물들인 등불은 부드럽게 춤추며 강하게 깜빡였
다가 약하게 깜빡이는 식으로 조롱하듯 윙크한다. 흡사 장난을
좋아하는 물의 정령이 밝힌 해상의 샹들리에.

하지만 지금의 내 눈에는 묘지 앞을 밝히는 헌등 같았다.

나는 빛을 잃은 눈으로 옆쪽 테이블을 살핀다.

"우와아! 이 큼직한 새우 살이 통통한 게 맛있다!"

"큼직한 새우가 아니라 바닷가재예요."

키득키득 웃으며 지적인 안경을 치켜올린 소녀는 맞은편에 앉은 씩씩한 소녀를 바라본다.

"아! 또 우습게 본 거지?"

"됐으니까 자요."

안경 소녀는 씩씩한 소녀의 입에 바닷가재를 쑤셔 넣은 뒤 손가락에 묻은 소스를 핥았다.

"아~."

백억 달러짜리 백합 비주얼을 바라본 나는 하염없이 눈물을 흘렸다.

아, 어쩜 이렇게 아름다울까. 옆자리 백합은 그저 신성해 보인다. 이 세계의 『아~』는 저래야 한다고, 경시청 앞에 자리 깔고 백합 담판을 짓고 싶을 지경이다. 나처럼 추레한 사내놈 입에는 이토록 청아한 소녀의 손가락은 접근하지 못하게 금지 명령을 내려야 한다.

기쁨 반 부끄러움 반인 듯한 공주님은 부끄러워하면서 스푼을 내밀었다가 거둬들인다.

청아한 손가락이 오가는 것을 관찰하면서 식사 시중을 받던 나는 추레한 입을 벌리려다가—— 목소리를 들었다.

"계획은?"

"당연히 준비됐지. 이로써 라피스 클루에 라 루메트든 산쵸

레이든 츠키오리 사쿠라든…… 거슬리는 놈들은 다 끝이야."

나는 힘껏 자리에서 일어났다. 주변이 다 나를 살핀다.

"앗, 미, 미안! 역시 불어주는 건 창피했어? 하, 하지만 이거 봐! 아직 따끈따끈 후끈후끈한 게 꼭 갓 사귀기 시작한 커플처럼 뜨거운――."

"앉아 있어. 일어나지 마."

라피스를 제지하며 술렁이는 사람들 속으로 의식을 집중시킨 나는 귀를 세우고 계속 두 눈을 굴린다. 그리고 몇 초 동안 적을 찾은 끝에 자리에서 일어난 2인조를 발견하고 라피스에게 웃어 보였다.

"라피스, 그대로 갓 사귀기 시작한 커플처럼 따끈따끈한 저녁을 먹어 줘. 내 몫은 돌아와서 먹을게."

"엥, 어디 가게? 모처럼의 저녁 식사가 정년퇴직한 남편을 바라보는 아내의 마음처럼 차게 식겠는데?"

"너무 많이 식잖아. 퇴직금을 봐서 다시 데워줘."

"한번 식은 사랑은 전자레인지로 데울 수 없는데……?"

거참 귀찮게 구네. 고귀한 태생의 공주님께서 웬 삼류 러브송 같은 걸로 마음을 인용하는 건지.

"자, 이거. 그럼 잘 부탁해."

"어, 뭐야, 이―― 히이로?!"

글자를 휘갈겨 쓴 냅킨을 라피스에게 던져주고 달려나간 나는 두 소녀를 쫓는다. 선내 안내를 보면서 왼손으로 윈도우를 호출, 채팅을 치면서 선내 계단을 성큼성큼 내려간다.

화려한 선상에서 인기척이 없는 배 아래로.

객실이 늘어선 복도에서 소리 없이 여섯 소녀가 슥 모습을 드러낸다.

"에, 에헤헤. 정말 낚였네. 아, RTS든 FPS든 확실히 죽일 수 있는 상황이 아닌 한 도망치는 상대는 쫓으면 안 되는데."

"네 게임 지식도 가끔은 실전에서 도움이 되네."

나를 낚은 2인조는 동료와 합류하고 안심했는지 말투가 편해졌다. 그런 태도를 제지하듯 리더 격의 소녀가 객실 문을 두들겨 주의를 끈다.

"생긴 것처럼 바보 같은 남자네. 그런 데서 식사하면서 비밀을 나불거릴 리가 있나. 넌 이제 여기서 죽는 거야. 팔 한쪽도 못 쓰는 주제에 여자 앞에서 폼이나 잡고 함부로 나댄 자신의 어리석음을 저주하도록 해."

원숭이라도 알 수적 열세.

그들이 앞뒤로 둘러싸인 나에게 매직 디바이스를 들이민다. 궁지에 몰린 나는 씩 웃으며 문에 등을 기댄다.

"뭐야? 궁지에 몰린 쥐가 고양이가 너무 많아서 체념한 건가?"

여유만만한 소녀의 비유에 과장된 동작으로 어깨를 으쓱한 나는 뒤에 있는 문에 손바닥을 댔다.

"레이디스&레이디스. 방금 막 개막했는데 정말 미안하지만 원 투 쓰리 후에 오늘 밤의 배우를 확인해 주실까."

세 번 노크하자 소리를 내며 문이 열린다.

객실에 숨어 있던 츠키오리와 레이가 모습을 드러내고, 따라온 라피스가 활을 겨눈다.

생각지 못한 원수의 등장에 당황한 권속들은 뒷걸음질 친다. 두 눈으로 반전된 판세를 바라보며 금세 얼굴이 파랗게 질렸다.

"자, 그럼."

나는 웃으면서 오른팔의 깁스를 푼다.

"누가 쥐고 누가 고양이 같아?"

어깨를 축 늘어뜨린 쥐들은 매직 디바이스를 내렸다.

몸수색은 세 여자에게 맡기고 순조롭게 무장 해제를 마친 후, 나는 그녀들의 낙인을 확인한다.

피부에 새겨진 마인 알스하리야의 낙인.

"…………."

역시 이상하다. 너무 권속 수가 많다. 원작대로라면 3일 차에 그 이벤트가 발생하기까지 머릿수가 부족한 알스하리야파가 움직일 리 없는데.

침묵한 나는 머리를 굴린다.

내 생각이 지나친 거라면 좋겠는데……, 원작과의 차이점을 경계는 해 둘까. 츠키오리의 성장을 앞당기는 이벤트를 망칠 수도 없으니, 레크리에이션 합숙은 이대로 지속하며 계속 상황을 주시하도록 하자.

"히이로, 이거……. 아까 테이블에 둔 메모."

라피스는 내가 왼손으로 『적. 따라와』라고 휘갈겨 쓴 종이 냅킨을 보여준다.

"히이로는 이 여자들이 있단 걸 알았어?"

"아니, 그냥 감이야. 라피스와 레이가 동시에 습격당했다는 걸 안 시점에서 권속 수가 너무 많다 싶었지. 그래서 만에 하나의 사태에 대비해 준비한 포석을 회수했을 뿐이야."

"혹시 그때?"

츠키오리의 질문에 나는 고개를 끄덕였다.

"아가씨와 의무실에 갔을 때, 그 선생님께 부탁해 놨지. 『다음에 제가 왔을 때는 오른팔과 갈비뼈가 부러진 걸로 해 달라』라고……. 정이 깊은 사람이었거든. 『남자는 가만히 있어도 괴롭힘당해서 힘들다. 레크리에이션 합숙에서 빠지고 싶으니 도와 달라』고 부탁했더니 쉽게 넘어왔어."

"그럼 오라버니, 그 오른팔은."

나는 오른쪽 어깨를 돌리며 팔을 휘두른다.

"위장이야, 부러진 적 없어. 아직 선내에 권속이 있을지도 모르는데 편하게 쉴 순 없으니까. 유인하려고 연기했을 뿐이지."

라피스는 내 옆에서 얼굴을 새빨갛게 붉힌다.

풋풋한 커플처럼 신나서 『아~』 같은 걸 했던 게 떠올랐고, 실은 그럴 필요가 없었다는 사실에 수치심을 느꼈겠지.

"그럼 나를 감쌌다는 것도?"

"당연히 이것 때문에 일부러 공격당했을 뿐이야."

"제 것도요?"

"여러 번 말했지만 그쪽은 츠키오리가 한 거야."

하나하나, 나는 라피스와 레이의 질문에 답했다.

"커뮤니케이션. 그런 건 미리 알려줄 수 있잖아."

한숨을 내쉰 츠키오리는 낙담한 표정으로 나를 바라본다.

"『적을 속이려면 아군을 먼저 속여라』라는 손자의 말이 있지. 그래서 난 『백합을 키우려면 가까운 곳부터 키워라』라고 생각하거든."

"오라버니, 뒤쪽의 쓸데없는 정보는 입 밖에 나오기 전에 컷해 주세요."

"그렇다고 이 녀석들을 쫓으면서 나와 레이를 부르다니 너무 성급해. 마침 이 근처에 있었으니 다행이지, 늦었으면 어쩌려고 했어?"

"오른팔을 쓸 수 있으니까 혼자서도 어떻게든 했겠지."

토라져 있는 츠키오리를 곁눈질하며 나는 권속에게 칼끝을 들이민다.

"자, 즐거운 돌발 질문 코너야."

떨고 있는 권속 소녀들을 나는 날카롭게 쏘아본다.

"사귀는 여자는 있어……?"

"오라버니. 입 안에서 컷."

레이에게 머리와 턱을 잡힌 나는 이를 딱딱딱딱딱 부딪히면서 하는 수 없이 다시 물었다.

"누구한테 내 이야기를 들었지?"

"무, 무슨 소리야?"

트리거를 당긴 나는 서서히 칼을 뻗었고, 그렇게 칼끝은 그녀의 안구로 다가갔다.

구속된 그녀는 "히이익……!" 하고 아우성치며 발을 버둥거린다.

"낮에 싸운 권속은 나를 몰랐어. 그 녀석들이 아는 건 표적이었던 라피스와 레이, 불쑥 언급한 츠키오리뿐이야. 놓아준 세 사람이 승선하지 않았다는 건 확인했으니, 그 녀석들에게서 정보가 샐 시간적 여유도 없어. 그러니까 나를 죽이라고 명령한 근사한 분이 누군지 좀 소개해 줘."

"마, 말 못 해! 정말 말 못 해! 알스하리야 님의 낙인이 새겨진 한, 그분께 불리한 말은 입도 벙긋 못 해!"

"그래, 설마 했는데 너희 위에 지시를 내리는 놈이 있구나. 알려줘서 고마워."

그녀의 얼굴이 순식간에 파랗게 질린다.

"동료는? 몇이나 있지?"

"말, 말 못 해! 정말 말 못 해!"

"부정하지 않는다는 건 동료가 더 있다는 거네. 고마워."

알기 쉽게 안색이 푸른빛에서 흰빛을 띠었다.

고개를 갸웃한 나는 그녀의 두 눈을 살핀다.

"나는 말이야. 매일같이 백합을 과용하는 건강 체질이거든. 머릿속부터 발끝까지 팔팔해. 그래서 알아. 너희에게서는 백합 냄새가 안 나. 낙인을 통해 마인의 영향을 받음으로써 그런 감정을 제어당하는 탓이지. 즉 나에게 너희 존재 가치는 제로에 가까워."

서서히 도신이 길어지자 칼끝과 눈알 사이의 간격은 좁아졌다. 구속되어 눈을 억지로 뜬 그녀는 새된 비명을 질렀다.

"너희는, 백합의 적이냐……? 아니면 이제부터 화려한 백합꽃을 피울 동지냐……? 으응……?"

거친 숨을 내쉬면서 여섯 명을 둘러보자 그녀들에게서 오열이 새어 나왔다. 잔뜩 겁에 질린 소녀들의 마음은 무너졌고, 구속을 풀자 부둥켜안고 울기 시작했다.

그 나이대 소녀로 돌아온 그녀들을 보고 응징을 마친 나는 한숨을 내쉬었다.

"츠키오리. 오늘은 라피스와 레이, 셋이서 자. 무슨 일이 생기면 둘을 부탁해. 보초는 내가 설게."

"선생님들은?"

"말하지 마. 누가 마신교와 이어져 있어도 이상할 게 없어. 오히려 뜻밖의 사태가 생길 수 있으니까 이대로 흐름에 맡기는 게 좋겠어. 여차할 때는 내가 너희를 목숨 걸고 지킬 테니까 걱정하지 마."

원작대로라면 마신교에 빌붙은 마법사가 호죠 마법 학원의 B 클래스 담임으로서 암약하지. 그래서 이 아이들이 학생인 척 숨어든 거고……. 지금, 그 사실을 전하더라도 아무도 믿지 않을 테니까 가만히 있겠지만.

나는 자신의 미래를 걱정하는 권속 소녀들을 살핀다.

"놓아줄게. 소형 보트를 쓰게 해 줄 테니까 얼른 전문가에게 가서 낙인을 지워 달라고 해. 마을에는 귀여운 여자들이 많으니까 즐기도록 하고, 인생을 허비하지 마."

그녀들은 멍하니 눈짓을 주고받는다. 나는 그대로 츠키오리를 비롯한 세 여자에게로 시선을 돌렸다.

"츠키오리, 레이, 라피스. 지금 쓰는 방은 쓰지 마. 어차피 방은 남아돌아. 적당한 이유를 대고 A 씨에게 방을 준비해 달라고 해."

"그럼 같은 그룹 사람에게는 제가──."

"말하지 마."

눈을 동그랗게 뜨며 놀라는 레이에게 나는 속삭인다.

"레이든 라피스든, 남은 한 명의 그룹원에게는 아무 말도 하지 마. 그 녀석이 잠든 걸 확인하고 나서 츠키오리가 확보한 방으로 이동했다가 새벽에 원래 방으로 돌아가."

의문을 드러낸 레이와 라피스에게 나는 혼잣말하듯 말했다.

"80%……, 아니, 90% 내 호들갑이겠지. 하지만 위험할 땐 돌다리도 두들겨 보고 건너야 해. 그래도 만일에 대비한 거니까 평소처럼 있어, 라피스."

나는 불안스레 쩔쩔매는 라피스에게 웃어 보인다.

"걱정하지 마. 괜찮아. 기대했었잖아, 이 합숙을? 무슨 일이 있어도 너희에겐 손가락 하나 못 대게 할 테니까 셋이 밤새워 사랑 이야기라도 나눠."

"그, 그게 뭐야. 프러포──."

"그래, 프로포절(제안)이야."

세 여자와 헤어진 나는 순순히 내 지시에 따른 권속들을 데리고 선내에 갖춰진 소형 보트를 본다. 스태프 몰래 미니 콘솔과 연결된 소형 보트를 움직여 그녀들을 태웠다.

"그럼 잘 살아. 자동운전으로 본토까지 가게끔 해놨으니까 무슨 일이 생기면 매뉴얼을 보고. 최악의 경우 전파는 통할 테니까 해상보안청에 도움을 청해."

돌아서려는데——, 권속 소녀가 옷깃을 잡아당겼다.

"……아니, 왜?"

그녀는 필사적인 표정으로 나를 보트로 끌어들이려 했다. 나머지 다섯 명의 만류로 당장에라도 울 듯한 표정을 지으며 내 옷을 놓았지만 말이다.

그 순간, 지금까지의 흐름이 머릿속을 스쳤고—— 직감적으로 이해했다.

"미안."

나는 그녀에게 웃어 보인다.

"나는 백합 수호자야."

소녀는 멍하니 움직임을 멈추었고, 나를 향해 두 손을 뻗은 채로…… 엔진 소리와 함께 저편으로 사라졌다.

"산죠 님?"

소형 보트가 출발했다는 걸 알았는지, A 씨가 소리 없이 다가왔다.

"실례지만 이 시간대에는 허가 없이 크루징을 즐기실 수 없습니다."

"아니요, 실수로 분리하는 바람에. 벌써 어디로 가 버렸는데 보트 비는 산죠가에 청구해 주세요."

고개를 끄덕인 그녀는 고개를 꾸벅했다가—— 다시 들었다.

"저는, 인간을 사랑합니다."

"……네?"

미소를 띤 채로 팔짱을 낀 그녀는 직립 부동인 상태로 중얼거린다.

"선인과 악인, 범인과 초인, 우인과 현인……. 호모 사피엔스 개체는 여러 갈래에 걸쳐 있으며 인생이라는 이름의 이야기를 만들어 가죠. 인간에게 유린당하는 삶이 있는가 하면, 인간에게 구원받는 삶도 있습니다. 그런 걸 보면 인생이란 타인의 삶에 의해 결정지어진다고 할 수 있죠."

담담히 선내에 목소리가 울려 퍼진다.

"우리의 인생이란, 이야기란, 이치란……. 실제로 타인의 삶에 의해 좌우되는 막다른 골목일지도 몰라요. 모든 이가 자신이 살아갈 길을 정하지 못하고 타인의 삶을 착취하면서 비참하게 현생에 집착하는 구더기일 수도 있죠."

생글거리며 가슴에 손을 얹은 A 씨는 중얼거린다.

"실로 인간이란 흥미롭지 않나요?"

자연스레 고개를 숙인 그녀는 내 답을 듣기 전에 떠나가 버렸다.

어안이 벙벙해 있던 나는 별난 사고의 소유자를 놓쳤다는 걸 깨닫고, 들뜬 상태로 인기척이 없는 쪽으로 간다.

갑판으로 올라온 나는 갑판 위에 아무도 없다는 걸 꼼꼼히 확인하고 선내로 소리가 울리지 않는지 시험한 다음——.

"봐라아아아아아아아아아아아아! 전원의 호감도를 원래 수치로 낮췄어어어어어어어어어어! 이게 백합 IQ 180의 실력이다아아아아아아아아아아아아!"

기쁨의 눈물을 흘리며 나는 바다에 대고 소리쳤다.

"내 오른팔, 진짜 부러졌거든. 이 바보들아아!"

나는 부러진 갈비뼈와 오른팔의 통증에 신음했다. 하지만 승리에 전율하는 가슴으로는 그 격통을 느낄 수 없었다.

나는 씩 웃으며 깁스를 다시 오른쪽 팔에 끼웠다.

계획대로야(씨이익).

어디까지가 거짓이고, 어디까지가 진실인가.

권속 수가 너무 많다는 걸 경계한 건 사실이다.

라피스와의 저녁 식사 자리에서 다 들으라는 듯이 계획을 나불거리는 권속을 발견했을 때, 덫이라는 걸 알아차렸다. 적대하는 권속이 배 안에 숨어 있을 가능성을 생각, 만에 하나의 상황을 고려해 츠키오리와 레이를 부른 것 역시 순전히 경계심 때문이다.

그것 말고는 다 즉석에서 떠올린 거짓말이다.

그 궁지에서 내 백합빛 두뇌 세포는『이번 부상은 전부 위장이며, 이 녀석들을 유인하기 위한 것』이라는 해결법(새빨간 거짓말)을 떠올렸다.

아가씨가 넘어지지 않았다면 이번 거짓말은 성립되지 않았겠지.

츠키오리는 내가 아가씨를 의무실에 데리고 들어가는 걸 봤다. 그 전제가 있었기에 의사 선생님에게 협력을 요청했다는 거짓말이 통했고, 라피스와 레이를 지키기 위해 감쌌다는 환상도 사라졌다.

감사의 마음을 전하기 위해 나는 권속 걸즈에게 소형 보트를 선사했다.

이쯤이야 별것 아니다. 오히려 부족할 정도다. 대금은 산죠가 HMZ(할망즈)들 지갑에서 나갈 테니 얼마든지 써 주세요.

뱃머리에 선 나는 두 손을 수평으로 벌린 뒤 눈을 감은 채 바닷바람을 쐰다.

이겼다…….

승리의 여운에 도취하면서 부러진 오른팔의 통증을 곱씹는다.

내가……. 아니, 백합이 이겼어……. 누구야, 내 백합 IQ 180을 뻥이라고 한 놈이……, 사과해……. 혼자 타ㅇ타닉을 즐기는 나한테…… 사과해……. 디카프리ㅇ처럼 뒤에서 부드럽게 끌어안고서 『미안』이라고 귓가에 속삭여…….

"내 오른팔은."

승리를 선고하며 눈을 크게 뜬 나는 소리쳤다.

"진짜 부러졌다아아!"

만족한 나는 발길을 돌렸고―― 이쪽을 바라보는 츠키오리, 라피스, 레이와 눈이 마주쳤다.

"…………."

"""………….""""

"………….."

바다로 몸을 던지려던 나는 곧장 달려든 셋에게 포박당했다.

"셋 다 갑판에 없었잖아?! 내가 여러 번 확인했는데?! 더블 체크까지 마친 데다, 허점도 빈틈도 실수도 없었는데?!"

"그 A라는 승무원이 이 해치를 열어놨거든. 때마침 우리도 그 아래 있었어."

츠키오리는 싱긋 웃는다.

"그냥 다 들렸다고 해야 하나."

온몸에서 힘이 빠진 나는 소리 없이 아우성치며 『임금님 귀는 당나귀 귀』라는 우화를 방불케 하는 원형 배치를 바라본다.

"역시 오른팔 부러졌던 거지? 선생님께 확인해 봤는데 『아무리 부탁하더라도 오진은 안 한다』라셨어."

"히이로는 식사할 때도 아파 보였는걸. 연기 같지 않았고."

"거짓말로 저희를 안심시키려고 한 건가요?"

나는 세 사람 손에 이끌려 강제로 일어났다.

"히이로, 역시 나를 감싼 거구나."

"나를 생각해서 라피스나 레이와 친해질 타이밍을 만들어 준 거네."

"저도 열심히 지켜주셨죠. 자기 공훈이라는 걸 과시하려고 하지도 않고, 오히려 거짓말로 숨기려 하다니."

포위당한 나는 천천히 오른팔의 깁스를 풀었다.

"안 부러졌지롱~."

세 방향에서 가슴을 들이미는 통에 나는 말없이 웅크렸다.

세 사람은 날 양쪽에서 잡더니 천천히 끌어당기기 시작했다.

"이 세상은 미쳤어……! 잘못됐다고……! 나, 나는 백합 IQ 180인데에에……! 어째서……! 어째서어……!"

셋 사이에 낀 나는 어둠 속으로 연행되었다.

*

눈을 뜬다.

각성한 나는 어둠 속을 주시한다.

어제 그 후 어떻게 됐더라? 오른팔이 너무 아파서 의식까지 몽롱해졌고……. 뭐야, 묘하게 따뜻하네. 침대치고는 부드러운 듯한데. 그나저나 너무 어둡지 않나?

엄청나게 불길한 예감이 들었다.

나는 식은땀을 흘리면서 살며시 손을 움직였다.

꼼지락거리는 손끝이 매끄러운 실크 소재의 질감을 감지했다. 꼼꼼하게 짜인 가늘고 긴 필라멘트, 명주실을 아낌없이 쓴 천은 푹 파였으며 그 아래 있는 부드러운 육감을 어김없이 드러냈다.

"…………으응."

오른쪽에서 흐릿한 목소리가 새어 나온다.

시선을 들자 나를 품에 끌어안은 채 잠든 레이가 보였다.

나는 만면의 미소를 띠었다.

끝났다…….

싱글벙글 웃으며 나는 뒤를 돌아본다.

"으응……? 응……."

내 등을 끌어안은 라피스가 꼼지락거리며 온몸을 들이민다.

끝났다……(두 번 연속).

웃으면서 나는 천천히 이불을 들춘다.

"……으……, 응……."

내 배에 매달려 꿀잠에 든 츠키오리가 얼굴을 비비적거린다.

끝났다……(세 번째).

나는 안 부러진 쪽 손으로 입가를 가린다.

"오호오……, 어흐흑……, 흐흐흑……, 흑흐윽……!"

살인사건을 목격한 어린아이처럼 입을 가린 나는 한없이 무력
해져 눈물을 흘린다.

울면서 나는 이를 악물고 오열을 억누른다.

움직여야 해! 당장에라도 움직여야 한다고! 증거를 은폐하자!
당장에라도 이 현장을 어떻게든 해야 해!

나는 라피스와 츠키오리를 떼어낸 뒤, 레이의 품속에서 탈출
했다.

츠키오리의 손을 잡아당겨 위로 끌어 올린 다음, 라피스와 레
이 위치를 조정해 셋이 부둥켜안은 듯한 자세를 연출한다.

백합 퍼즐을 이수해 두길 잘했지!

나는 웃는 얼굴로 서서── 왼쪽 주먹을 벽에 날린다.

제길! 이런 가짜를 백합이라고 할 수 있겠어?! 의사가! 영혼이
없잖아!

한 덩어리가 되어 곤히 잠든 셋을 연속해서 촬영한 다음 방을 나온다.

윈도우 배경 화면으로 지정해 두고 실실 쪼겠지만, 그 영혼 없는 허상에 허무감이 들기 시작한 새벽 4시 30분.

지상이든 해상이든 백합 파괴 진도 7 이상이든, 나날이 단련을 빼먹지 말라고 위대한 스승님이 말씀하셨다.

설령 최근까지 젓가락을 거꾸로 들고 식사했던 스승의 가르침일지라도, 여러 불안 요소도 있으니, 알람용 진검(스승류, 날붙이를 이용한 모닝콜) 없이 일찍 일어난 나는 훈련에 힘쓰기로 했다.

최상층 탄자나이트 덱으로 올라간 나는 새벽녘의 빛에 물든 드넓은 바다 앞에서 기지개를 켠 뒤, 윈도우를 켰다.

[새우를 먹었어요.]

아스테밀에게 채팅이 와 있었다.

매직 디바이스를 내던지다가 셔터가 눌렸나, 무심코 그런 의심이 들 정도로 흔들린 사진이 첨부되어 있다.

당연히 언급한 『새우』는 알아볼 수가 없다. 간신히 『새우』로 추정되는 붉은 선과 『간장』으로 추정되는 갈색 곡선을 판별했고, 그것들이 기적적으로 맞물려 범인으로서는 이해할 수 없는 입체주의를 이루었다.

[혼자 채팅도 다 보내고 기특하네요.]

[(o^▽^o)]

420세가 된 기계치 엘프는 바로 얼마 전까지 윈도우조차 제대로 열지 못했다.

나와 라피스의 피나는 노력 덕에 겨우 채팅 앱 사용법을 습득했고, 나에게 자주 『○ ○를 먹었습니다』라는 시리즈를 보내온다.

가끔 자동 변환을 잘못했는지 『풀』이니 『샴푸』니 『VOICEPEAK*도호쿠 즌○』 같은 걸 먹는 데다, 얼마 전에는 끝끝내 라피스마저 먹힌 듯하다. 다음은 나겠거니 싶다.

[선물, 기대.]

[음식이 좋아요? 기념품이 좋아요? 아니면 다시는 선물 달란 말이 안 나올 만한 게 좋아요?]

[히이로한테 맡김.]

[오케이, 저한테 선물을 부탁한 걸 후회하게 해 줄게요. 슬슬 단련 시작할게요, 샴푸라도 먹으면서 목욕 재개하고 기다려요.]

[분노(o^▽^o)]

왜 분노를 표현하는 데 그런 이모티콘을……? 놀랍게도 이모티콘을 한 종류밖에 못 쓰는 건 아니겠지……?

익숙하지 않은 왼손으로는 글자를 입력하기 힘들다.

420세의 윈도우 사용법 익히기 교실을 마치고, 나는 평소와는 반대쪽으로 찬 쿠키 마사무네의 트리거를 당겼다.

순식간에 이미지한 세 개의 탄체가 나타난다.

지금은 세 개가 한계인가. 스승님과의 단련을 통해 전과는 비교가 안 될 정도로 마력량이 늘긴 했는데……, 충분하다고 하긴

---

*Ai 학습을 기반으로 한 TTS 소프트웨어

어렵다.

왼팔에 매달린 세 개의 보이지 않는 화살. 나는 보이지 않는 화살의 탄체를 지우고 물의 화살을 생성한다.

보이지 않는 화살이나 물의 화살이나 생김새는 다 비슷해서 차이가 눈에 띄지 않는다.

충분히 거리를 두고 난간과 난간 사이를 향해 쏜다.

아침 햇빛 아래서 반짝이던 물의 화살이 손등을 스치면서 허공을 난다.

물의 화살은 난간 사이를 빠져나갔고 마력으로 견인된 다음 화살이 회전, 검지와 중지 사이에 장전된다.

팅! 팅!

오른쪽과 왼쪽, 쏘아낸 두 개의 화살은 노렸던 대로 난간 사이를 통과해──칫──, 살짝 스치며 난간의 도장을 벗겼다.

팅! 팅! 팅!

다시 생성하고 세 번 연사한다.

잇달아 쏜 세 개의 화살은 조금 전과 다르게 스치지조차 않고 틈새를 통과했다.

안정감이 부족하다. 보정하는 데 최소 2발 이상이 필요하다. 왼쪽으로도 잘 쏘고 싶은데 조금 더 연습 시간을 가질까?

깁스를 토대 삼아 두 손가락을 뻗고 왼손으로 연사한다. 세 발 중 두 발이 난간을 맞히더니, 날아가는 방향이 달라져 버렸다.

안 돼. 난간을 맞히기만 해도 화살이 튀는 방향이 달라──, 나는 문득 떠올렸다.

아니, 이 반동, 응용법에 따라서는 쓸모 있지 않을까? 보이지 않는 화살의 원리라면…… 시험해 볼 가치는 있어.

그렇다고 하나 지금은 안 된다. 최악의 경우 실전에서 쓰자.

자세가 무너지지 않게 주의해 가며 나는 왼손으로 천천히 스윙 연습을 시작했다.

몇 번이고 반복해서 스승님께 배운 형태를 반복한다.

눈에 들어갈 듯한 땀을 닦으면서 깁스를 낀 오른팔을 얹은 채로, 서서히 떠오르는 태양에 재촉당하면서 칼을 계속 내리친다.

정해진 횟수를 소화하고 땀범벅이 된 나는 조용히 그 자리에 앉는다.

마력의 흐름.

체내에서 체외로, 표정을 흐르는 마력을 포착한다.

내 적은 마력량, 그 커다란 과제에 혀를 차고 싶어진다. 이만한 양으로는 언젠가 한계를 맞을 것이다. 츠키오리 사쿠라는 평생 따라잡을 수 없다.

이 배에서 죽으면 마력량 부족이라는 과제를 해결할 필요나 츠키오리를 따라잡을 이유가 사라질 수 있지만…….

일상적인 단련을 마치고 소매로 거칠게 땀을 닦아내는데 소리가 나서 뒤를 돌아본다.

"사, 산죠……. 콜록, 일찍 깼네요……."

주변을 두리번거리면서 어딘가 불안한 듯 자기 팔을 움켜쥔 마리나 선생님이 말을 건다.

"선생님이야말로 부지런하신 것 같은데요. 이런 아침 댓바람부터 갑판에 올라오는 수상한 사람은 지금으로선 저와 선생님 뿐이에요."

"아, 아뇨. 선생님은 핵과금 MMO에서 무과금 플레이어를 유린하는 플레이를 즐기다 보니 신이 수면 시간을 거둬가셨을 뿐이라……. 바, 밤에 더 부지런한 교사예요."

교사로서의 상식도 신이 거둬간 것 같다.

"그러고 보니 선생님, 잠깐 묻고 싶은 게 있는데요."

"네, 네. 선생님은 되팔이가 괴로워하다 죽었으면 해요."

"아니, 되팔이를 향한 살의의 정도를 묻는 게 아니라요. 라피스 클루에 라 루메트, 산죠 레이와 같은 그룹에 있는 아이 말인데요……. 이름이 뭐였죠?"

"아, 아아. 히즈미 루리요."

고개를 끄덕인 나는 선해 보이는 미소를 띠었다.

"그 아이, 레크리에이션 때 몸이 안 좋았다는 것 같던데요. 레이가 의무실로 데려갔다고 들었어요."

"그, 그랬군요. 그건 몰랐네요. 의, 의무실 선생님에게도 그런 이야기는 못 들었는데……. 하, 하지만 몸이 안 좋아도 이상할 건 없겠죠."

"무슨 뜻이죠?"

여전히 오른쪽 위를 바라보며 아담한 선생님은 검지를 맞대고 비비적거린다.

"왜, 왜, 히즈미는 무리하면 안 되는 몸이잖아요. 어, 어릴 적에는 병원에서 수업을 들었다고……. 콜록, 키, 키미아좀 병이라는 유전적 결함 때문에 지금도 치료법이 없나 봐요. 하지만 기적적으로 증상이 개선됐대요."

"······기적."

"네, 네에. 기적이요. 지금은 상태도 괜찮은지 레크리에이션 합숙에도 참석하고 싶다고 본인이 희망해서 참석하게 되었어요."

히즈미 루리가 몸이 안 좋아지면서 라피스와 레이는 떨어지게 되었고, 그와 동시에 습격당했다. 게다가 기적적인 증상 개선에 합숙 참석, 원작 포지션을 따져도 한없이 의심스러운 인물이다.

적당한 이유를 대며 선생님께 내가 히즈미에 관해 물었다는 걸 함구시켰다.

함구용 에너지 드링크를 헌상하자 눈을 초롱초롱하게 빛낸 선생님은 인터넷상에 존재하는 가공 전장으로 돌아갔고, 혼자 남은 나는 각지를 찾아다니며 준비했다.

다시 시작한 일상적 단련을 마치고, 나는 땀 때문에 불쾌감을 느꼈다.

대욕탕은 여성용밖에 없으니까. 자쿠지도 그렇고. 샤워 룸을 쓸 수밖에 없지만, 그 여체 마경으로 돌아갈 마음은 안 든다.

묵묵히 검토하면서 선내로 돌아온 나는 방문을 두드렸다.

"······뭐예요?"

금색 머리가 부스스한 게 사방으로 뻗쳐 있다.

나이트웨어 자락을 질질 끌며 나온 오필리아는 눈앞에서 크게 하품하더니 아직 멍한 눈을 쓱쓱 문지른다.

"좋은 아침. 모닝콜 해준 김에 샤워 좀 해도 돼?"

내가 웃어 보이자 아가씨의 움직임이 뚝 멎었다.

그녀의 두 눈이 서서히 벌어지고…… 얼굴이 새빨갛게 물든다.

"싫어어!"

눈에 보이지조차 않는 속도로 문이 쾅 닫혔고——.

"으흡으흐읍?!"

콧등을 문에 부딪힌 나는 단단히 닫힌 문 앞에서 몸부림쳤다.

요란한 파괴음이 들리더니, 너무 힘껏 닫은 탓에 살짝 열린 문 틈새로 천이 스치는 소리와 롤 브러시형 고데기를 쓰는 소리가 났다. ……문이 완전히 열린다.

새하얀 원피스를 아름답게 소화한 금발 롤 머리 완전체 아가씨가 모습을 드러낸다.

"뭐죠? 이런 아침부터 소란스럽게. 작은 새의 노랫소리를 들으며 모닝티를 마시는 최고의 시간을 망쳤잖아요."

"아가씨, 어깨 부분이 흘러내려서 브래지어 끈이 보여."

"이 파렴치한!"

"고맙습니다!"

스냅이 들어간 싸대기 날리기에 그녀의 팬인 나는 무심코 고마움을 표현했다.

첫 일격(문 닫기) 때문에 코피를 줄줄 흘리던 양쪽 코에 아가씨가 티슈를 쑤셔 넣어줬다. 나는 헤실헤실 웃었다.

"근사한 아침을 맞이했는데 미안하지만, 샤워 좀 하게 해 줘,

샤워. 몰상식한 땀투성이 서민에게 상급 시민의 베풂을 누리게
해 달라고."

"전속 노예, 당신 나를 두고 갔죠."

내 넙죽 절에는 아무 반응 없이 팔짱을 낀 아가씨는 "흥!" 하
고 고개를 돌린다.

"비참하게 애원하기 전에 그 작은 뇌로 자~알 생각해 보세요!"

"…………핑크색."

"천박해, 저열해, 파렴치해!"

"감사, 감격, 완전 기쁨!"

손바닥, 손등, 손바닥으로 왕복 싸대기를 맞은 나는 고개를
숙인다.

수치심에 빨갛게 익은 아가씨는 허리에 손을 얹더니 나를 지
목하며 다가온다.

"대·체·누·가, 내 브래지어 색을 떠올리라고 했죠?! 어제!
이마를 땅에 대고 문지르면서! 『제발 오필리아 님, 당신의 한없
는 자비를! 이 방에 재워 주세요!』하고 애원했잖아요?!"

아가씨에게 압박당하면서 나는 싱글벙글 웃는다.

"그 애원을 흔쾌히 받아들인 내 자비에도 불구하고, 어젯밤
당신은 홀연히 사라졌다가 아침에 등장했어요. 심지어 츠키오
리 사쿠라는 냉소를 지으며 떠나갔고요! 남은 내 심정이 어땠는
지 알아요?! 마지라인가의 아가씨를 어두운 방에 홀로 남겨두다
니, 도저히 믿기지 않는 우행(愚行)이에요! 내 마음이 얼마나 적
적했는지 알아요?!"

나는 봄의 햇살처럼 부드러운 시선으로 그녀를 바라본다.

"뭐죠, 그 눈은~! 뭐냐고요~! 그 눈은~!"

으음~. 아침 일찍부터 아가씨의 말이 온몸에 스며들어~!

발을 동동 구르는 아가씨를 감상하다 마음이 온화해진 나는 웃는 얼굴로 사죄한다.

"죽을죄를 지었습니다……. 그럼 아가씨, 샤워해도 될까요? 전 지금 땀을 너무 흘렸고, 마지라인가의 아가씨에게 불쾌감을 주기는 싫은데. 자, 냄새 맡아볼래? 냄새나지?"

"킁킁……. 딱히 심한 냄새는 안 나는데……, 가 아니라! 제, 제가 지낼 방에서 남자인 당신이 씻겠다고요?!"

"그럼 나가."

"갑자기 건방져! 시건방지다고요! 기어오르지 말아 줄래요?!"

그렇게 소리친 아가씨는 손을 꼭 움켜쥐며 신음한다. 이쪽을 힐끗힐끗 살피며 발끝을 꼬물거린 그녀는 "으으……" 하고 한숨을 내쉬었다.

"가, 같은 그룹 노예가 땀 냄새를 풍기며 돌아다니면 마지라인가의 위신이 손상되겠죠……. 하는 수 없죠. 마음껏 씻도록 해요."

"고맙습다~."

"아, 자, 잠깐!"

아가씨 옆을 지나 방 안으로 들어간다.

조금 전 급하게 옷을 갈아입어서 그런지, 아가씨의 평상복과 잠옷이 바닥 위에 팽개쳐져 있었다. 핑크색 천 조각을 발견한 나는 왼쪽 다리를 든 채로 왼쪽 검지로 목표를 지목, 현장 책임자로서 소리쳤다.

"좋아!"

"잠깐, 뭘 손짓까지 해가며 확인하는──, 싫어어어어어어어어어어어어어어어어어어엇!"

아가씨는 바닥으로 다이빙하더니 천 조각을 끌어모은다.

"아무것도 아니에요, 아무것도 아니에요! 내, 내 속옷 따위 여기 없어요! 당신은 아무것도 못 본 거예요!"

"핑크색 좋아해?"

"싫어어어!"

새빨개진 아가씨에게 쫓기면서 나는 여전히 같은 포즈를 한 채 욕실로 도망쳤다.

욕실 문을 잡고서 원망의 목소리를 내는 아가씨에게서 몸을 보호하며 쓰게 웃는다.

그만 원작 게임을 플레이할 때처럼 아가씨를 놀리는 태도를 보였다. 에스코 팬들은 아가씨를 부끄럽게 만들면서 노니까.

나는 냉큼 샤워를 마치고 배스타월을 어깨에 건 채로 나왔다.

"조금 전에는 미안했어. 샤워 중에 곰곰이 생각해 봤는데, 핑크색 속옷 같은 건 이 세상에 존재하지 않았어. 아마 복숭아색 미확인 생물체 같은 거였겠지."

"죽어요!"

라이트 스탠드를 던지는 바람에 나는 그걸 한 손으로 받아냈다. 아가씨는 이를 갈면서 이쪽을 노려봤고, 내 부러진 오른팔의 깁스에 주목했다.

"미처 못 물어봤는데, 당신 팔이 왜 그래요?"

"직접 부러뜨렸어."

"색종이로 학을 접은 초등학생처럼 자신만만한 얼굴로 말해도 곤란——."

시선을 든 아가씨는 굳어버렸고 금세 목덜미부터 빨개졌다. 쩔쩔매며 입을 움직인 그녀는 두 손으로 자기 눈을 단단히 가렸다.

"파, 파렴치해! 긴급 파렴치 경보 발령이에요! 오, 옷 좀 입어요, 이 오스트랄로피테쿠스! 얼른요! 늦어도 난 몰라요!"

"이런 실례를. 호모 사피엔스로 진화할 테니까 잠시만 기다리시길."

반라였던 나는 황급히 셔츠를 입는다.

힐끗 고개를 들고 옷을 입었단 걸 확인한 아가씨는 안심한 듯 한숨을 내쉬더니, 곧장 혐오하는 표정을 지으며 손을 쉭쉭 내저었다.

"용건은 다 끝난 거죠? 얼른 나가세요, 이 무례 특화형 원숭이 인간. 일류 레이디는 아침 준비는 철두철미하게 하거든요."

"네엡~, 감사함다~."

나는 잽싸게 퇴장하려 했고——.

"아아, 그러고 보니 츠키오리 사쿠라가 그룹 채팅으로 그랬어요.『아침을 먹고 나면 풀로 오라』던데……. 잠깐, 어디 가요?"

문을 연 나는 뒤를 돌아보고는 역광 속에서 미소 지었다.

"난 사라져 줄게!"

러브 코미디 같은 수영복 이벤트를 벗어나기 위해 나는 따스한 빛 속으로 달려나갔다.

그래, 희망이라는 이름의 광명 속으로.

빛나면서 달려간 그 몇 분 후——, 붙들린 나는 풀 사이드에서 눈을 부라리게 된다.

*

오늘은 화창하다.

호죠 학생들을 태운 퀸 워치는 제2기항지로 코스를 정하고, 차원 문(디멘션 게이트) 앞에 정박했다.

해상에 나타난 인공 부유물과 검은 반륜.

수상 오토바이 몇 대가 부유물에 로프로 묶여 있다. 그 옆에는 요금소가 설치되었으며 매직 디바이스를 든 담당 직원이 통행 허가를 내린다.

전체 길이 310m, 높이(수면상) 58m의 퀸 워치를 거뜬히 집어삼킬 만큼 거대한 흑륜은, 원만히 시계 방향으로 움직인다. 그 고리에 끼워진 생뚱맞게 큰 콘솔은 희푸른 인광을 뿜어내며 가동음을 낸다.

이 디멘션 게이트의 용도는 하나로 한정된다——, 이계와 현계의 왕래.

그 이론 체계의 기초기 된 긴 이세 의식이다.

알프 헤임뿐만 아니라 이계의 주민들은 특수한 의식을 거쳐 『문』을 열고 일본으로 넘어온다. 그 의식을 이론적으로 적용해 99.9992% 성공하는 기술로 승화시킨 것이 이 디멘션 게이트다.

전이 사고를 당할 가능성은 한없이 낮으며 사고를 당하더라도 바로 구조대원이 구하러 온다(설정 자료집에 따르면 과거에 몇 몇 사망 사례가 있다고는 나와 있다).

다만 이 디멘션 게이트는 어디서든 열 수 있으며 어디로든 갈 수 있는『어디로○ 문』이 아니다.

이계와 현계는 밀접하게 얽혀 있으며 현계의 이 좌표에서는 이계의 이 좌표로 이동한다는 게 명확히 정해져 있다.

또 이계와 현계는 불안정하게 포개져 있기에 안정성 높은 곳에서만 디멘션 게이트를 작동시킬 수 있다.

예외는 있지만, 이계와 현계 왕래는 디멘션 게이트에서 하는 것이 일반적이다.

그렇기에 허가 신청 수속이 성가신 이 전이 방법을 쓸 수밖에 없는데……, 여권 체크만도 나름대로 시간을 잡아먹는다. 제2 기항지는 이계에 있기에 이 체크는 피할 수 없으며, 대기시간이 발생하는 건 피치 못할 일이었다.

대기시간이 생기면 건강한 젊은이들은 행동에 나선다.

『남는 시간을 활용해 수영이라도 안 할래?』라고 엘프 공주님 이 얘기를 꺼낸 것도 당연한 귀결이라고 할 수 있다.

"…………."

퀸 워치 갑판, 중턱에 있는 사파이어 덱의 풀 사이드.

나는 동태눈으로 무릎을 모으고 앉아 존재감을 지우고 있었다.

원형 자쿠지 옆에 있는 거대한 풀에서 무리 지은 아가씨들이 꺅꺅, 후후거리며 나 잡아봐라 중이었다.

"꺄악! 어딜 만져! 손 동작이 야해!"

"아하하! 한번 시작한 이상 각오해~!"

나는 조용히 트리거를 당겼다.

접속──『속성:빛』, 『생성:메타 머티리얼』, 『조작:투과』.

무릎을 모으고 앉은 나는 슥── 광학 위장(디스토션 필드)을 휘감으며 투명해진다.

"…………."

오리지널 마법 『광학 위장』이 성공했다.

온몸에 머티리얼제 광학 위장을 휘감고 빛을 투과 · 회절시킴으로써 자신을 투명화하는 마법. 대도서관(아카이브)에 다니며 보이지 않는 화살의 원리를 이해했을 무렵 떠올린 우연한 산물이다.

『투명 인간이 되어 벽으로 변신, 백합을 지켜보고 싶다』라는 전 인류의 꿈을 이루기 위해 개발한 피와 눈물의 결정체는 지금까지 발동에 성공한 적이 없다.

왜 갑자기 성공했느냐. 그 이유는 명백하다.

나는 지금 무에 이른 것이다.

이 세계에 존재해서는 안 될 사악, 그 존재를 무에 이르게 해 관측자로서 지상에 군림하고 싶다. 땅에 뿌리를 내린 시문처럼 그저 그곳에 자연스레 있고 싶다.

백합 커플이 보살펴 주는 관엽식물이 되고 싶다는 건 지나친 욕심이다.

나는 그저 백합 커플의 일상생활을 내려다보는 관측식물이 되고 싶다.

집중력이 떨어지자 불현듯 무릎을 모으고 앉은 내가 풀 사이드에 나타난다.

"…………."

슥 그 자세 그대로 사라진다.

"…………."

훅 그 자세 그대로 나타난다.

"잠깐?! 아까부터 저 남자 사라졌다 나타나고 있지 않아?!"

"심령현상이야, 배 위의 심령현상! 소금! 소금, 소금, 소금! 소금물! 바닷물 끼얹어!"

"고장 난 전등 같아! 생명이 꺼지기 전의 허무함이 느껴져!"

소란이 발생하며 수많은 시선이 집중되었고── 요란한 소리가 멀어졌다. 시선을 들어보니 물방울이 뺨에 떨어진다.

사람 그림자.

가슴으로 끌어안듯 나를 감춘 레이는 구경꾼들에게 격식 있게 웃어 보인다.

"산쵸의 친인척 중에 구경거리로 취직한 어리석은 사람은 없답니다. 부디 다시 유쾌하게 즐기도록 하세요."

세상에 보기 드문 인간 전등을 감상하던 그녀들은 황급히 나에게서 눈을 돌렸고, 즐거운 물놀이를 재개했다.

"오라버니, 별것 아닌 일로 번거롭게 하지 마세요. 일이 이렇게 되니까 저한테서 떨어지지 말라고 한 거예요. 두 번이나. 이제 세 번째네요. 네 번째는 피하고 싶다는 의식이 있다면 제 손을 잡고 미아가 되지 않게 예방 조치해 주세요. 오라버니, 귀와 머리에 충언이 들어가고 있죠? 손을 잡아도 된다는 건데요?"

상반신에 찰싹 들러붙은 흰 셔츠.

한바탕 수영하고 온 탓인지 젖은 티셔츠 아래 입은 검은 비키니의 형상이 드러났다. 뜨거운 살에서 피어오르는 염소 향기. 젖은 머리카락 끝부분은 어깻죽지에 촉촉하게 들러붙었고, 밤하늘에 깃든 별들을 연상케 하는 눈이 나를 바라본다.

나를 찾아 풀을 헤맨 걸까?

부드러운 살결 위로 흘러내리는 흑발은 수분을 촉촉이 머금었다. 머리카락 끝에서 나온 물방울이 쇄골을 타고 흘러내려 풍만한 가슴 위로 떨어졌다.

상반신에 입은 셔츠가 하반신까지 가려주는 것도 아니다.

싱그러운 허벅지는 노출되었으며 레이가 움직일 때마다 내 손끝에 닿았다.

나는 바들바들 떨면서 내 엄지를 깨문다.

나는 무(無)다, 나는 무다, 나는 무다, 나는 무다…… 무, 무, 무, 무, 허벅지……. 이 허벅지는 눈앞의 공기에게 말을 거는 거다. 무리에서 떨어진 야생 허벅지는 신경 쓰지 말자. 언젠가 허벅지 헌터에게 구축당할 운명이니까.

그림자가 사라지고, 그 자리에 주저앉은 레이는 뺨을 붉혔다.

"왜 이쪽을 안 보는 거죠? 왜, 어째서, 대체 왜."

네 발로 선 그녀는 살금살금 이쪽으로 다가온다. 숨을 쉴 때마다 들썩이는 가슴이 시야에 들어왔고 바로 위를 올려다본 나는 성호를 그었다.

"시, 신앙상의 이유로, 자율적인 허벅지와는 얘기 못 해……."

레이는 천천히 입꼬리를 들어 올렸다.

"오라버니, 설마…… 동생 허벅지를 보고…… 발칙한 생각을 한 건가요?"

"아, 아아아, 안 봤는데?! 모, 몰라, 허벅지 같은 건. 지, 지방 덩어리잖아?! 트랜스산이잖아?! 넌 어차피 단백질이고 세포핵이고 염색체잖아?! 그, 그런 거에 발정하는 건 유전자학의 권위자뿐이야!"

털썩, 레이가 뒤로 엉덩방아를 찧는다.

무심코 나는 그 모습을 주시했고——, 그녀는 의기양양한 미소를 지었다.

"봤네요. 일심불란하게, 한눈 한번 안 팔고, 최단 거리에서 허벅지를 전력으로 관찰했군요."

"아, 아아아, 아니야! 내 맨눈 현미경 배율은 2,000배는 되거든! 네 허벅지에 사는 미토콘드리아 커플의 행위를 관찰했던 거야! 신성한 마이크로 세계의 백합에 그만 넋이 나간 것뿐이라고!"

다소곳이 앉은 레이는 살며시 곁눈질로 나를 살핀다.

"어, 어젯밤 일…… 기, 기억…… 안 나요……?"

"어젯밤이고 사시고 아무것도 몰라! 빈 혼자 갔기든 ! 아주 푹, 새근새근, 꿀잠을 자다 못해 코믹 유리○메 연재 작품이 하나도 남김없이 애니메이션화 하는 구체적인 예지몽까지 꿨어—!"

이제 틀렸어, 이 이상은 죽는다! 몸에! 너무 해로워! 대처하는 수밖에 없어!

"앗······."

갑자기 일어난 나를 올려다보며 너무 과했다 싶었는지 레이가 움찔하고 떤다.

그녀는 쓸쓸하게 고개를 숙였고——, 나는 그 머리에 배스타월을 걸쳤다.

"장난하지 말고 그걸로 몸이나 가려. 아직 춥잖아. 오빠를 놀릴 틈이 있다면 냉큼 몸부터 닦아."

"······아, 으."

얼굴을 붉힌 레이는 고개를 숙인 채로 나에게서 받은 타월에 입가를 묻는다.

"고······, 고맙······ 습······ 니다······."

치켜뜬 눈으로 이쪽을 살피는 그녀를 보고 나는 히죽 웃어 보였다.

매혹적인 수영복 보디를 제거했다. 이건 즉, 수영복 이벤트를 제거한 거나 다름없다. 나 같은 걸물을 상대할 거면 그에 걸맞은 지능지수를 준비하도록, 러브 코미디의 신이여. 허접한 놈. 다신 나오지 마십쇼, 부탁드립니다.

콕콕, 뒤에서 누군가가 손끝으로 찌른다.

뒤를 돌아보니 얼굴을 새빨갛게 붉힌 수영복 차림의 라피스가 서 있었다.

그녀는 앞가슴에 프릴을 단 하늘색 수영복을 입었다. 그저 서 있기만 해도 선망의 시선을 모은다.

인간의 바람과 이상을 응축시켜 놓은 이 스타일은 더는 같은 인간으로 볼 수 없었다.

다이빙에도 쓸 수 있을 만한 절벽 가슴은 둘째 치고, 잘록한 허리는 이야기와 신화상을 본뜬 듯했으며 매끄러운 곡선을 그리는 엉덩이는 신성함마저 띠고 있다.

분홍빛으로 물들어 가는 온몸은 고고하게 피어난 절벽 위의 꽃을 연상케 했다.

지나가다가 그녀를 본 여학생들은 그 조형미를 믿을 수 없었는지, 한눈을 판 채 걷다가 풀로 떨어져 큰 물기둥을 만들었다.

뒤로 손깍지를 낀 라피스는 살랑살랑 좌우로 몸을 흔들면서 치켜뜬 눈으로 이쪽을 바라본다.

"어, 어때……요?"

살의 면적이! 살의 면적이 너무 커! 도쿄 돔 72개 분량은 돼!

오른팔의 깁스를 푼 나는 셔츠를 벗어서 그녀를 폭 감쌌다.

"엇……. 저, 저기, 히이로……?"

"입어. 아직 추우니까. 빌려줄 테니까 셔츠 정도는 걸쳐."

"아……. 으, 응……."

헐렁헐렁한 내 셔츠를 입고 입을 오물거리면서 눈을 피한 라피스를 보고 나는 히죽히죽 웃었다.

이로써 매혹적인 수영복 보디는 제거됐다(이하 생략).

"그, 그런데 히이로. 저기, 그, 어젯밤 일 말인데."

"히이로."

또랑또랑하게 울려 퍼지는 목소리.

내가 뒤를 돌아보자 셔츠에 반바지, 비치 샌들을 신은 츠키오리가 손을 든다.

"좋은 아침. 어제는 푹 잤어?"

"츠키오리이!"

반라인 나는 감동한 나머지 츠키오리의 두 손을 움켜쥔다.

"나는 너를 믿었어."

"무슨 소리야? 혹시 내 수영복 차림을 보고 싶었어?"

그녀는 내 손가락을 주물럭거리면서 미소를 띤다.

"어제 지겨울 정도로 봤으면서?"

그 순간 시간이 얼어붙었다.

레이와 라피스는 귀까지 빨개져서 고개를 숙였고 츠키오리는 미소를 띤 채 몸을 들이민다.

"욕실에서 세 여자가 씻겨 주니 기분이 어땠어?"

시야가 단숨에 일그러진다. 고작 그 한마디가 뇌를 뒤흔들었고 몸이 휘청였다.

가만히 서 있을 수가 없어서 나는 무릎을 꿇었다.

"하아…… 하아…… 하아, 하아, 하아……!"

땀이 타일 위로 뚝뚝 떨어진다.

자, 잘못 들은 거야……. 마, 말도 안 돼……. 배, 백합을 지켜야 할 내가……, 이 내가…… 여자 셋과 함께 씻었다고……?! 나는…… 나는, 백합계의 엘리트……, 릴리트야……. 선택받은 릴리트라고……!

"같이 잘 때도 굉장했지. 무슨 꿈을 꾸는지 모르겠지만, 『히이로, 라피스가 위험해!』라고 속삭였더니 의식이 없는 상태에서 라피스를 끌어안았잖아. 라피스는 히죽거리면서 『꺄아아……!』하고 소리──."

"꺄아아아아아아아아아아아! 말하지 않겠다고 약속했잖아아아아아아아아아아아아아아아! 말하지 않겠다고 약속했는데, 바보 아냐, 사쿠라 너어어어어어어어어어어어어어어어어어어어어!"

"뭘 하든 저항하지 않길래 새벽에 깬 레이가 히이로에게 잔뜩 애교를 부리면서 계속 품 안에──."

"왜 깨어 있던 거죠, 본 거예요, 보고하는 건가요?! 절교예요! 이제 사쿠라하고는 절교할 거예요! 우호 관계를 끊겠어요! 어제 준 과자 상자는 돌려줘요!"

내 눈에서 빛이 사라지며 눈앞이 캄캄해진다.

어린아이가 가지고 노는 무선 조종차처럼.

어젯밤의 나는 끝없는 치태를 보인 모양이다. 만약 기억이 남았다면 나는 이 세상에 없었겠지. 살아서 그런 수모를 당할 게 아니라, 바다 밑바닥에서 물고기 밥이 됐을 게 뻔하다.

"한기와 두통과 임종이 한꺼번에 밀려들어서 전략적으로 후퇴할게."

"괜찮아? 크리티컬 히트 종합세트잖아. 또 같이 자줄까?"

"우가우가!(이봐, 그만해. 그 정도 추가타는 릴리트인 나한테는 안 통하거든ㅋ)"

나는 비틀거리면서 선내로 돌아간다.

어디 쉴 만한 곳이 없는지 선내를 돌아다니는데── 인기척 없는 복도 안쪽에 한 소녀가 서 있었다.

"산죠 히이로, 맞죠?"

어둠.

어둠에 얼굴을 가린 소녀가 속삭인다.

"잠깐 하고 싶은 얘기가 있는데……. 시간, 되시나요?"

먼저 찾아왔나──. 얼굴이 안 보여도 상대가 누군지 아는 나는 히죽 웃었다.

"에엥~? 오늘 내 시간은 되팔이가 판을 칠 정도로 비싼데~? 뭐, 하지만 난 착하니까. 귀여운 소녀의 제안은 거절할 수 없지."

훌쩍 다가가서 그녀의 어깨를 친근하게 안는다. 옆에서 들려오는 혀 차는 소리에 나는 히죽히죽 웃는다.

"너 귀엽네! 완전히 내 타입이야. 맞춤 제작한 게 아닐까 싶을 정도로 딱 들어맞아. 여친 있어? 여친이 있으면 다음에 셋이 어디 놀러 안 갈래? 응? 괜찮지? 내 교묘한 화술로 너희를 즐겁게 해 줄게."

"……천박한 놈."

"응? 뭐? 뭐라고 했어?"

"아뇨, 아무 말도. 그럼 천천히 얘기할 수 있는 곳으로 갈까요."

옆에서 뜨거운 시선을 느끼면서 바싹 몸을 붙인 나와 그녀는 다이아 덱으로 이동했고, 바 카운터석에 앉았다.

의자에 대충 앉은 나는 주변을 살핀다.

등받이가 달린 스툴이 늘어선 카운터석, 취함을 연출하는 따뜻한 색 플로어 라이트. 피아노 반주에 실린 현대적인 재즈.

바텐더가 잔을 닦는 카운터 안쪽에는 샹보르나 디사론노 등의 리큐르, 로열 살루트 등의 프리미엄 스카치, 대중적 취향의 디저트 와인 병이 늘어서 있다.

래시가드로 방한 대책을 세운 우리를 바라본 여성 바텐더가 미소 짓는다.

"주문은?"

"누님으로."

"공교롭게도 그쪽은 키핑되어 있어서 제공할 수 없습니다. 일행분은 뭘 드릴까요?"

"미네랄워터."

바텐더는 미소를 띤 채 제작에 들어간다.

싱글벙글 웃으며 나는 옆에 앉은 여성을 바라봤다.

표정으로 불쾌감을 드러낸 소녀는 길게 찢어진 눈으로 손을 바라보며 신경질적으로 자기 손톱을 여러 번 쓰다듬었다.

"근데 나한테 무슨 볼일이야? 내 세컨드가 되고 싶어서? 상승혼으로 해피 웨딩?"

"제가 누구인지, 아세요?"

"몰라, 관심 없어. 태도에 따라서는 놀아줄 수도 있지만."

그녀의 어깨를 손끝으로 어루만지자 노골적으로 쳐냈다.

"히즈미 루리예요. 당신과 같은 A클래스──."

"라피스, 레이랑 같은 그룹에 있는 애구나. 누님~! 난 코크하이*! 누님 연락처도 같이 부탁해!"

싱글벙글 웃은 누님은 미네랄워터가 든 컵을 놓는다. 주문은 못 들었다는 듯 행동하며 다시 와인 잔 닦는 작업으로 돌아갔다.

"알잖아요."

"어릴 적부터 병 때문에 고생했지?"

그녀의 안색이 싹 달라졌다. 반응을 본 나는 즉석에서 대응을 강구한다.

초장부터 너무 깊게 들어갔나. 선은 지켜야지. 마리나 선생님 입은 막았으니, 정보 입수처는 들키지 않겠지만……. 산죠가를 통해 정보를 얻은 걸로 해 둘까.

나는 헤실헤실 웃는다.

"좀 알아봤거든. 라피스와 레이는 내 여자라서. 그 녀석들은 측실 후보라 같은 그룹에 있는 아이도 끌어들일까 했지. 산죠가는 정말 뭐든 가능해."

"……이 썩을 부잣집 도련님."

불쑥 중얼거린 그녀는 그럴싸한 미소를 지어 보인다.

"레이에게 들었어요. 검술이 뛰어나시다면서요. 산죠가의 이름에도 교만하지 않고 계속 단련 중이라던데. 훌륭하다고 생각해요."

---

*위스키를 콜라와 얼음으로 희석한 하이볼

"엥~? 레이한테 그 얘기밖에 못 들었어~? 더 있잖아? 그거, 그거, 못 들었어?"

"네, 물론. 특수한 활을 쏜다면서요. 겉보기엔 물의 화살이지만 실제로는 다르다니, 굉장하네요."

"그래, 맞아~. 굉장하지~!"

레이에게는 보이지 않는 화살을 보여준 적도, 이야기한 적도 없지만 말이야.

"어떤 원리로 된 화살인가요? 저도 배우고 싶어요!"

목소리를 간살맞게 바꾼 그녀가 싱글벙글 웃으며 묻는다. 그 코맹맹이 소리와 달리 눈은 웃지 않는다.

눈 속을 보니 사냥감을 노리는 짐승 특유의 집착이 소용돌이치고 있다. 상대가 남자라는 혐오, 자기가 여자이며 우위에 있다는 오만, 그 두 가지가 더해져 교섭의 장에 설 인간에게 필요한 감정 제어가 안 되고 있다.

"조금 더 조용하고 오붓하게 있을 수 있는 곳에서라면 알려줘도 될 것 같은데~?"

"……윽."

손등을 문지르자 그녀의 얼굴이 굳었다.

"응, 어때? 나랑 대낮의 랑데부에 뛰어들지 않을래? 어──, 실례."

벌떡 일어난 나는 수상하게 여기는 그녀를 두고 화장실로 직행했다──.

"우웨에에에에에에에에에에에에에에에에에에에에에에에에

에에에에에에에에에에에에에에에에이에에에에에에에에에에에에
에에에에에에에엑!"

대변기에 고개를 처박고 점심때 먹은 것을 요란하게 게워냈다.

파랗게 질린 나는 씩씩거리며 입가를 닦는다.

어쩌지. 원작 히이로 흉내가 생각보다 더 힘겨운데. 분노와 짜증과 불안이 삼위일체해 지옥의 삼단 트리플 콤보 캠페인을 벌이고 있다. 더 했다가는 목숨이 위험할 수 있다고 마음속 명의가 자가 진단을 내린다. 십중팔구, 히즈미는 유죄일 테니 히이로인 척 안 해도 되려나.

나는 거울 속에서 웃는 나를 바라본다.

거기에 비친 거대 악(히이로)을 끝장내기 위해 중지를 세우며 소리쳤다.

"죽어, 인마아아아아아아아아아아아아아아아아아아아아아아아 아! 죽어어어어어어어어어어어어어어어어어어어어어어어! 히이로 죽어라아아아아아아아아아아아아아아아아아아아아!"

개운해진 나는 웃으며 카운터석으로 돌아갔다.

"뭐, 뭐라고 소리친 거죠……?"

"아니, 별거 아니야."

히즈미를 향해 상큼한 미소를 지은 나는 손을 들고 바텐더를 부른다.

"여기 우유 주세요. 또 아가씨 컵이 비었으니 한 잔 더. 또 뭐 추천하는 건 있나요?"

"화이트 그레이프 스파클링 주스는 어떠세요? 목 넘김이 상큼하고 너무 달지 않아서 맛이 좋아서 누구에게나 잘 맞아요."

"그럼 그걸로. 알려주셔서 감사해요. 누님을 키핑 중인 연인에게도 안부 전해줘요."

키득키득 웃으면서 바텐더가 물러난다. 상황 파악이 덜 됐는지 입을 떡 벌린 히즈미를 다시 돌아봤다.

"그래서, 무슨 얘기였지?"

"오, 오른팔."

눈을 깜빡인 그녀는 이성을 되찾고는 미소 지었다.

"부러지신 거죠? 아프진 않으세요?"

"엥, 어떻게 알아?"

"왜냐하면 깁스를 끼고——."

"깁스를 꼈다고 해서 반드시 골절이라고 할 순 없잖아. 인대 손상 같은 것도 환부 고정과 보호가 필요하고."

"배, 배 위에서 소리치셨죠. 선내에도 들렸어요."

"안 들릴걸."

"······네?"

바텐더가 오고 테이블에 음료 두 잔이 놓인다. 나는 그녀 앞으로 주스가 든 컵을 슥 밀어놓았다.

"내 외침은 선내까지 안 들려. 엔진음이 안 들리게끔 호화 객선 선내는 방음 대책이 기본이거든. 선내로 가는 그 두터운 문이 닫힌 상태였다면 열린 해치 아래 우연히 있었다는 기적이라도 일어나지 않는 한, 내 바보 같은 외침은 도저히 못 듣는다고. 내 뒤를 밟고 갑판까지 올라온 게 아니면 빌이야."

히즈미의 얼굴에서 여유로운 미소가 사라진다.

"왜 그래? 마셔."

떨고 있는 그녀를 향해 나는 웃어 보인다.

"바텐더의 추천 음료인데?"

"바, 바보인 척하면서 속인 건가요? 다, 당신이라면 그럴 수도 있다고 생각했는데."

"유감이네."

나는 바르르 떨리는 손으로 우유를 입가로 가져간 뒤, 컵의 내용물을 가슴에 대량으로 흘렸다.

"다, 당연히 일부러 그런 거지⋯⋯. 내, 내 백합 정보 집적회로가 그런 바보 같은 미스를 일으킬 리 없어⋯⋯."

갑판 해치의 존재를 간과하는 기적으로 실수 하나, 손상된 마음에서 울분이 새어 나가 실수 둘, 운 좋게 이번 허풍에 썼으니 노 미스.

기선을 제압한다.

그녀는 내가 시선을 돌린 순간 일어났고──, 휘익──, 광검의 날 끝이 그녀의 목덜미에 닿는다.

앉은 채로 왼쪽으로 발도한 나는 미소를 짓는다.

"이봐, 내가 내는 건데 한 잔도 안 마시고 가려고? 입에도 안 대고 자리에서 일어나는 예의 없는 짓은 호죠의 아가씨가 할 만한 일이 아니야."

"제, 제가 소리치면 다들 당신의 적이 될걸요? 당신의 즐거운 학원 생활이 엉망이 된다는 거예요."

"그거 멋진 제안인걸. 하지만 아쉽게 됐네. 나 같은 건 아무래도 상관없거든. 나는 백합을 지키면 그걸로 만족해. 그 녀석들 앞을 막아서는 장애물은 나 자신이 어떻게 되든 잘게 다져 주기로 했거든. 얼른 앉아, 천천히 얘기해 보자고."

바텐더가 뒤를 돌아보자 나는 카운터 테이블 아래 붙여둔 검집에 검을 넣는다.

사전에 준비해 둔 매직 디바이스를 확인한 히즈미는 식은땀을 닦고 나서 내 옆에 다시 앉았다.

"유인하려고 오히려 유인당한 건가요? 언제부터……?"

"레크리에이션 때, 3인조의 습격 이후부터 의심하곤 있었어. 너 꾀병으로 라피스와 레이를 갈라뒀지? 의무실 선생님께 물어봤더니 히즈미 루리란 아이는 한 번도 온 적 없다고 했거든. 그래서 의혹이 깊어져서 배 선두에서 소리친다는 덫을 설치했지."

"그, 그냥 의심스럽다고 그렇게까지."

"까딱 잘못하면 소중한 사람이 죽으니까."

카운터 테이블에 팔꿈치를 괸 나는 바로 정면에서 그녀를 바라본다.

"그렇다면 설령 1%라도 그럴 가능성을 밟아버려야지. 내가 살아 있는 한, 무슨 일이 있어도 누구 하나 죽게 두지 않아. 나는 새하얀 백합 꽃밭을 보고 싶거든."

"그 마음가짐은 알겠지만……. 아까부터 가끔 튀어나오는 『백합』은 뭐예요?"

나는 딱, 하고 손가락을 튕겼다.

바텐더가 오더니 내 앞에 책 한 권을 놓는다. 나는 히즈미에게 정중하게 그 만화책을 떠넘겼다.

"시무라 타ㅇ코 선생님의『푸ㅇ 꽃』이야. 일부 독자는 백합계의 성서라고까지 부르지……. 읽으면 다 알게 될 거야."

"왜, 왜 바텐더가 가져온 거죠?"

"원래 너를 여기로 유인할 셈이었거든. 처음부터 지금까지, 나와 저 사람의 촌극 같은 거였지. 협력해 주셔서 감사합니다!"

바텐더 여성은 가슴에 손을 얹고 우아하게 고개를 숙인다.

"엇. 그, 그럼 고작 이 만화를 추천하려고 본론과는 무관한 얘기에 많은 시간을 들였단 건가요?"

"뭔 소리야, 너……. 이쪽이 본론인데……?"

"뭐, 뭐야……. 당신……."

그녀는 공포에 질린 얼굴로 나를 바라본다.

"왜 그만한 힘을 가지고 있죠? 산죠 히이로는 여자를 밝히는 쓰레기에 변변한 전투 능력도 없을 텐데? 지금까지 연기한 건가요?"

"그걸 묻는다는 건 선내에 숨어 있던 마신교 권속들에게 뒤에서 명령을 내린 게 너라는 뜻이지?"

정곡을 찔린 히즈미는 신음했고──, 나는 즉시 추가타를 날렸다.

"알스하리야와 무슨 계약을 맺었어?"

갑자기 튀어나온 질문에 당황한 히즈미는 굳어 버렸다.

"무, 무슨 얘기──."

"너는 원래 병원 침대 위에 있어야 할 텐데. 불치병이니 보통은 안 낫겠지. 악마가 깨우는 기적이라도 일어나지 않는 한."

본래라면 히즈미 루리는 이 레크리에이션 합숙에 등장할 수 없다. 병약한 몸으로 몸져누운 박복한 소녀이며, 이야기에 등장하는 건 훨씬 나중이다.

원작대로라면 그녀가 가진 병 치료에는 알스하리야가 깊게 얽혀 있을 터.

"알스하리야는 아직 깨어나지 않았을 텐데. 알스하리야파가 뭐라고 꼬드겼어? 이제 됐잖아, 얼른 다 자백──."

훅, 하고. 플로어 램프가 전부 꺼진다.

현계에서 이계로 온 것인지 주변의 마력량이 높아진다. 조용한 가운데 부풀어 오르는 살기, 어둠에 갇힌 공간을 노려보면서 나는 테이블 아래에 있는 쿠키 마사무네를 힘껏 뽑아 들었다.

"엇……. 뭐, 뭐지……?"

떨리는 목소리, 두려움을 숨기려 하지 않는 히즈미는 주변을 연신 두리번거린다. 자리에서 일어난 나는 그녀의 팔을 붙잡고 내 뒤로 숨긴다.

"섣불리 움직이려고 하지 마. 가만히 있어."

희미하게 마력의 덩어리가 요동친다.

나는 어둠 속을 주시했다. 무언가가 번뜩인다──. 투척 나이프를 떨어뜨린 뒤, 왼손으로 검을 쥔 채 물러났다.

내가 아니다. 나이프가 날아온 궤적을 간파한 나는 확신했다.

노리는 건 히즈미인가.

"히즈미, 뛸 수 있어? 위로 가. 탄자 ᅡ하이트 덱끼지 딜러."

기습을 노리는 현재 상황에서 굳이 싸울 이유는 없지. 제대로
된 정신 상태라면 이 상황에서 정면 승부를 하진 않을 것이다.

지금은 일단 물러났다가──, 투척 나이프가 『푸○ 꽃』에 꽂
혔다.

"…………."

잘못 본 건가 해서 두 눈을 문지른다.

최대한 눈을 가늘게 뜨고 바 테이블에 놓인 백합계 성서를 주
시했다.

"…………."

표지 중심에 깔끔하게 투척 나이프가 꽂혔다.

아하하, 아니, 아니, 설마! 이 훌륭한 작품을 손상할 만한 인
간이 이 세상에 있을 리──.

"꽂혔잖아. 새끼야아아아아아아아아아아아아아아아아아아
아아아아아아! 죽어, 인마아아아아아아아아아아아아아아아아
아아아아아아아아아아아아아!"

난 쿠키 마사무네를 휘두르며 정면으로 돌진한다.

날아드는 칼날을 분노의 휘두르기로 튕겨내자 금속음이 울린
다. 상대가 누구인지 확인조차 하지 않고 피가 머리까지 솟구친
나는 정체를 알 수 없는 상대를 걷어찼다.

"입에서 내장을 토하면서 선생님 앞으로 사과문을 써서 제출
해! 300만 자 이상으로!"

발끝에 전해지는 둔탁한 감각. 부드럽고 따뜻한 덩어리가 날

아간다. 벽에 튕긴 사족 짐승이 바닥에 내동댕이쳐졌다.

걷어찬 순간 미지근하고 짐승 내 나는 숨이 내 얼굴에 닿았다. 내가 준 통증에 응하듯 그 악취는 서서히 자리를 채웠다.

질금질금 백지를 적시는 먹처럼, 그 정체가 어둠 속에서 드러난다.

등에 대량의 검을 짊어진 검은 개였다.

재기 독(jaggy dog)──. 이계에 서식하는 마물로 원작 게임에서는 던전 저층에서 만날 수 있는 저렙 몬스터다.

이봐, 진심이야?! 인간이 아니라 마물이잖아?!

사방팔방을 둘러보다 적의 모습을 발견한 나는 전율했다.

하나, 둘, 셋, 넷…… 다섯?! 던전 안에서도 한 번에 이만한 수는 쉽게 마주치지 않는데?!

뜻밖의 조우전이다.

순간적으로 뒤로 돈 순간, 부르르 몸을 떤 검은 개 등에서 칼날이 날아들었다.

"어이쿠."

트리거──『생성:마력표층』,『변화:시신경』,『변화:근골격』──, 발동 강화 투영(테네브라에).

바 카운터 위로 몸을 미끄러뜨리며 굳어 있던 바텐더를 끌어안는다.

순간 뒤로 흩날린 머리카락에 구멍이 뻥 뚫렸다.

이어지는 파괴음, 품 안에서 나는 비명, 사방으로 튄 위스키 병 조각이 반짝인다. 뚫린 구멍으로 내용물이 새어 나오는 바람에 알코올 내가 훅 올라왔ㄴ, 봄을 구부린 나는 잇달아 날아드는 짤막한 칼날을 피한다.

"만 9천, 3만 2천, 6만 3백 2십! 전액 변상할 수 있겠지, 멍멍아?!"

나는 달리면서 깨진 병들의 가격을 읊는다. 눈 한쪽에 어른거린 빛을 피하고, 벽을 걷어차며 삼각 점프. 마력으로 강화한 오른팔의 깁스로 칼날을 쳐냈다.

품에 있던 누님을 카운터 아래 내려놓는다. 울려 퍼지는 칼 소리를 듣고 재기 독의 위치를 파악한다.

"그대로 고개 들지 말고 웅크려 있어요. 카운터 아래 가만히 계세요."

나는 그녀를 향해 엄지를 들어 보인다.

"아름다운 연인과 행복하시길! 우리 백합 수호자 연맹은 두 분의 행복을 진심으로 기원합니다! 히즈미!"

소리친 순간, 머리를 싸매고 웅크려 있던 그녀는 움찔했다.

"셀프 디펜스 중에 미안한데 릴리 디펜스도 도와줘! 백합을 위해 오른팔을 바치는 바람에 콘솔을 못 갈겠어! 내 뒤에 붙어 있어! 우리 백합 수호자 연맹끼리 저 누님의 미래를 지키자!"

"무, 무슨 소리야. 당신은 도망쳐! 노리는 건 나니까! 나, 나는 당신 적이거든! 백합 수호자 연맹 같은 컬트 조직에 들어간 기억도 없고?!"

"적이 백합이든 아군이 백합이든, 큰 차이는 없을 텐데!"

"다르잖아?! 뭐가 없는데?!"

혼란스러워하는 히즈미를 향해 나는 웃어 보인다.

"히즈미 루리, 너에게선 가능성을 느껴. 향기로운 백합의 싹이 보인다고. 그 신성함으로 이뤄진 봉오리를 품은 너에게 지금 여기서 총 국민 영예 백합상을 수여하고, 내가 네 생명을 전력으로 지키겠다고 약속할게. 얼른 와, 둘이서 이 녀석들을 쫓아 버리자."

"뭐, 뭐야……. 당신, 정말 산죠 히이로야……?"

덤벼든 재기 독을 걷어찬 나는 히즈미의 허리를 잡고 끌어당긴다.

"자, 자자자자, 잠깐?! 어, 어어어, 어딜 만지는 거야?!"

"허리가 가느네~. 조금 더 챙겨 먹어."

"우, 웃기지 마……. 다, 당신이 우리 엄마라도 돼……? 주, 죽어……!!"

얼굴을 새빨갛게 붉힌 그녀는 내 안면을 두 손으로 밀어낸다.

"아야야야야. 코, 코, 코에 마더 핑거와 브라더 핑거가 들어와 있으니까 하, 하지 마. 이, 이렇게라도 안 하면 널 지키면서 싸울 수 없잖아. 됐으니까 들어. 래시가드 가슴 주머니 안쪽에 콘솔 포켓이 있어. 거기서 내 지시에 맞춰 콘솔을 꺼내 줘!"

"래, 래시가드 안쪽?! 다, 당신 가슴에 손을 넣으라는 거야?!"

"뭐 어때. 난 남자니까 문제없잖아."

히즈미는 나를 꾹꾹 밀어내면서 귀까지 빨갛게 붉힌다.

"나, 남자니까 문제인 거지?! 바, 바보 아니야?! 나, 난 여자하고도 안 사귀어 봤는데 남자 가슴에 손을 넣으라니……. 그,

그런 비정상적인 짓을 어떻게 해!"

"뭐, 지금은 참고——, 온다."

어둠 속에서 소리 하나 없이.

새카만 개들이 검은 잔물결을 일으킨다.

재기 독은 한데 똘똘 뭉쳐 행동하며 사냥한다. 일상의 양식을 얻기 위한 사냥에는 동료와의 커뮤니케이션이 필요하다. 그들은 목에 성대가 없기에 등에 있는 칼날을 울려 발생하는 『소리』로 교류한다.

쟁강쟁강쟁강쟁강!

일그러진 소리를 내며 세 마리 검은 개가 덤벼든다.

"정면은 미끼고, 오른쪽에서 날아드는 칼날이 진짜야. 히즈미, 『속성:물』, 『생성:화살』, 『생성:도신』!"

"아, 정말!"

히즈미는 마력을 담아 내 쿠키 마사무네에서 단숨에 콘솔을 빼낸다. 꾸물거리면서 마력 유도선을 생성, 슬롯에 콘솔을 끼웠다.

히즈미에게서 손을 확 뗀 나는 그녀의 머리를 힘껏 아래로 눌렀다.

"으익!"

그 머리 위로 칼날이 스쳤고, 나는 쿠키 마사무네를 뽑는다.

콘솔, 접속——『속성:물』, 『생성:화살』, 『생성:도신』.

연속 생성(더블 크래프트), 무도(無刀), 보이지 않는 화살.

"……읏!"

칼날과 칼날을 맞붙이고 덤벼든 재기 독을 양단한다.

정확히 반토막 난 시체 사이에서 털퍽 주저앉은 히즈미가 비명을 지른다. 정면에 있는 재기 독이 페인트 거는 걸 무시하고, 어둠 속에서 날아든 칼날을 천장으로 튕겼다.

쟁강쟁강쟁강! 쟁강쟁강쟁강!

"협공인가."

"왜, 왜, 아까부터⋯⋯. 당신, 저 녀석들 말을 이해하는 거야?!"

이런 건 자연스레 기억하게 된단 말이지. 게임 내에서 귀가 썩도록 들은 데다 보이스 드라마나 음성 작품에서도 백합 작품이 늘어서⋯⋯. 귀가 단련됐거든.

나는 히즈미를 품에 안는다.

"꺄악! 조, 좀 더, 부드럽게 안아! 히, 힘! 당신은 힘이 세서 무서워!"

"아, 미안. 이 정도면 돼?"

힘을 낮추자 히즈미는 고개를 돌리더니 입에 손을 댄다.

"⋯⋯으응."

"어⋯⋯. 왜, 왜, 방금 살짝 야한 소리를 낸 거야⋯⋯?"

"다, 당신이 있는 힘껏 허리를 붙드니까 그렇지! 배에 힘이 들어갔다고! 그리고 갑자기 힘을 빼니까! 다, 당신, 너무 섬세하지 못한 거 아냐?! 남자는 다들 그래?! 죽지 그래?!"

"어이쿠."

"와악!"

나는 히즈미 얼굴을 가슴에 폭 끌어안으며 급소를 노린 살기 덩어리를 피했다.

"자, 잠깐! 나, 남의 얼굴을 가슴으로 누르지 마! 내, 냄새! 당신 냄새를 있는 힘껏 맡았거든?!"

"미안, 미안. 이제 끝낼게. 『속성:빛』, 『생성: 구슬』, 『조작:사출』. 잘 부탁해."

"저, 정말……!"

히즈미는 내 가슴에 손을 집어넣는다.

재기 독 군단은 바닥의 타일을 걷어차며 좌우로 섰다. 바닥에서 통통 튀는 검은색 털 구슬들은 침을 줄줄 흘리고 눈을 요란하게 빛내며 고개를 가로저은 뒤, 걸음걸이와 칼날을 맞추어 달려든다.

"이봐——, 히즈미. 남의 가슴근육 좀 그만 만지고 얼른 교환해 줘~. 식욕 왕성한 멍멍이들이 오늘의 점심 식사에 달려들겠어~."

"마, 만진 적 없어! 어쩔 수 없는 일을 의도적인 행위로 받아들이지 마! 저건 발바리들쯤이야 손 쥐나 앉아나 앞발 들어로 교육하면——."

"잠시만?! 이 세계에도 바바리맨이 있어?!"

"시끄러워어어어엇! 조용히 안 하면 양쪽 유두를 순서대로 리드미컬하게 비틀어 버린다?!"

쿵쿵쿵쿵, 재기 독이 다가온다.

급한 마음에 호들갑을 떠는 히즈미를 안았다가 떼어놓는 식으로 견제의 칼날을 피한 뒤, 가끔 쿠키 마사무네를 휘둘러 칼날을 튕긴다.

"응……, 응, 으응……, 응……."

"아니, 히즈미. 그건 안 되지. 이러다가 빨간 딱지 붙겠다."

"다, 당신이, 여러 번——, 응——, 끌어안았다가 떼어놓으니까! 좀 더 힘 조절을——, 응——, 해 봐!"

여러 번 실수하면서도 콘솔이 세팅된다.

"숙여."

그녀는 머리를 두 손으로 감싸며 주저앉았고——, 좌우에서 동시에 네 마리 재기 독이 달려들었다.

나는 그 중앙에서 손바닥을 내밀었다.

손바닥 위에 최대한의 마력을 싣고——.

"선내에서는 얌전히……, 앉아 있어야지."

입꼬리를 들어 올린다.

"라이트."

손바닥 위에 생성된 빛 구슬에서 사방팔방으로 빛이 튄다.

재기 독은 날카로운 비명을 지르면서 공중으로 날아갔고, 나는 그 전부를 겨냥했다.

경로 생성(루트 온).

괴로움에 발버둥 치면서 떨어지는 검은 개들 쪽으로 레일을 뻗고 목표를 포착한 나는 세 개의 화살을 쏘았다.

콰과과——!

동시에 세 개의 화살이 재기 독을 꿰뚫었다.

숨이 끊어진 검은 개들은 땅으로 떨어졌고, 나는 낙하하는 시체 중 하나에서 물의 화살을 뽑아냈다.

"꺄아아아아아아아아아아아아아아아아아아아아아아아!"

살아남은 한 마리가 히스미에게 날려들었지만——, 왼쪽으로 투척한 빛의 화살이 내가 생성한 마력 벽에 튕겨 정면에서 개의 미간을 맞췄다.

털썩, 하는 소리와 함께 재기 독은 숨이 끊어졌다.

나는 만족스레 그 결과를 바라봤다.

난간에서 튕긴 화살을 보고 고안한 응용법이다. 굳이 레일을 뻗지 않더라도, 벽으로 튕기면 화살이 날아가는 방향을 바꿀 수 있다.

안정성은 떨어질 수 있으나 레일을 뻗을 시간이 없는 경우는 이게 더 낫다. 마력 절약도 되고.

"히즈미, 이제 괜찮아."

얼굴을 보호하듯 두 손을 교차시킨 채 웅크려 있던 히즈미는 살며시 한쪽 눈을 뜬다.

"힉!"

눈앞에서 굴러다니는 검은 개를 보고 그녀는 있는 대로 뒷걸음질 친다. 살며시 거리를 두고 폴짝 뛰어서는 내 품에 안긴다.

"……주, 죽은 거야?"

"그래. 봐, 사라지지."

마력을 잃은 마물은 현계에서 형태를 유지할 수 없다. 재기 독 무리는 희푸른 입자가 되어 공중으로 사라졌다.

그 광경을 바라보면서 나는 위화감의 정체를 생각했다.

이상하다. 본래 마물이 출현하는 곳은 던전으로 한정되어 있다. 제2기항지는 안전 제일을 강조하는 관광지이며, 마물은 한 마리도 출연할 여지가 없을 터다.

이계에 들어왔다고 해도, 몇 겹씩 쳐진 두터운 경비를 뚫고 마물이 선내로 들어올 가능성은 제로에 가깝다.

게다가 저 마물들은 히즈미를 노렸다. 마물은 저렇게까지 집요하게 특정 상대를 노리지 않는다. 그렇다면 명령받고 그 지시에 따라 움직였다는 것이다.

기본적으로 마물은 사람의 명령을 따르지 않는다. 예외가 있다면 마인과 계약을 맺은 고위 권속이 소환한 마물뿐.

고위 권속이 소환할 수 있는 마물은 마인에게 속한 부하 같은 존재이며, 마인을 향한 충성심 때문에 한낱 인간의 명령도 듣는다.

다만 딱 하나 더 가능성이 있다.

하지만 그건……. 아니, 말도 안 돼……. 말은 안 되지만……. 만의 하나의 경우가 있다면…… 그때는…… 내가…….

"저, 저기."

히즈미의 목소리에 나는 정신을 차린다.

"저기, 도와줘서 고마워. 정말 엄청 강하구나, 당신. 왜 알스하리야 님 권속인 나를 노렸는지 모르겠네. 간부 기분이라도 거슬렀나?"

"선내에 다른 동료는 없어?"

"없어. 없는, 데……."

단언하지 못하는군.

한숨을 내쉰 나는 시선을 내리고 히즈미가 무사하다는 걸 확인힌다.

"다친 곳이 없어서 다행이긴 한데 너를 이대로 그냥 둘 수는 없어. 누가 널 노리기도 하고. 여러모로 불편은 따르겠지만, 내 감시하에 있도록 해."

"아, 알아. 실패하기도 했고. 살해당하지 않은 것만으로도 운이 좋은 셈 칠게."

"그럼 이 합의를 첫걸음으로 삼고……, 근데? 언제까지 안겨 있을 거야?"

허리에서 힘이 풀린 히즈미는 기대고 있던 나에게 맥없이 웃어 보인다.

"미, 미안……. 아, 아까 그것 때문에, 다릿심이…… 풀렸나 봐……. 모, 못 걸을 수도……."

몇 분 동안 고민한 나는 각오를 다지고 그녀를 안아 든다.

"꺄악!"

"구조 행위 구조 행위, 나는 인간형 자율식 백합 구조대……, 좋아! 삐뽀삐뽀! 여러분 양보해 주세요! 신선한 백합이 타고 있습니다! 삐뽀!"

공주님 안기를 강요당한 나는 그녀를 의무실로 데리고 가려다가 츠키오리, 라피스, 레이와 딱 마주쳤다.

"…………."

""""…………."""""

"…………삐뽀삐뽀."

""""…………."""""

"…………."

나는 그 옆을 슥 지나려 했지만——, 츠키오리가 불쑥 속삭인다.

"히이로가 술에 취한 여자를 으슥한 곳으로 데려간다."

"네. 지금부터 젊은 여성의 몸을 마음껏 즐기겠습니다."

"아, 아니야! 산죠 히이로는 나를 구해——, 왁!"

나는 만면의 미소로 히즈미 입을 막았다.

"쉿……. 허락도 없이 나불거리다니, 나쁜 입이네, 히즈미 루리. 크크큭, 날 잡아드쇼 하고 스스로 뜨거운 물에 뛰어드는 꼴 아닌가. 그 귀여운 입을 계속 다문 채로 생명의 은인이 사회적으로 파멸하는 모습을 끝까지 지켜보도록 해."

"읍—! 읍—, 읍—, 읍—!"

혈안이 된 나는 필사적인 형상으로 세 사람의 반응을 살핀다.

내려가라! 내려가, 내려가, 내려가, 호감도야, 썩 내려가지 못할까! 여자를 으슥한 곳으로 끌고 가는 범죄자가 여깄다고! 쓰레기남 생중계 쇼를 다 보셨다면, 싫어요 버튼을 연타하고 그만 가 주세요!

라피스는 두 손으로 입을 가렸고 레이는 목소리를 떤다.

"히, 히이로……."

"오라버니, 그런……."

앗—! 안 되죠, 고객님! 이러시면 곤란합니다! 앗—! 이건 너무 뒤로 가셨는데요! 호감도가 너무 내려가서 일본에서 브라질까지도 가겠어요. 이제 사방에서 브라질산 욕이 난무하겠지!

"그 아이를 구하려고 또 무리한 거지. 바보. 깁스가 엉망이 됐잖아. 선내로 와 보니 마물의 신음도 들렸고."

나에게 다가온 레이는 "실례" 하고 양해를 구하고 나서, 손을 파닥인 뒤 히즈미의 냄새를 확인한다.

"히즈미 씨 입에서 알코올 냄새가 안 나요. 오라버니도 그렇고요. 무고죄라면 형법 172조에 따라 3개월 이상 10년 이하 저와 동거하는 포상이 주어질 거예요."

"""…………."""

"노, 농담이에요. 뭐, 뭐예요. 스노우를 흉내 낸 것뿐인데."

계속 자기 머리카락을 어루만지며 얼굴을 붉힌 레이는 고개를 돌린다.

"마물이 습격하는 장면을 본 히이로가 방패가 된 건가? 너무 뻔히 보여서 재미없네. 드디어 브라콤을 여과 없이 드러내는 레이가 더 재미있어."

"브, 브라콤 아니에요! 오라버니가 시스콤인 거지!"

얼굴을 새빨갛게 붉힌 레이는 쓰게 웃는 츠키오리에게 반론한다.

눈 깜짝할 새 추궁당한 나는 울상으로 히즈미에게 도움을 요청했다.

"히――."

"응, 맞아. 습격당한 걸 구해줬을 뿐이야. 아무 일 없었어."

나는 고개를 들고 동태눈으로 허공을 바라본다.

끝이다(검은 배경).

수영복 차림인 셋에게 둘러싸여 그 한마디에 결정타를 맞은 나는 넋을 놓았다.

"그럼 히이로, 그 아이를 의무실로 데려다준 다음……. 풀로, 와야 해?"

귓가에 속삭인 저주에 나는 한 손과 깁스로 얼굴을 가렸다.

*

환호성이 들린다.

흰 살이 물을 튀기고 새된 목소리가 울려 퍼지며 여자들이 신나서 떠들어댄다.

학생이 밀집된 풀에서 차가운 물보라가 튀긴다. 즐거운 듯 서로 밀고 밀며 부드러운 몸을 맞대고 있다.

가끔 서로 어깨가 맞닿아서 친구로만 생각했던 상대를 의식한다.

"아. 미, 미안……."

"아, 아냐……. 나야말로…… 미안해……."

아아, 백합 신이시여. 순백의 화원은 여기 실존했군요.

이렇게 훌륭한 천상의 광경이라니, 저는 당신의 경건한 신도임에 감사드립니다.

내가 이 도가니 중심에 없다면 말이지!

살, 살, 살!

희미한 불빛 아래, 살색으로 메워진 풀 중심에 유일무이한 이

물질이 되어 버린 나는 우두커니 서 있었다.

호죠 학원 학생들을 태운 퀸 워치는 디멘션 게이트를 통과해 이계로 들어갔다.

이계——, 스타 마인.

전체 길이가 약 6백m에 임박하는 그 동굴은 『라노바해』라고 불리는 이계의 바다에 반쯤 잠긴 해식동이다.

동굴 입구나 수혈을 통해 비쳐드는 태양빛 덕에 동굴 안의 바닷물은 아쿠아 블루색으로 물들었다.

암벽에서 솟아난 『성정(星晶)』이라는 결정은, 햇살을 받아 무지갯빛으로 빛난다. 부식 때문에 정기적으로 부서지는 성정 파편은 공기 중의 마술 연산자에 반응해 빛을 뿜으면서 흩날린다.

밤의 장막이 내려든 동굴.

성정 파편이 떨어져 수면을 비출 때마다 로맨틱한 광경이 연출된다.

선상의 풀은 성정 파편의 빛으로 장식된다. 그 양상은 대자연에 자생하는 나이트 풀 같았다. 360도 파노라마로 성정을 볼 수 있는 화려한 풀을 이용하려 친자연적임을 자칭하는 아가씨들이 밀려들었다.

갑자기 파도처럼 밀려든 여자들. 나는 몰아치는 파상 공격을 감당하지 못하고 팔꿈치에 찍히고 무릎에 맞아 수면으로 떨어졌다. 우왕좌왕하는 사이 밀려나 현재에 이른다.

누구 선곡인지.

클럽 이벤트용 거대 스피커에서 당뇨병 유발도 가능할 듯한 달달한 러브송이 흘러나왔고, 『세상은 그야말로 대미팅 시대!』 같은 내레이션과 함께 슬슬 자기소개 단계로 넘어갈 분위기였다.

수영복 차림의 선내 스태프는 트로피컬 주스를 나눠주며 다녔고, 나는 부드러운 살과 살에 안겨 있다.

"사람이 많네. 거슬려. 꼼짝도 못 하겠고."

흰색 비키니를 입고 속이 비치는 파레오를 허리에 감은 츠키오리는 내 가슴에 찰싹 붙어 있었다.

앞머리를 뺨에 붙인 그녀는 허락 없이 내 가슴에 귀를 댄다.

"시끄럽다 했더니 히이로 심장에서 나는 소리네. 건강하다."

"오라버니, 너무 움직이지 마세요. 사회의 거친 풍파에 휩쓸린 동생이 쓸려가지 않도록 두 다리로 굳게 서셔야죠."

검은 비키니 차림의 레이가 내 왼팔을 끌어안은 채 클레임을 제기한다.

"한 발짝도 못 움직이겠어……. 요즘 사람들 물놀이는 뭐가 재미있는지 모르겠어요."

이런, 북적북적이 아니라 복잡복잡한 상태 같다. 이대로 두면 산죠가 융합 몬스터가 필드에 출현할 것이다.

아까부터 말없이 고개를 숙이고 있는 라피스는 내 등에 달라붙었다.

누가 떠밀 때마다 열심히 버티려고는 하지만, 풀 바닥에서 미끄러져 중심을 잃은 모양이다.

그녀가 입은 팔랑팔랑한 수영복 앞가슴 부분이 내 등에 닿았다 떨어진다. 그때마다 라피스는 부끄러운 듯 "미안……, 미안⋯⋯"이라고 속삭였다.

나는 동태눈으로 상공을 올려다봤다.

답이 안 나올 때는 하늘을 봐라⋯⋯라고 하지만, 봐도 눈과 코에 염소수만 들어가잖아. 대체 어딜 올려다봐야 답을 찾을 수 있는데. 본래 이 중심에 있어야 할 사람은 츠키오리고, 나는 풀사이드의 수호자로서 활약해야 하는데.

세 사람의 촉감을 맛보면서 나는 눈꼬리로 주르륵 눈물을 떨어뜨렸다.

살려줘⋯⋯. 이대로 가면 내 안의 짐승이 보이즈 비 앰비셔스 하겠어.

곧 떠날 사람처럼 울면서 도움을 청하는 내 앞에 튜브가 흘러든다.

"어머~. 서민의 냄새~!"

화려한 수영복을 입은 오필리아는 고급 선글라스를 끼고 트로피컬 주스를 마시며 튜브에 온몸을 맡긴 채 우아하게 다가온다.

"츠키오리 사쿠라와 그 주변인들에 노예까지, 아주 유쾌하고 호화로운 서민 종합세트네요~! 이런 데서 뭘 하고 있——."

"아가씨, 데려가 줘."

나는 여체의 소용돌이 중심에서 죽기 살기로 아가씨에게 손을 뻗는다.

"나도 그 배에 태워줘! 부탁이야! 나는, 나는! 나는, 그 앞으로 가야만 해! 여기서! 여기서, 『끝』을 선언할 수는 없어! 그러니까! 그러니까!"

나는 울면서 외친다.

"나를 동료로 받아줘!"

반응이 없는 아가씨에게 나는 두 번째 일격을 날린다.

"아――."

"싫어요."

헤헷……, 아가씨는 못 당하겠군.

코 아래를 문지르면서 고개를 끄덕이는 날 무시한 채 아가씨는 빨대 끝으로 츠키오리를 가리켰다.

"마침 잘 만났어요, 츠키오리 사쿠라! 당신, 이런 대중목욕탕 같은 풀에서 아무 가치도 없는 촌스러운 남자와 지지고 볶고 있다니, 수준을 알 만하겠네요? 그야말로 딱하기 짝이 없어요, 어리석기 그지없어요, 부모 얼굴에 침 뱉기예요~! 어·차·피~? 당신 같은 서민은 남자나 상대해 주겠지만요~?"

찰싹찰싹, 열심히 발을 굴러 그 자리에서 빙빙 돌며 츠키오리와 시선을 맞추려 하는 아가씨는 거친 숨을 내쉬면서 빨대를 휘젓는다.

"뭐, 뭐……. 하아하아……. 저, 저쯤 되면? 매, 매일 같이……, 하아하아……? 하아……, 아름다운 여성과의 혼담이……. 하아하아……, 무수히 많이――."

"히이로 가슴근육 좀 봐. 이게 뭐야? 너무 많이 단련한 거 아냐? 혹시 움직이기도 해?"

"바, 발끈――! 사람이 말을 하면 똑바로 들어요!"

발끈이라고 했어!(그래, 발끈이라고 했지!)

힘겹게 말하면서 빙빙 도는 아기씨는 온갖 방향에 대고 소리 친다.

"당신에게 결투를 신청하겠어요——!"

"뭐——, 나?"

낯선 여자가 뒤를 돌아본다.

"어, 뭐야. 나한테 한 말이야?"

또 낯선 여자가 돌아본다.

"어라, 나? 나랑 결투한다고? 무슨 소리야?"

고작 그 한마디에 사면초가에 빠진 아가씨는 주변을 두리번거 리면서 "으윽……" 하고 신음했다.

"츠, 츠키오리, 사쿠라아……!"

침을 꿀꺽 삼킨 나는 땀 때문에 미끌미끌한 두 손을 꼭 움켜 쥔다.

"오, 오려나……?"

"두고 봐요——!"

우오오오오오오오오오오오오오오오오오오오오오오오오오오오오 오오오오오오오오오, 『두고 봐요』 왔다아아아아아아아아아아아 아아아아아아아아아아아아아아아아아아아아아아!

얼굴을 새빨갛게 붉힌 아가씨는 두 팔과 다리를 빙글빙글 내 저어 필사적으로 참방거리며 바람처럼 사라졌다.

나는 심금을 울리는 아가씨의 프로페셔널리즘에 감동했다.

역시 프로 측정기는 다르군. 그녀에게는 안정감이 있다. 훌륭 한 인재야. 주인공이 상대해 주지 않는데도 패배 선언 후 도망치다니. 나로서는 도저히 불가능할 것이다. 아니, 누구든 불가능하다…… 이건 아가씨만 할 수 있어.

아, 아가씨를 두고 열변을 토할 때가 아니지.

슬슬 이 상황을 어떻게든 해야 해. 히즈미 상태를 보러 가고 싶다거나 친척 아주머니가 셀 게ㅇ*에 참석한다거나 50년에 한 번 올까 말까 한 복통이 찾아왔다는 식으로 적당히 둘러대고 이탈하는 수밖에.

"레, 레이?"

내 팔에 매달린 채로 흥미진진하게 가슴근육을 찌르던 산죠가 아가씨는 내 목소리에 반응해 황급히 손가락을 떼더니 고개를 든다.

"히——."

"사양할게요."

스피드 어태커인가, 이 녀석……?

"히즈미 씨에게 갈 거면 당연히 저도 동행할 거예요. 오빠의 부상 경과가 신경 쓰이는 건 동생으로서 당연한 일, 혼자 그곳을 어슬렁거리게 둘 수는 없죠."

카운터 함정인가, 이 녀석……?

암 록 당한 팔을 부드럽게 풀면서 나는 슬슬 풀 사이드 쪽으로 향했다.

"그럼 여러분, 이대로 즐겨 주세요! 저 산죠 히이로, 가슴에

---

* 만화 드래곤볼에 등장하는 게임

큰 뜻을 품고 히즈미에게 가보겠습니다! 흐읍! 안녕히 계세요, 전 제 행복을 찾아 떠납니다. 뒷일은 잘 부탁해~! 다 같이 사이좋게 놀고~!"

나는 속으로 아련하게 손을 흔들면서 세 사람을 떼어놓기 위해 움직이기 시작했다. 가벼운 몸으로 몇 걸음 걷다가 멈춰 선 나에게 세 사람이 들러붙는다.

"왜, 왜, 따라오는 거야……?"

"히이로가 움직이니까."

"오라버니가 움직이니까."

"네가 움직이니까."

그럼 죽으면 되나요?! 죽으란 거냐고요?!

나는 냉정하게 현재 상황에서 탈출할 방법을 생각한다.

진정해, 산죠 히이로. 냉정함을 되찾는 거야. 나는 똑똑한 남자야. 쿨, 쿨러, 쿨리스트하게 생각해. 세 사람 뜻을 꺾기는 어려워, 이럴 때는 정론으로 힘껏 밀어붙이자.

"저기, 여기만 풀이 붐비니까 넷이서 움직이면 아무리 시간이 지나도 못 빠져나가잖아? 따라오는 건 상관없으니까 한 명씩 풀에서 나올까?"

"뭐, 맞는 말이긴 하네. 정신없기도 하고."

눈짓을 주고받은 셋은 동의하고 고개를 끄덕였고──, 나는 걸쭉한 미소를 지었다.

크큭, 바보들……! 나는 쿠키 마사무네를 풀 사이드에 숨겨놨거든. 풀에서 기어 나온 순간, 강화 투영을 발동해서 속공으로 사라져 주겠어! 너희는 셋이서 물 반, 여자 반인 지옥에 평생 붙어살도록!

"좋아, 그럼 알았으니——."

"산죠 히이로!"

사신의 발소리를 들은 나는 힘껏 고개를 들었고, 목소리의 주인을 찾았다.

스커트 타입의 수영복을 입은 히즈미는 나에게 손을 저으며 물속에 발을 넣는다.

"아까 풀에 간다길래 여기 있을 것 같아서——."

"오지 마, 히즈미!"

얼굴이 새빨개진 나는 이마에 혈관 마크를 띄우며 소리쳤다.

"오지 마아아아! 오지 마, 히즈미이이이!"

"어, 뭔데? 왜?"

그대로 히즈미는 풀 안으로 들어왔고—— 몇십 초 후, 나는 네 방향에서 미소녀에게 둘러싸였다.

"왜, 왜 이렇게 북적이는 건데……. 잠깐, 산죠 히이로! 좀 더 저리로 가! 아, 아까부터 몸이 닿잖아!"

"…………."

완전 재앙이 따로 없군.

어깨를 맞댄 나와 히즈미는 뜻밖에도 밀담하기 딱 좋은 이 상황하에 서로 얼굴을 가까이 댄다.

"뭐 됐다. 산죠 히이로. 당신에게 해두고 싶은 얘기가 있어."

"되긴 뭐가 돼…… . 달라붙지 마, 떨어져…… . 대체 진짜…… . 왜 안에 들어오는데…… . 날 죽이러 온 거야? 우수한 암살자로군…… . 아주 굉장해…… ."

"뭐야, 뭘 그리 구시렁구시렁 알 수 없는 소리를 해? 마침 사람도 많겠다, 시간이 별로 없으니 여기서 얘기한다?"

"네 맘대로 해."

물소리를 내면서 몸을 더 들이민 히즈미의 머리카락이 내 어깨로 흘러내린다.

내 어깨에 손을 얹은 그녀는 귓불에 대고 속삭였다──.

"……정말?"

나는 놀라서 눈을 크게 떴다.

＊

무슨 일이 벌어지고 있다.

거울에 비친 턱시도 차림의 나를 보고, 나는 한숨을 내쉰다.

히즈미에게 들은 정보는 앞으로의 행동을 좌우할 충격적인 내용이었다.

──오늘 밤, 마신교의 습격이 있을 거야.

오늘 밤. 오늘 밤이라는 것이 문제다.

본래 마신교 습격은 레크리에이션 합숙 3일 차에 예정된 이벤트. 본래라면 내일 발생해야 할 것이다.

시나리오의 흐름이 변했다.

그게 잘된 일인지, 아닌지.

현시점에서는 판단이 안 서지만 무슨 이유인지 원작과 차이가 생겼고, 시나리오 흐름이 바뀐 것이다. 원작 게임과 다른 점이라면 내가 히이로를 대신했다는 것. 이유가 있다면 그 차이에 있을 게 분명하다.

나는, 백합을…… 그 녀석들을 지키겠어.

그 각오는 진즉에 했다. 내가 원인이라면 더더욱.

마신교의 습격.

본래 흐름대로라면 나는 개입할 필요가 없다.

츠키오리 혼자서도 충분하니 나는 그 용맹한 모습을 감상하는 동시에 응원용 봉을 흔들며『백합! 백합, 눈을 떠라!』하고 성원을 보내면 그만이다.

하지만 그건 마신교 습격 일에 차이가 생기지 않았을 경우다.

본래 마신교의 권속은『낙인이 새겨진 한, 알스하리야에게 불리한 언동을 실행하지 않는다』라는 제약을 받는다.

타투 커버 시트로 가리긴 했지만, 히즈미에게는 낙인이 또렷하게 새겨져 있었다. 그런데도 그녀는 나에게『오늘 밤 마신교의 습격이 있다』라는 정보를 전했다.

가능성은 두 가지.

히즈미가 거짓말을 했거나,『그 정도 전달은 계약주에게 불이

익이 되지 않는다』라고 판단될 아수라장이 벌어지거나.

입막음 때문인지 히즈미는 마물에게 습격당했다. 그 사실로 보아, 고위 마법사가 관여했을 게 거의 확실하다.

원작과 어긋난 차이점. 그 차이가 『고위 마법사 관여』뿐이라면 대처할 자신이 있다.

하지만 만약 내 예상을 웃도는 이상 사태가 벌어진다면……. 그때는…….

생각에 잠겨 있던 나는 고개를 들고 거울을 바라본다.

내가 웃으면 금발 쓰레기 짐승도 웃는다. 그 모습을 보고 무심코 탄식이 새어 나갔다.

왜 나는 스코어 세계에서 가장 미움을 사는 캐릭터가 되어서 히로인들과 꽁냥거리고 있는 걸까. 백합 찾아 삼천 리, 아무리 걸어도 잘못된 길을 택했다면 도착할 리 없지.

"야, 쓰레기."

나는 거울 속에 있는 금발 쓰레기 벌레에게 웃어 보인다.

"까딱 잘못하면 고비가 찾아오겠어. 얼마 안 되는 각오를 잘 아껴둬. 너 같은 쓰레기 놈에게 허가받을 필요는 없겠지만……. 여차할 때는 알지?"

대답 하나 없는 쓰레기를 향해 나는 쓴웃음을 지어 보인다.

"네가 망가뜨리려 한 것 모두, 내가 구해 보이겠어."

푼 깁스를 테이블에 올려둔 나는 오른쪽 팔이 충분히 움직인다는 걸 확인하고 쿠키 마사무네를 한 손에 들고는 빈방을 나섰다.

"아마, 그것 때문에…… 내가 이리 온 거겠지."

천천히 닫히는 문 틈새, 어둠 속에 있는 거울 속으로 중지를 세워 보인다.

"백합 만세."

한쪽은 어둠 속으로, 다른 한쪽은 빛 속으로.

암흑에 갇힌 히이로를 두고 나는 혼자, 반짝이는 빛 속으로 걸어갔다.

＊

레크리에이션 합숙, 2일 차 메인 이벤트.

아래층 애미시스트 덱, 댄스 홀에서 하는 댄스파티.

극장 내에는 나선 계단이 똬리를 틀었다. 색색의 파티 드레스가 파티장에 피어났고, 호화롭기 그지없는 장식품이 아찔할 정도로 밝은 빛을 뿜는다. 눈부신 샹들리에가 아름답게 빛났고, 장엄하고 아름다운 무지갯빛을 받은 대리석 플로어가 화려하게 반짝였다.

선내로 볼 수 없을 만큼 널찍한 댄스 홀이라도 역시 A부터 E 클래스 멤버 전원을 수용할 순 없다. 그렇기에 파티는 1회 30분, 총 다섯 부로 나뉘었고 다 합쳐 2시간 반으로 구성되었다.

이 댄스파티에는 백합 게임답게…… 아니, 흔히 볼 수 있는 연애 시뮬레이션 게임답게 전설이 하나 있었다.

──레크리에이션 합숙 댄스파티에서 같이 춤춘 사람끼리 맺어진다는 것.

전설의 나무 아래 여자에게 고백받고 성립된 커플은 영원히 행복해진다는 유형의, 어디서 들어본 전설이라나 보다.

그런 전설이 도는 댄스파티에서 츠키오리 사쿠라, 즉 플레이어는 하나의 선택을 강요받는다.

누구와 춤을 출 것이냐는 선택을.

이 이벤트에서 함께 춤춘 히로인의 호감도는 하늘을 찌르는 백합 일등성처럼 급상승하기에 신중하게 선택해야 한다.

어쨌든 이곳에는 세 기숙사장이 없으니까.

노리는 히로인이 있는데도 적당한 히로인과 무도를 즐기는 등, 몇 시간(까딱 잘못하면 몇십 시간)의 여정이 전부 허사로 돌아갔다는 건 흔히 들어볼 수 있는 얘기다.

이 자리에 노리는 히로인이 없다면 이럴 때는 하는 수 없이 『방으로 가서 잔다』혹은『아무도 참석하지 않은 부에 참석한다』라는 선택지를 골라야 한다.

그런 가슴 설레는 호감도 급상승 이벤트에 물론 나는 참석——할 리가 있나요.

제 눈에는『방으로 가서 잔다』밖에 안 보입니다. 선택지가 하납니다, 하나. 백합 환경에 악영향을 미치는 특정 외래 오물에게 선택지는 무슨 선택지.

그렇게 내뱉고 방으로 돌아가고 싶지만, 이 늠름한 턱시도 차림을 보면 일목요연하듯 우려되는 마신교 습격에 대비해 파티에 참석했다.

당연히 나는 재즈든 라틴이든 사교든 벨리든 EZ DO든 댄스를 출 생각이 없다. 얌전히 서서 식사를 즐기고, 카프레제를 집어 먹으며 감시를 이어갈 생각이다.

전투에 대비해 쿠키 마사무네는 파티장에 숨겨두었다. 『광학위장』을 발동해 회장 구석진 곳에 존재를 숨겨둔 것이다.

크큭, 완벽한 위장이야. 이게 바로 백합 관측자의 궁극 형태……. 백합 관찰 일기(데이 릴리 노트)라고 이름 붙일까. 지금의 나는 강인 무적 최강이다.

나는 히죽히죽 웃으며 회장을 둘러보다가 입맛을 다셨다.

츠키오리, 라피스, 레이, 히즈미, 아가씨……. 누가 누구와 춤추며 백합꽃을 피울지 기대되는걸……!

흑심에 찬 내가 감상을 즐기는데, 회장 안쪽에서 내 근처까지 술렁임이 퍼진다.

잡담에 정신을 팔고 있던 아가씨들이 길을 터주었다. 좌우로 갈린 그녀들의 흥미와 관심은 오직 한곳에 쏠려 있었다.

푸른색 드레스.

물결이 잠잠해진 바다를 연상케 하는 온화한 푸른 색조. 그 새파란 색채가 발소리와 잔물결을 일으켰고, 천장에 달린 갓이 샹들리에의 빛을 모아 한 그루 황금 나무처럼 우뚝 선 사람을 비추었다.

한 걸음, 또 한 걸음. 두려운 줄 모르고 직진하는 아름다운 공주의 옆모습이 플로어에 비친다.

조용히.

회장 중심을 걷는 라피스 블루에 다 쿠메드는 이 자리에 있는

모두 이의 시선을 잡아끌었고, 미싱이라는 루 날사로 감성마저
도 끌어당겼다. 하나로 묶은 긴 금발, 들썩일 때마다 흘러내리
는 황금빛 서광, 만들어진 정적을 깨는 금빛과 푸른빛.

그 미모에 압도당해 관중은 숨 쉬는 것마저 잊었다.

조명에서 떨어지는 빛의 입자를 온몸으로 받으며 여러 각도에
서 감상자를 압도하는 엘프 공주는 액자에 장식된 『라피스』라는
이름의 작품 같기도 했다.

긴 장갑을 낀 두 손을 앞으로 모으고 단숨에 회장을 조용하게
만든 그녀는 시선을 내리며 멈춰 섰다.

꼭 누군가를 기다리듯이.

극장에서 대기 중이던 오케스트라가 어두운 밤에 스며드는 선
율을 연주하기 시작한다. 어안이 벙벙해 있던 아가씨들은 음악
의 힘으로 이성을 되찾았고, 손에 손을 잡고 춤추기 시작했다.

라피스는 고개를 들고 이곳저곳을 살핀다.

분명 츠키오리를 찾는 거겠지.

이승을 떠나 저승의 영역으로 발을 들인 아가씨는 평범하고
속된 파티장에서는 붕 떠 보였고, 그녀의 손을 잡고 댄스 상대
를 청할 왕자는 없는 듯했다.

그녀의 손을 잡을 수 있는 게 츠키오리 사쿠라 말고 존재할 리
도 없고.

하지만 1분이 지나고 10분이 지나도, 츠키오리는커녕 레이조
차 모습을 보이지 않는다.

아름다운 그 옆모습에 초조감이 번지기 시작했다. 끝없이 자

기 두 손을 꼭 움켜쥐고는 주변을 두리번거린다.

여기서 내가 나설 수도 없다.

이 댄스 이벤트는 츠키오리가 소화해야 할 중요한 통과점 중 하나다. 앞으로의 방향성을 정할 것이다. 누구와 춤을 출지는 츠키오리 사쿠라 자신이 선택해야 한다.

"저래서는 알프 헤임의 공주님도 체면 다 구겼네."

키득키득 웃는 소리가 들린다. 내 앞에 있는 2인조가 즐거운 듯 라피스를 바라본다.

"엘프 나라 공주님께는 친구가 없다는 게 사실이었구나."

"왜냐하면 엘프인걸. 인간과는 다르잖아. 게다가 공주님에 저렇게 잔뜩 꾸몄으니. 아무도 춤출 마음이 안 들 만해."

짓궂은 미소를 띤 두 사람은 서서히 목소리 볼륨을 높인다.

그 말을 들었는지 라피스는 푸른색 드레스 자락을 손이 하얘질 정도로 움켜쥔다.

나는 회장 한구석에서 그 모습을 바라봤다.

──슬슬 학기도 시작할 테고, 시작하면 바로 그게 있잖아?

저 녀석, 이 댄스파티를 기대했겠지.

──드레스라도 사 둘까 해서.

굳이 이 파티를 위해 나를 끌고 다니며 드레스를 사러 갔었잖아.

"요란스레 등장했는데 불쌍해."

"아아, 모처럼 입은 드레스가 아깝다."

이 레크리에이션 합숙에서 친구를 사귀고 댄스파티에서 함께 춤추고 싶었겠지. 그래서 위험을 무릅쓰고 호위도 두고 용기 내어 혼자 여기까지 온 거잖아.

"우는 거 아냐, 저거."

"아하하, 봐. 울상이야."

소중한 드레스 자락을 움켜쥔 라피스의 힘이 강해졌다. 그녀의 아름다운 눈에 눈물이 고였다.

그 모습을 보자마자──, 자연스레 몸이 움직였다.

똑바로 걸어간 나는 그 2인조 사이를 파고든다.

"이봐."

험담 중이던 두 사람은 뒤를 돌아봤다가 내 모습을 발견하고는 뒷걸음질 친다.

"비켜 줄래?"

"뭐, 뭐? 뭐야, 갑자──."

"이건 아가씨들이 친목을 다지기 위한 자리야. 예절을 모르는 놈들이 올 곳이 아니라고. 집으로 가서 테이블 매너 이전의 예의부터 다시 배우고 와."

주머니에 두 손을 찔러넣고 계속 위압적인 태도를 보이는 나를 올려다보며 눈짓을 주고받은 둘은 욕설을 내뱉고는 도망치듯 자리를 떴다.

주목받은 나는 라피스에게로 향했고, 길을 막고 있던 사람들은 자연스레 물러났다.

라피스에게 도착한 나는 놀라는 그녀 앞에서 공손히 무릎을 꿇고 오른손을 내밀었다.

"부디 저와 춤춰 주시겠어요?"

나는 눈을 크게 뜬 라피스를 올려다보며 히죽 웃었다.

"드레스, 잘 어울리네."

그녀는 미소 지었고 눈물이 뺨을 타고 흘러내렸다.

"늦었잖아……, 바보야……."

나와 라피스는 손을 맞잡고 댄스 홀에 섰다.

남자와 여자.

게다가 한쪽은 공주님이고 다른 한쪽은 껄렁해 보이는 금발남.

댄스 홀에서 웃고 떠드는 소리는 끊겼고, 오케스트라 연주만이 자리를 지배한다. 샹들리에 빛이 우리 바로 위를 맴돌았다. 그 빛에 맞춰 스텝을 밟는다.

한없이 아름답게, 우리는 한 쌍이 되어 호흡을 맞춘다.

꿈을 꾸는 듯한 표정으로 라피스가 나를 바라본다.

그 풀린 시선을 마주할 수가 없어서, 나는 그녀의 어깻죽지를 바라본다.

"히이로, 진짜 못 춰."

"뭐? 당연하잖아? 나는 댄스 경력이 0년 0개월 0주 0일인 베이비 댄서인데. 아장아장 걸어서 이수할 수 있는 댄스가 어딨어?"

"그럼 이번 기회에 연습하자. 특별히 내가 알려 줄게."

"공주님이 직접 전수하신다니, 황송하기 그지없네."

우리는 춤을 춘다.

어느새 시간이 흘러 곡이 끝났고, 라피스는 나를 바라본다.

그 뜨거운 시선을 외면한 나는 그녀를 놓고 목소리를 높인다.

"와—, 말도 안 돼! 남자인 나와 그 라피스 님이 춤을 춰 주다니, 뭐 이렇게 자비로울 데가! 네?! 지금이라면 누구하고든 추겠다고요?! 거짓말?! 게다가 선착순?!"

회장이 술렁인다. 아가씨들은 흥미롭다는 듯 속닥거리기 시작했다.

"나, 남자랑 췄지?! 저 라피스 님이! 그럼 나하고도 춰 주는 거 아냐?!"

"왜, 왜냐하면 남자하고 춤출 정도잖아?! 남자 따위와 출 정도면 분명 나하고도 춰 주실 거야!"

나는 과장되게 리액션하며 라피스의 손을 잡는다.

"아무도 안 나선다면 내가 한 번 더 출——, 끄헉!"

무시무시한 소리를 내며 밀려든 아가씨들에게 튕겨 나간 나는 라피스 옆으로 내팽개쳐졌다.

눈 깜짝할 새 외톨이였던 공주님은 포위당했다.

"꼬, 꼭! 저랑, 저랑 춰 주세요! 전부터 팬이었어요!"

"잠깐, 끼어들지 말래?! 라피스 님은 이제 나랑 출 거거든?!"

"라, 라피스 님. 황송하지만 여, 연락처를! 괘, 괜찮다면 다음에 저랑 같이 놀지 않으실래요?!"

"저…… 저기……, 그게……."

갑자기 엄청난 인기를 끌게 된 라피스는 여자들로 이뤄진 벽 틈새로 나를 바라본다.

나는 그녀에게 미소 지어 보인다.

"힘내."

"아……. 히, 히이로……!"

대만족스러운 결과에 나는 히죽 웃으며 그 자리를 뒤로했다.

계획대로야. 이제 라피스를 노리는 여자가 단숨에 늘겠군. 가능성은 무한대야. 최악의 경우, 츠키오리에게 집착하지 않아도 되겠어. 백합이란 자유로워야 해. 라피스, 힘내서 그중에서 운명의 여성을 찾아.

빠르게 그 자리를 뜨면서 나는 뒤로 손을 흔들었다.

백합에 방해되는 남자는 쿨하게 떠나 주지.

회장 한구석으로 돌아가려던 내 앞을 갑자기 누가 막아선다——.

"안녕, 마성의 남자."

"츠키오리 너……! 이제 와서 나서다니 팔자 한번 좋다……!"

무심코 노려보자 드레스를 입은 그녀는 미소를 지었다.

"자자. 기다리는 사람이 많으니까 얼른 돌아가."

"이, 이봐. 밀지 마. 무슨 소리야?"

"사쿠라 씨, 순번 대기 줄을 벗어나지 마세요. 오라버니 다음 상대는 동생인 제가 이미 예약했어요. 가족 간의 단란한 시간을 방해하지 말아 주세요."

"아니, 아니, 아니, 전설 알아?! 아는 거지, 너희 둘?! 응?! 그렇게 쉽게 춤추면 안 돼——. 너 츠키오리, 마법으로 신체 강화를?! 살려줘! 누가 좀! 춤을 강제로 추게 한다! 저기요! 좀 살려 주세요! 이거 강제 댄스예요! 싫어어어! 사람들 앞에서 강제로 춤을 추게 생겼어!"

저항이 무색하게 나는 댄스 홀로 끌려갔다.

교대로 츠키오리, 레이와 춤을 춘 나는 최종적으로『레크리에이션 합숙 댄스파티에서 춤을 춘 사람끼리 맺어진다』라는 전설을 리셋하고자 댄스 홀 한구석에 있던 꽃병을 안고 춤췄다.

"사, 산쵸 히이로가, 꽃병이랑 춤추고 있어……."

댄스 홀에 나타난 히즈미는 꽃병을 안고서 춤추는 나를 두려워하면서 주시한다.

"꽃병이랑 춤을 춘다고!"

"뭐야, 방해하지 마. 나는 이 꽃병과 맺어지기 위해 진심이니까."

"네 복잡기괴한 사랑을 방해할 마음은 없으니까 잠깐 와봐."

새빨간 드레스를 입은 히즈미는 목에 동물 송곳니를 걸고 있었다. 그 송곳니는 검붉은 문자가 새겨진 식물지에 싸여 있었고, 그다지 좋은 취향이라고 볼 수 없는 목걸이를 본 나는 얼굴을 찡그리며 손을 잡아당겼다.

"뭐야, 그 목걸이는?"

걸음을 멈춘 히즈미는 송곳니 액세서리를 들고 윙크한다.

"기념품 겸 부적 겸 히든카드."

"꽤『겸』이 많이 붙는 액세서리네."

"코핀."

내 손을 움켜쥔 그녀는 반주에 맞춰 춤추는 척하면서 홀로 향했다.

"유감* 마술의 촉매야. 은사에게 물려받은 후, 한시도 몸에서

---

* 닮은 것이 서로 감응함

떼어놓지 않고 있지. 여기에는 수없이 많은 마법사의 마력이 담겨 있어.『낮과 밤의 수호』가 새겨진 끝부분을 상대 심장에 꽂으면 비축된 마력이 단숨에 해방되며 폭발하지."

코핀이라, 상당히 레어한 아이템을 가졌군. 상대의 심장에 꽂는다는 조건을 채우기 어렵다는 지당한 이유로 게임 내에서는 사용 성공률이 약 1%에 불과하다.

이 코핀은 특수한 방법으로 쓸 수도 있지만…… 너무 단점이 커서 정당한 사용법과 마찬가지로 약 1%의 확률로 도박을 해야 한다. 정말 이때다 싶은 대목에서 쓰는 로망 아이템으로 다뤄진다.

"흐음—. 하지만 그게 넘어졌을 때 실수로 너한테 꽂히면 어쩌게?"

히즈미는 "후훗" 하고 소리 내어 웃는다.

"문제없어. 여기에는『영웅』의 상징(레갈리아)이 새겨져 있어서, 대상의 심장에 꽂는다는 트리거를 당긴 순간 마력을 담은 인간이 정한『영웅』과의 유사성을 가늠하거든. 영웅에 가까우면 가까울수록 담긴 마력은 우리 편이 되고, 반대로 멀면 멀수록 담긴 마력은 적이 돼. 기원전 이 코핀에 마력을 담은 선조의 이름은—— 브라운 레스 브라켓라이트."

그녀는 기쁜 듯이 웃는다.

"희대의 영웅이야. 정직한 사람이라면 절대 상처 입힐 리 없어."

"즉 실수로 꽂아도 괜찮다는 거네."

"안 괜찮아. 심장에 구멍이 생기거든. 그냥 죽어. 코핀과 이어진 동안에는 막대한 마력이 체외와 체내를 뒤덮고 있어서 일시적으로 심장 구멍이 막히겠지만, 담긴 마력을 다 쓰면 끝이야."

"헉, 무서워……. 실수로 넘어지면 끝장이잖아……."

"평소부터 발밑을 조심하고 악인 가슴에 꽂으면 그만 아니야?"

히즈미는 나를 리드하면서 댄스 홀 구석에서 춤춘다.

"그리고 본론인데."

노골적으로 그녀는 얼굴을 찡그린다.

"너, 남의 선의를 무시하는 게 취미야? 친절하고 정중하게 습격 시간까지 알려줬으니 나름의 대처를 해야지."

"대처했잖아. 이게 내 나름의 답이야."

"꽃병과 춤추는 게……?"

내 어깨에 손을 얹은 히즈미는 자기 발을 밟을 뻔한 남자를 보고 미간을 찡그린다.

"그보다 너 놀랄 정도로 춤을 못 춘다. 이 정도면 여자 대신 꽃병과 출 수밖에 없겠어."

"너희 인간들은 멋대로 스텝을 밟지 않는 꽃병을 좀 본받아. 그게 진정한 상급자야. 땅에 발을 붙일 필요조차 없지."

나와 히즈미는 천천히 돌면서 서로에게 속삭인다.

"넌 춤을 잘 추네. 얼마 전까지 환자였잖아?"

"꿈이었어. **병탑**(病塔)의 공주님으로 살 때부터."

그녀는 미소 짓는다.

"나중에 좋아하게 된 여자와 이렇게 춤추는 게 말이야……. 아쉽게도, 지금 내 손을 잡고 있는 건 지저분하고 더러운 사내놈이지만."

"그거 실례, 페어 레이디. 연속으로 공주님과 춤을 출 수 있어 그저 영광입니다."

거리를 재면서 나와 히즈미는 서로를 바라본다.

"당신, 도망칠 생각은 없어?"

"없지."

"착해 빠진 바보."

"고마워."

"당신, 안 무서워?"

내가 손을 높게 들자 그에 응한 히즈미는 빙그르르 돈다. 아름답게 회전한 그녀는 몸을 맡기며 좌우로 스텝을 밟는다.

"까딱 잘못하면 죽는다는 생각…… 안 들어?"

"그보다 백합이 죽는 게 훨씬 두려워."

"이해가 안 돼."

"너는 너대로 하면 돼. 이해할 필요 없어. 아무쪼록 좋을 대로 살아. 그보다 사랑을 해. 귀여운 여자를 잡아서, 첫 데이트 때 찍은 사진은 나한테 보내주면 좋겠어. 여자랑 결혼해."

히즈미는 주저하면서 나에게서 손을 뗀다.

"습격이 시작되면 난 당신 적이야."

"아, 그래."

"당신, 얕보고 있지? 말해 두겠는데 진지하게 당신을 쓰러뜨리러 갈 거야. 한 번 목숨을 구해준 건 습격에 관해 알려줬으니까 퉁친 거다. 도망치지 않은 건 당신이야. 알스하리야 님 편에서기로 했거든. 당신이 우리를 적대할 셈이라면 마신교의 일원으로서 제거하겠어."

"그럼 난 전력으로 너를 구할게."

희미하게 웃은 나는 히즈미를 바라본다.

"왜냐하면 넌 반려가 될 여성과 손을 맞잡으며 포근한 햇볕 아래 행복하게 죽기로 했잖아. 운명을 거스르지 마, 히즈미. 역시 넌 백합이 돼야 해. 함께 백합의 세상을 지켜보지 않겠어?"

"공교롭게도 내 운명은 이미 한 번 끝났어."

히즈미는 훗, 하고 웃더니 나에게 손을 내밀었다.

"서로 다시 살아서 만난다면 화병 대신 춤춰 줄게. 우리는 적이지만."

"그런 건 됐어. 애처럼 촐랑거리지 말고 좋아하는 여자 옆에서 안전하게 있어."

"걱정하지 마. 믿을 만한 권속이 있으니까, 그 사람에게 보호받을게."

"나중에 둘이 찍은 셀카 같은 거 보내줄 수 있어?"

나는 히즈미와 악수를 나누었고, 몸을 돌린 그녀는 무도회 무대 위에서 모습을 감추었다.

히즈미를 배웅한 나는 숨을 내쉬고 댄스 홀을 둘러본다. 그제야 빠진 사람이 있단 걸 깨닫고 핏기가 싹 가셨다.

"츠, ㅊㅊㅊㅊㅊㅊㅊㅊㅊㅊㅊ키, 츠키키, 츠츠키!"

"뭐, 오필리아? 없어?"

라피스, 레이와 서서 식사를 즐기던 츠키오리는 로스트비프를 포그모 곡곡 찔러내면서 발음이 또렷하지 못한 내 말에 귀를 기울인다.

"오리츠키, 츠키키, 츠츠키, 키츠, 키츠츠츠, 키오리?!"

"아니, 못 봤는데."

"츠키오리?! 츠키오리?! 츠키오릿?!"

"응, 알겠어. 이 둘은 나한테 맡겨. 다녀와."

"그게 뭐야. 사쿠라, 머릿속에 로터식 암호기라도 들여놨어?! 둘만의 커뮤니케이션 툴이라니, 반칙 아니야?! 반칙이지, 레이?!"

"라피스 씨, 진정하세요. 오빠의 말을 이해하지 못하는 동생이 어딨겠어요. 빈도 분석으로 이해한다는 것까진 알겠어요."

"아니, 안색과 표정을 보고 유추한 것뿐인데."

거품을 물고 뛰기 시작한 나는 무대막 뒤에 숨겨둔 쿠키 마사무네를 꺼낸다. 강화 투영을 발동한 뒤, 힘껏 댄스 홀을 뛰쳐나갔다.

선내를 뛰어다니면서 나는 정신없이 아가씨를 찾는다.

왜 내『아가씨 관찰 시스템』이 발동하지 않았지?! 에스코 팬이라면 상시 발동하는 패시브 스킬일 텐데?!

성난 파도 같은 기세로 선내를 뛰어다니다가── A 씨와 딱 마주쳤다. 정면에서 충돌할 뻔했지만 상대가 피했다.

"안녕하세요, 산죠 님. 오늘 밤 달은 둥그스름한 게 아주 예쁘네요."

"저, 저기! 달이 동글동글한 게 엉덩이 같다뇨. 그런 뜬금없는 성희롱은 아무래도 됐어요!"

"엉덩이든 힙이든 볼기든, 한마디도 언급한 적 없는데요."

"여, 여자! 여자애 못 보셨어요?! 금발 롤 머리가 몸을 얻고 걸어 다니는 것처럼 생겼는데요?! 어디서 울먹이며 밀리고 있지 않았어요?! 초속으로 지는 허접한 애송이인데요?!"

"오필리아 폰 마지라인 님이요?"

이, 이 사람……. 아가씨를 모욕하는 건가……?

이마에 혈관 마크를 단 나는 분노를 감추며 미소 짓는 A 씨의 답을 기다린다.

"봤죠. 탄자나이트 덱에서 밤바람을 쐬시는 것 같던데요. 오늘 밤은 보름달이 예쁘게 떴으니까요."

"정보 제공 감사합니다! 히이로, 출동하겠──."

A 씨가 슥 앞을 막아서는 바람에 나는 출격하지 못했다.

"죄송합니다. 딱 하나, 산죠 님께 묻고 싶은 게 있는데요."

"엉덩이 모양, 이요……?"

"아니에요."

그녀의 새카만 눈이 나를 살핀다.

"얼마 전, 당신은 여섯 소녀에게 보트를 주고 떠나라고 재촉하신 것 같던데……. 왜 그때 그분들과 함께 가지 않았나요?"

역시 권속들을 놓아주는 걸 봤나.

굳이 거짓말할 필요 없다. 섣불리 거짓말했다간 나중에 성가신 일이 생길 수도 있다.

나는 본심을 털어둔다.

"백합을 구하기 위해서죠."

"……백합."

그녀는 검지를 이마에 대며 미소 짓는다.

"처음으로 듣는 말이네요. 시간이 허락된다면 꼭 가르침을 얻고 싶은걸요."

"그럼 주 5번 하루 3시간 1년짜리 초보자 코스 수강부터 시작——."

"그런 건 됐고요. 간결하게 말씀하세요."

나는 답한다.

"사랑, 이려나요."

"사랑."

"진부하다고 비웃을 수도 있지만요. 365일을 투자할 수 없다면, 저는 딱 한 마디 『사랑』이라고 답할 수밖에 없어요."

미소를 띤 그녀는 공손한 동작으로 물러난다.

"귀중한 시간을 빼앗아서 죄송합니다. 부디 지나가세요."

나는 납득한 듯한 그녀 옆을 지나가려다가——.

"…………네요."

불쑥 튀어나온 그 목소리를 듣고 무심코 뒤를 돌아본다.

여전히 미소 짓고 있는 A 씨는 아무 일 없었다는 듯이 우두커니 서 있다. 걸음을 멈춘 나는 긴급 요건(아가씨)을 떠올리고 황급히 두 다리에 힘을 싣는다.

"정보 감사합니다!"

"저야말로."

정중한 인사로 배웅받은 나는 탄자나이트 덱으로 뛰어 올라갔고──, 난간에 기대어 밤바람을 쐬는 아가씨를 발견했다.

권태로운 표정으로 울적한 듯 한숨을 내쉰 그녀는 자신을 『멋있다』고 생각하는 듯했다.

"멋있네요……, 나……."

온몸에서 정보가 줄줄 새고 있어……, 굉장해……!

내 발소리를 들은 것인지 놀라서 움찔한 아가씨는 힘껏 고개를 돌린다.

"다, 당신은?! 촌뜨기 전속 노예?! 어, 언제부터 그런 데서 내 특종 기사를 노렸던 거죠?!"

"『마지라인가의 아가씨가 댄스파티를 빼먹다니……, 후우……. 존재가 너무 고상하면 고고에 이른다는 게 이런 걸까요……』부터."

"그, 그렇게 오래?!"

막 던진 말인데 적중했네. 아가씨 검정 1급도 딸 수 있겠어.

치욕스러움에 얼굴을 붉힌 아가씨는 자기가 자랑하는 금발 롤 머리를 쓸어 올린다.

"오, 오호호, 무례하고 주제넘은 노예가 뭘 봤든 신경 쓰지 않아요. 나는 위에 서는 존재다운 멘털리티를 가졌거든요."

"핑크색."

"닥치세요!"

뒷손으로 깍지를 낀 채 바로 선 나는 정면에서 따귀를 맞고 말없이 고개를 꾸벅였다.

"그래서요? 노예 따위가 나한테 무슨 볼일이죠?"

"모처럼의 기회인데 잠깐 얘기나 할까 해서."

"오~호호홋! 당신, 자기 주제는 아는 거죠? 이 오필리아 폰 마지라인! 서민 남자와 할 말은 없어요!"

"호오? 그 마지라인가의 아가씨께서, 요란하게 넘어졌을 때 궁지에서 구해준 빈민에게 입 싹 닦으시겠다? 이런 짓을 하면 위대한 오필리아 폰 마지라인의 경력에 줄이 하나 그어질 텐데?"

"윽……. 그, 그것도 그러네요. 대를 위해 소를 희생하는 정신이에요! 흥! 잠깐이에요!"

이 단순함은 이젠 거의 인류의 보물이다.

황홀해하던 나는 혐오감을 드러내는 아가씨와 거리를 두고 난간에 등을 기댔다.

싸늘하게 식은 바닷바람이 온몸을 훑었고 머리카락을 누른 아가씨는 살며시 목걸이를 쥐었다.

"그 목걸이, 매직 디바이스 맞지?"

"네, 맞아요. 마지라인가가 자랑하는 지보죠."

푸른 보석이 박힌 목걸이는 달과 별을 길잡이 삼아 반짝였다. 보석 한가운데 담긴 빛이 그녀의 미소를 비추며 어스름 속에서 부각시켰다.

"어떤 위인에게든 유소년기가 있듯 나 오필리아 폰 마지라인에게도 어릴 적이 있었어요. 철이 들락 말락 한 그런 시기에 친구에게 받은 근사한 보물이에요."

"어……. 그, 그 친구가…… 여자야……?"

"당연하죠! 머리는 짧게 잘랐지만 당연히 여자 아니겠어요?"

순간 몸에서 떨림이 가시지 않는다.

목소리가 새어 나가지 않도록 내 입을 두 손으로 가렸다.

마, 말도 안 돼……. 아가씨 목걸이, 매직 디바이스 『탐닉의 오필리아』는 그냥 산업 폐기물이다. 여자 친구에게 받은 선물이라는 갓 설정은 없었을 텐데. 그런 최고의 에피소드가 있었다면 죽어도 『쓰레기(웃음)』라고 표현하지 않았을 거다.

더한 가능성을 깨닫고 매우 놀란 나의 머리가 마비되었다.

자, 잠깐……. 오필리아 루트로 가도 아가씨는 츠키오리와 사랑에 빠지지 않아. 지금까지 그건 어른의 사정 때문인 줄 알았는데, 마, 만약, 만약, 그 여자에게 반한 거라면? 뭐, 뭐 이런 일이……. 모, 모든 게 앞뒤가 맞아……. 사실이라면 내 신성함 허용 게이지가 폭발할걸!

"윽……, 윽……, 으윽……!"

입꼬리가 자연스레 올라간다.

아…… 안 돼, 아직 웃지 마……. 버티는 거야……. 하…… 하지만……, 그, 그 아이가 좋으냐고 확 묻고 싶어. ……아, 안 돼. 묻지 마! 이, 이런 데서! 이런 데서 난 죽을 수 없어!

죽을 수는 없──.

"조, 좋아해, 그 아이를……?(자살)"

뺨을 붉힌 아가씨는 고개를 홱 돌렸다.

"그, 그런 옛날 일…… 나, 나도 몰라요……."

예아아아아아아아아아아아아아아아아아아아아아아아아아아아아아아아아아아아아아아압!

"조, 좋아하는 거지? 차, 창피해하지 마. 조, 좋아해? 좋아하지? 응, 으응? 어때? 좋아하시?"

"모, 몰라요. 몰라요! 이, 이미, 얼굴도 기억 못 해요!"

치사량인가.

하늘을 향해 두 손을 뻗고 세계를 축복한 뒤, 그 자리에서 무너져 내린 나는 덜덜 떨면서 고개를 들었다.

"머, 머리 색은? 무슨 색이었어?"

"뭐, 뭐죠? 갑자기 활기를……. 그, 금색이었어요! 예쁜 금색이요!"

"두, 두 분은, 어떤 관계시죠?"

"아, 아버지는…… 그분을 두고 제 약혼자라고 했어요……. 화, 화족 출신인데……. 어, 언젠가 결혼하게 될 거라고……."

뭐??? 그게 뭐야??? 장난해??? 전력으로 밀고 싶은데???

"정말 착한 분이었어요. 동화책에 나오는 공주님처럼요. 여자인데도 반바지 차림이 묘하게 잘 어울렸죠. 외톨이었던 나와 늘 함께 놀아주었어요."

사랑스럽다는 듯 그녀는 예쁜 목걸이를 바라본다.

"조금 더 시간이 지나면 약혼 회합 때문에 그분을 만날 수 있을 거랬어요. 그분은 나 같은 건, 기억 못 할 수도 있지만……. 이 목걸이를 한 나를 보면, 그 나날을 떠올리지 않을까 싶어서."

눈을 감은 아가씨는 유일무이한 목걸이를 끌어안는다.

"그러니까 난, 그날이 올 때까지…… 계속, 이 보물을 몸에 지니고 있을 거예요. 아무리 시간이 지나도 바로 찾을 수 있도록. 즐거웠던 나날을 떠올리도록. 그분께 어울리는 마지라인가의 숙녀로 남을 수 있도록……. 어어?!"

소리 내어 우는 날 보고 아가씨는 깜짝 놀란다.

오열에 목이 메었지만 난 필사적으로 마음을 표현한다.

"내가!"

나는 울면서 소리친다.

"내가 지킬게! 그 목걸이든! 아가씨든! 그 여성을 만날 날이 올 때까지! 그러니까 안심해! 반드시! 내가! 아가씨와 그 목걸이를 지키겠어! 그 아름다운 사랑을! 반드시 지켜 보이겠어!"

계속해서 우는 나를 바라보며 아가씨는 픽 웃었다.

"이 목걸이는 내가 목숨보다 소중히 여기는 보물. 그 보물을 지키겠다고 하니 기분이 나쁘지는 않네요. 당신, 남자치고는 꽤 가능성이 있어요. 오호호홋! 내 훌륭한 숙녀의 모습이 당신 같은 밑바닥 인생마저도 끌어당겼다는 걸까요?!"

"맞습니다아! 감사합니다아! 저 진지하게 힘낼게요오! 꼭 방패로 써 주세요!"

"오호호홋! 아주 좋아요, 정진토록 하세요~! 알겠죠!"

역시! 아가씨는 최고야!

눈물 나게 뜨거운 백합 찬스에 감격하는데──, 살기가 느껴졌다. 날카로운 비명이 울려 퍼졌고 고함과 혼란, 피와 쇠 비린내에 더불어 싸우는 소리가 들린다.

시작됐나.

달빛을 띤 칼날을 자연스레 빼 들었다.

"아가씨, 내 뒤로 물러──."

"이 비명은 악의 기척?! 가세요, 노예! 마지라인가의 용기와 우아함을 과시할 때가 왔어요! 늦기 전에 구하러 가는 거예요!"

말릴 새도 없이 몸을 돌린 아가씨는 씩씩하게 선내로 달려가 버렸다. 황급히 뒤를 따른 나는 그녀의 뒷모습을 쫓았고——.

"무기를 버리세요."

마신교 권속에게 사로잡혀, 목에 칼이 닿아 있는 아가씨 모습을 봤다.

"히, 히익……. 사, 살려줘요……."

마, 말도 안 돼……. 습격 몇 초 만에 잡힌 거야……?! 가, 감당이 안 되는데……. 아, 아가씨. 당신…… 대체 어디까지 가려고……!

"권고는 두 번이 최대야. 다음이 마지막이니까 무기를 버려."

"사, 살려줘……. 주, 죽고 싶지 않아요……!"

"알았어. 버릴게, 버린다고. 콧물을 흘리며 우는 애한테 흉한 거 들이밀지 마. 봐."

나는 쿠키 마사무네를 휙 내던졌고——, 손끝을 걸쳐뒀던 트리거로 강화 투영을 발동해 경악하며 굳어 있는 권속에게로 달려들었다.

달리면서 아래쪽에서 콘솔을 투척한다.

"윽?!"

콘솔이 칼을 든 손목을 맞히자 손이 맥없이 꺾인다.

날아든 콘솔에 반응하며 몸을 젖힌 권속은 아가씨에게 손을 떼고 뒤로 물러났다.

나는 아가씨를 끌어안고 회전하면서 발차기를 날린다. 권속은 순간적으로 방어 동작을 취했지만 이미 늦었다. 두 팔의 가드를 뚫고 발끝이 명치를 때렸다.

"으윽?!"

입꼬리에서 흘러나온 위액, 몸을 웅크린 권속의 머리에 발꿈치를 꽂아 넣고 던졌던 쿠키 마사무네를 잡는다.

그와 동시에 뒤에서 날아든 검극을 받아냈다.

"뭐야, 단체냐고…… 손님들, 승선 허가는 받으셨습니까?"

소란을 들었는지 우르르르 솟아나는 권속들.

하나, 둘, 셋, 넷, 다섯, 여섯, 일곱…… 빠르게 눈을 움직여 적의 규모를 파악한 나는 실신하려 하는 아가씨를 한 손으로 받쳤다.

"이, 이게……."

두 손에 아무리 힘을 줘도 하반신에 힘을 안 주면 소용이 없다고.

칼날과 칼날이 대치를 이어간다.

열심히 나를 엎어누르려 드는 권속은 얼굴을 새빨갛게 붉히며 계속해서 힘을 줬다.

그럼 어떡할까.

또래 소녀로 구성된 권속들은 양산품 양손검형 매직 디바이스(타입:클레이모어)로 무장했다. 신체 강화 트리거는 이미 당겼는지 꽤 긴 디바이스인데도 거뜬히 들고 있었다.

발밑에 엎어진 사람은 기절했다. 뒤에서 덤벼든 두 번째 권속도 대단한 실력은 아니다.

원작 게임 지식 기준으로 따지자면 이 습격 이벤트에 가담한 권속은 최하위 클래스『블랙 캣』일 터다. 일단 지진 않겠지만, 지는 게 일상인 아가씨를 안고서 이만한 머릿수를 상대하는 건 좋은 방법이 아니다.

멋들어진 카페 한가운데.

의자와 테이블 사이에서 서로를 노려보고 힘을 비교하면서 나는 생각한다.

성가신데 도망칠까.

"영차."

갑작스레 힘을 빼고 권속의 양손검을 자연스레 받아넘긴다.

"어……. 자, 잠깐……. 잠깐……!"

힘의 방향대로 앞으로 고꾸라진 그녀의 등을 밀면서 발을 건다.

엎어진 걸 확인하고 나서 공손하게 아가씨를 안아 들었다.

"다리 좀 들게. 실례해, 아가씨."

"히약!"

나는 소중한 아가씨를 품에 안은 채로 두 다리에 마력선을 그은 뒤——, 바닥을 부수면서 단숨에 돌진했다.

"도, 도망쳤어! 쫓아가!"

권속들은 당황해서 우리를 쫓기 시작했다.

"슬라이딩 슬라이딩! 점프 점프!"

"싫어어어어어어어어어어어어어어어어어어어어어어어어 어어어어어어어어어어어어어어어어어어어어어어어어어어어어

어어어어어어어어어어어어어어어어어어어어어."

선이 되어 흐르는 풍경. 바닥을 화려하게 부수면서 맹렬한 기세로 질주한다. 테이블 위를 미끄러지고 뛰어넘으며 뒤에서 날아오는 사격을 피하자 풀 자쿠지가 보인다.

"아가씨 수륙 양용이야?!"

"네?! 무, 무슨 소리를——, 가르르르르르르르르르르르르르르르!"

대답 대신 풀 자쿠지로 뛰어든다.

대량의 거품이 시야를 메웠고 포근한 온수가 온몸을 감싼다.

아가씨의 머리를 누르고 물속으로 끌어들인 뒤, 몇십 초 동안 수면을 노려보며 때를 노리다가——.

"푸하아!"

고개를 든다.

설마 풀 자쿠지에 뛰어들 줄 몰랐는지.

추격자의 기척은 주변에서 사라졌고, 다른 쪽에서 발소리가 들리다가 멀어졌다.

"기대했던 풀 자쿠지 첫 체험이 하필 이거냐고……. 아가씨, 괜찮아? 어찌어찌 잘 피한 것——."

가슴 앞에 두 손을 모으고 편안한 얼굴로 잠든 아가씨가 둥둥 떠오른다.

"주, 죽었어……."

황급히 아가씨를 끄집어 올린 나는 그녀의 가슴을 두 손으로 누른다. 풋~ 하고, 만화처럼 입에서 물줄기가 나오더니 익사체

였던 것이 벌떡 일어났다.

"다, 당신, 나를 죽일 셈이에요?! 나, 난 지금까지 살면서 1초 이상 물에 고개를 넣어본 적이 없는데?!"

"미, 미안……. 유치원생도 3초 정도는 가능할 것 같은데……."

"애초에 물속에 숨을 거면 그렇다고 말을——."

순식간에 얼굴이 빨개진 아가씨는 두 손으로 앞가슴을 가렸다.

"뭐야? 갑자기 자기를 끌어안고 싶어졌어?"

"아, 아무것도 아니에요……. 조용히 해요……."

아가씨의 비치는 셔츠를 본 나는 벗은 상의를 그녀의 어깨에 걸쳐 주었다.

"앗……."

아가씨는 살며시 이쪽을 올려다본다. 서로 눈이 마주치자 힘껏 고개를 돌렸다.

"흐, 흥! 다, 다소는 눈치가 있나 보군요. 그분의 자애에 비하면 하늘과 땅, 마지라인가와 그 이외 정도는 차이 나지만요."

"그거 고맙네. 성은이 망극해. 잡담은 이쯤 하고 이동하자. 저 녀석들이 돌아오면 성가셔져. 나도 아가씨를 어디 숨기고 다른 애들을 지켜볼 의무가 있거든."

내가 걷기 시작하자 아가씨는 종종걸음으로 따른다.

갑자기 물에 처박혀 입욕하게 된 탓에, 자랑하던 롤 머리를 유지할 수 없게 된 그녀의 몰골은 급변해 있었다.

롤처럼 말 정도니, 원래 머리는 길었겠지.

흠뻑 젖은 그녀의 금발은 목덜미와 어깨에 달라붙은 채 허리춤까지 뻗어 있었다. 내 상의를 가슴 앞으로 끌어모으며 천천히 걷는 그녀는 다른 사람 아닌가 싶기까지 했다.

"뭐, 뭐예요……. 갑자기 물끄러미……. 앞을 보고 걸으세요……. 실례잖아요……."

"아니, 이렇게 보면 꽤 미인이다 싶어서."

"네?!"

얼굴을 새빨갛게 붉힌 그녀는 팔을 붕붕 내젓는다.

"나, 남자 따위에게 들어도 하나도 안 기뻐요! 나, 나는 사교계에서 『아름답다』라는 말을 들은 횟수 분야 기네스 기록 보유자거든요? 지금도 세계 어딘가에서 나를 격찬하는 소리가 나오고, 별 다섯 개 리뷰가 줄줄이 달리고 있을 게 분명하다고요! 게, 게다가 나에게는 마음으로 맹세한 상대가──, 우왁?!"

아가씨 입을 막은 나는 그녀에게 "쉿─"이라고 속삭였다.

검지로 코너 끝을 가리킨다.

묶여 있는 호죠 학생들을 에워싼 세 명의 권속, 그녀들은 양손 검을 들고 주변을 경계 중이었다.

"뭐예요?(불쑥)"

"고개 내밀면 안 돼!"

불쑥 코너 끝으로 뛰쳐나간 아가씨를 잡아다가 질질 끌고 온다.

"응?"

엇갈리듯 권속이 이쪽을 돌아본다.

나에게 사지를 붙들린 아가씨는 버둥버둥, 이라고 입으로 소리 내면서 내 위에서 발버둥 쳤다. 소리 낮추라고 명령한 다음 손을 뗀다.

"레, 레이디의 몸에 함부로 손대다니……!"

"죄송합니다. 죄송합니다. 하지만 불쑥 뛰어 나가지 마세요. 우리는 이를테면 스텔스 미션 중인 거예요."

"아, 알겠어요……. 다, 당연히 가벼운 농담이죠……!"

몸을 반쯤 뺀 상태로 아가씨는 코너 끝을 살핀다.

"…………."

눈을 내리뜨고 적을 확인한 아가씨는 후다닥 돌아온다.

"오호호홋……. 이게 『언제 어떤 때라도 우아할 것』을 강조하는 마지라인가의 실력……. 해냈어요, 눈치 못 채게 적을 관찰했다고요……!"

퍼펙트해, 아가씨. 눈물이 멎질 않네, 여러 의미로.

"그래서, 이제 어쩔 거죠? 숙녀의 의무로서 저분들을 구해야 하는데요."

"지금은 당신의 충실한 심복인 저에게 맡겨 주시죠. 저 정도 송사리라면 당신이 나설 것 없습니다. 홋, 언젠가 마지라인가의 심복이라고 불릴 제 양식으로 삼도록 하죠."

"그것도 그러네요……. 난 어릴 적부터 쭉 『최종 수단』, 『비밀 병기』, 『비장의 카드』, 『투 아웃 만루일 때만 타석에 세우는 해결사 타자』라고 불려온 지 오래. 어머니께서 너무 앞으로 나서지 말라고 단단히 이르셨을 정도거든요."

어머님, 교육은 훌륭히 하고 계신 것 같지만 베이비시터도 고용해 주세요.

"하지만 가끔은 움직여야 실력이 녹슬지 않겠죠. 이번엔 우리 둘이 팀을 이뤄서 단숨에 타도하기로 해요."

"저, 정말……? 아가씨, 콘솔은 뭘 가지고 있어……?"

"아주 많아요. 봐요, 이거라거나. 예쁘죠?"

아가씨, 그건 유리구슬이야(싱긋).

"그럼 저기, 내가 앞으로 나갈게. 적당한 때 원호해 줘. 아무쪼록! 아무쪼록, 너무 앞으로 나서지 않게 부탁해도 될까──."

아가씨는 복도로 뛰쳐나간다.

"내 이름은 오필리아 폰 마지라인!(빠밤!) 납작 엎드리세요, 이 악당들!(빠바밤!) 하늘과 땅이 용서해도 이 내가 당신들을 용서 못 해요!(빠바바밤!)"

아, 안 되겠어……. 아가씨 과다 복용으로 정신이 혼미해질 것 같아…….

움찔움찔. 온몸을 요동하기 시작한 내 존재를 잊고, 두 손을 허리에 얹은 아가씨는 힘껏 콧김을 내쉰다.

세 권속은 양손검을 들고 돌격했고──. 아가씨는 자신만만하게 목걸이를 쥔다.

"덤비세요! 이 악당!"

번쩍. 아가씨 목걸이가 살짝 빛을 뿜다가 잠잠해졌다.

"어라?"

"꾸워어억!"

나는 고개를 갸웃하는 아가씨에게 달려든 세 검격을 전부 받아낸다.

"그러고 보니 오늘은 아침부터 상태가 별로네요⋯⋯. 건전지 문제인가⋯⋯."

"으윽⋯⋯. 이힉⋯⋯!"

나는 아가씨를 뒤에서 끌어안은 형태로 세 검을 받아냈고——, 두 팔에 단숨에 마력을 흘려 넣은 뒤—— 튕겨냈다.

"""까악!"""

셋은 뒤로 쓰러졌고 나는 아가씨 어깨를 잡고 빙 돌려세운다.

"⋯⋯⋯⋯⋯."

"뭐예요? 머리 쓰다듬지 말아 줄래요? 예의를 알아야죠."

나는 쿠키 마사무네를 한 번 휘둘렀고——, 트리거——, 광검을 만들어낸 뒤 하단으로 겨눈다.

"자, 그럼 벌 받을 시간이야. 준비됐어? 천망회회 소이불루*, 우리 아가씨가 악을 용납하지 않겠다니까 백합 수호검인 나는 그에 따를 뿐이야."

"움직이지 마! 인질이 어떻게 되어도 상관——."

휘익.

숨을 내쉬고 몸을 낮춘 뒤, 단숨에 적과 접촉한 나는 세 사람의 양손검을 빼내었고——, 세 자루 모두 동시에 천장에 꽂혔다.

"어⋯⋯, 뭐야⋯⋯?"

"어, 어라? 검은?"

"빠, 빨라⋯⋯. 너무 빠르⋯⋯, 잖아⋯⋯."

---

* 하늘의 그물은 성겨서 엉성해 보이나 악인을 절대 놓치지 않는다는 뜻. 노자의 명언

"잘 기억해 둬."

나는 정면에 있는 권속에게 광검을 겨누며 입꼬리를 들어 올린다.

"이 세상에는 선구자를 지키는 이가 있어. 백합꽃이 흐드러진 곳에 그 남자가 있으니. 악을 단죄하는 수호도 이 자리에 있다.

그의 이름은——."

"오필리아 폰 마지라인!"

모, 못 당하겠군……. 도저히 안 되겠어…….

멋진 장면을 옆에서 가로채인 나는 묶여 있던 인질들을 풀어 주는 대신 권속들을 구속한다.

목걸이를 반짝반짝 빛내면서 승리를 선언하는 아가씨를 곁눈질하며 나는 인질이었던 호죠 학생에게 어서 배 밖으로 탈출할 것을 권유했다.

"비치된 보트가 있어. 자동운전이 가능한 데다 직원들이 피난 유도 중일 테니까 그 지시를 따르면 돼. 그런데 이 중에 함께 생명의 위기에 처하면서 사랑에 빠진 사람? 나중에 경품을 증정할 테니까 클래스 명과 풀네임을 알려주세요."

메모장에 이름을 적으면서 나는 그녀들에게 안전한 루트를 알려주고 배웅한다.

"아가씨도 같이 가. 숨어 있기보다 그냥 이 배에서 내리는 게 나아. 이제 아수라장이 펼쳐질 수도 있거든."

"어머, 당신은 어쩌게요?"

"응? 걱정하는 거야?"

팔짱을 낀 아가씨는 고개를 홱 돌린다.

"흥. 누가 남자 따위를 걱정한다고. 착각하지 말아 줄래요? 인명구조를 제쳐 두고 나만 도망치는 건 용맹 무쌍을 내세우는 마지라인가 사람으로서 불가능하기 때문이에요."

"네네, 아가씨. 나는 괜찮으니까 이 아이들과 함께——."

오싹.

무시무시한 마력의 분류. 등골이 얼어붙은 나는 힘껏 천장을 올려다봤다.

이봐……, 뭐가 왔잖아……. 뭐야, 이 마력량은……. 권속들과는 차원이 달라……. 말도 안 돼……. 한도를 모르겠어……, 나보다 훨씬 위에 있다고밖에…….

"뭐, 뭐죠."

아가씨는 떨면서 내 옷자락을 잡는다.

"이게…… 뭐예요……?"

"아가씨, 당장 배에서 내려. 알겠지? 지금 당장 말이야."

나는 식은땀을 흘리면서 머리를 굴린다.

츠키오리라도……, 이건, 힘들어……. 고위 마법사, 아니, 그 이상……. 내가…… 이길 수 있을까……. 아니, 해보는 수밖에……. 지금쯤 츠키오리는 한창 보스전을 치르고 있을 거야……. 지금 이 녀석과 싸울 수 있는 건…… 나 말곤 없어……. 해보는 수밖에…….

"다들 바로 내에서 내려! 넌 이 아이를 챙겨줘! 이 아이들…… 권속들도 데려가! 가능한 한 빨리 이 배에서 내려! 알겠지?!"

"앗, 잠깐?!"

나는 한 여자에게 아가씨를 맡기고 갑판으로 단숨에 뛰어 올라간다.

위로.

위로, 위로, 위로.

단숨에 뛰어 올라간 나는 최상층에 있는 탄자나이트 덱에 도달했고——, 바람이 분다.

후끈거리는 온몸을 시원한 바람이 어루만지자 땀으로 끈적거리던 사지에서 열기가 가신다.

갑판으로 올라온 나는 네 개의 그림자를 발견했다.

피어오르는 마력의 소용돌이, 그 중심에 선 여성의 요염한 자태. 별이 총총하게 뜬 하늘과 달빛이 그 모습을 비춘다.

"A."

그 한 글자로 자신을 증명했던 여자는 경비 스태프에게 에워싸여 흩날리는 머리를 누른다.

"오늘 밤의 하늘은 달에 취해 있네요."

미소를 띤 그녀는 그렇게 중얼거린다.

세 경비 스태프는 레이피어형 매직 디바이스를 들고 그녀에게로 슬금슬금 다가간다.

"……너는."

여성 경비 스태프는 이마 위로 땀을 흘리면서 묻는다.

"뭐냐?"

"사람."

그녀는 간결히 답했고, 날카로운 찌르기가 어둠을 갈랐다.

당연하다는 듯, A는 그걸 손바닥으로 받아낸다. 관통당한 자기 손바닥을 배를 갈라놓은 개구리 보듯 관찰하면서 고개를 갸웃한다.

"포박은 불가능, 급소를 노려라!"

세 방향으로 나뉜 여성들은──, 트리거──, 물로 된 레이피어를 채찍처럼 휘두르며 A에게 달려든다.

의도대로 그녀의 목에 휘감기는 레이피어. 승리를 확신한 듯 세 사람은 웃는다.

휘감긴 순간, 다시 트리거. 채찍 형태를 띤 레이피어는 예리함을 되찾으며 A의 목을 날려 버릴 터.

그럴 터였다.

"무슨."

세 경비 스태프는 어안이 벙벙한 얼굴로 멈춰 선다.

"무슨 일이…… 벌어지는 거지……?"

날이 서지 않았다.

A는 트리거를 당겨 마법을 발동할 시간이 없었다.

그런데도 본래의 단단함과 예리함을 얻은 레이피어는 베어야 할 상대의 목을 베는 대신 그저 꼿꼿이 어둠 속에 직립해 있다.

"근사한 목걸이네, 고마워."

자기 목에 손을 얹은 A는 미소를 지으며 손을 슥 휘둘렀다.

사라진다.

눈을 크게 뜬 세 경비 스태프를 그 자리에서 없앤 후, 아무 일 없었다는 듯이 A는 달을 올려다봤다.

나는 아연실색한 채 그 광경을 바라본다.

뭐야……. 장난이 아니잖아……. 어디로 사라진 거야……. 원리를 모르겠어……. 애초에 저 녀석은 언제 트리거를 당겼지……. 이런 놈을 츠키오리나 다른 애들에게 보낼 수는 없어…….

철컹, 하고 쿠키 마사무네의 날밑이 소리를 낸다.

각오를 다진 나는 뛰쳐나가려 했지만──, 뒤에 있는 어둠으로 끌려들었고 누가 내 입을 막는다.

"읍……, 으읍……?!"

"조용히……. 움직이지 마……!"

고개를 꺾어 뒤를 본다.

나를 제압한 소녀…… 히즈미 루리는 거친 숨을 내쉬며 귓가에 대고 속삭인다.

"왜 당신은 늘 아수라장 속에 있는 거야……. 이 상습 자살 지원자……!"

"뭐야, 히즈미구나."

"지금『뭐야, 히즈미구나』같은 말이 나와……? 불길한 예감이 들어서 와 봤더니 아니나 다를까 바보 같은 짓을 하려 하고 있잖아……."

"승산은 있어."

히즈미는 박력 있는 표정으로 내 두 어깨를 내리누른다.

"지금 당장……! 지금 당장, 그 근반 까배기 머리아 함께 배에 타……! 당신은 지금 여기 있으면 안 돼……! 들키기 전에 가……!

얼른······!"

나는 바닥을 통통 두들겼다.

"아래에 다른 애들이 있어. 불러서 도망칠 시간은 없고, 있더라도 나는 그 길을 선택하지 않아. 그 아이들은 이런 이상 사태 없이, 예정대로 셋이 협력해 적절한 위기를 뛰어넘고 다음 장으로 넘어가야 해. 아니면 분명 어디선가 막힐 거야."

"그냥 내버려 둬."

"거절할게."

"당신은 아직 착각 중이야."

눈을 내리뜬 히즈미는 A를 똑바로 가리켰다.

"이제부터 당신은 그 멍청한 농담도 못 하게 될걸. 당신은 죽음을 맞닥뜨린 적이 없어. 아직 마음 한편으로 농담처럼 여기고 있지. 죽음의 위기를 맞더라도 자기가 고결할 수 있으리라 믿어."

그녀는 나를 바라본다.

"다른 생명은 지키기 위한 게 아닌, 지켜보기 위해 있는 거야."

히즈미가 가리킨 방향에서, A는 몸을 쭉 펴면서 중얼거린다.

"휴식도 갑갑함도 끝. 먹이를 더 뿌려둘까요."

찌익.

건조한 소리가 나면서 입고 있던 옷과 함께 탈피가 시작된다.

척수를 따라 껍질이 벗겨지고 살이 떨어지면서 팔과 다리가 밖으로 나온다. 구멍이란 구멍에서 내장이 쏟아져 나왔고 양쪽 손발톱이 피 웅덩이에 잠겼다. 모발이 스르르 흘러나왔고 농익은 복숭아 향이 감돌기 시작한다.

오소소소소소소소소──, 엄청난 마력량에 소름이 돋으며 몸이 자연스레 후퇴하기 시작했다.

"후우."

금빛이 도는 검은 머리카락.

얼굴에 박힌 에메랄드색 눈동자.

섬뜩할 정도로 균형이 잡힌 대칭적인 형상.

홀연히 허공에서 출현한 것처럼 뻗어난 두 팔다리, 펄럭이는 갈색 트렌치코트는 옷이라기보다 표피를 연상케 했다.

그녀의 검지와 중지 사이에는 담배가 있었고 그 연기가 공중에 서렸다.

눈이.

달밤에 현란하게 빛나고 있다.

마안──, 그 눈 속에 끝을 알 수 없는 심연을 본뜬 낙인이 새겨진다.

그 두 눈 속에서 일렁이는 낙인은 히즈미의 피부에 새겨진 것과 똑같았다.

"마인……."

깜짝 놀란 나는 『A』의 정체를 중얼거린다.

"알스……, 하리야……."

뇌와 심장이 일체화한 것처럼.

머릿속에서 두근두근두근, 하고 엄청나게 큰 고동이 경고를 보낸다.

최악의 사태다……. 말이 안 되는 건 아니었어……. 권속 수가 너무 많았던 이유……. 권속 중 하나가 나를 도망 보내려 했던 의미……. 마물을 사역할 수 있는 건 고위 권속 혹은 마인 본인……. 본래 불치병 환자인 히즈미는 알스하리야의 변덕에 의해 자리를 털고 일어났고, 그녀에게 충성을 맹세하게 된다. ……그렇기에 히즈미 루리는 알스하리야가 부활하는 종반에야 등장하는 것이다…….

본래 이 대목에서 마인 알스하리야는 등장하지 않는다. 마인이 엑스트라 캐릭터를 대신함으로써, 시나리오 흐름이 틀어졌다.

그렇게 생각하면 전부 앞뒤가 맞는다.

"히즈미……, 알았던 거지……?"

그녀는 말없이 고개를 끄덕였다.

"왜 알스하리야가 부활했지……. 그 녀석이 부활하는 트리거는『흥미』일 텐데……. 츠키오리는 아직 녀석의 관심을 끌 만큼 강하지 않아……. 또 누가 있다는 거야……?"

시선을 받은 난 자신을 지목했다.

"나?! 왜 나야?!"

"『죽음』과 『불행』의 운명을 다시 쓴 인간이 이 배에 탔대. 우리는 그게 츠키오리 사쿠라 이야기인 줄 알았는데……. 하지만 그건 아무리 생각해도 산죠 히이로 당신 맞지?"

"아니, 전혀 짚이는 게 없는데."

"지금까지 죽어야 할 선량한 인간이 128명이나 안 죽었고, 불행해져야 할 선량한 인간이 279명 구원받았다고 했어. 이대로 가면 마신님이 부활하기 전에 마인도 마신교도 끝장이래. 그 대신 교묘한 수법으로 『사랑』을 파괴하거나 왜곡하거나 만들어내고 있어서, 적인지 아군인지 모르겠다는 말도 하던데."

"정말 짚이는 게 없는데……. 그거 아마 내가 아닐걸……. 다행이다……."

나는 살며시 마인의 상태를 살핀다.

인간을 능가하는 마력량에는 도저히 빈틈이 없다. 정면에서 덤빈다고 당해낼 만한 상대 같지 않다.

내 어깨를 친 히즈미는 바다에 떠 있는 디멘션 게이트를 가리킨다. 소형 보트 한 척이 간신히 빠져나갈 만한 크기였다.

"권속들이 습격하는 기점이 된 게 저거야. 현계에서 이계, 이계에서 현계를 탐지하기는 어려우니까, 이 배가 옆을 지나는 타이밍에 디멘션 게이트를 넘어가 이계에서 습격한 거지."

그 부분은 원작과 같군. 타이밍은 다르지만.

"알스하리야 님의 집중력이 흐트러지면 비치된 보트를 타고 거기로 가. 당신 마력량은 별 볼 일 없어서 알스하리야 님께 들키지 않고 끝날 거야. 츠키오리 사쿠라나 다른 아이들도 전투가 끝난 타이밍이라면 거의 마력이 소진됐을 테니, 합류만 하면 안 들키겠지."

"너는 어쩌게?"

"적당히 타이밍을 봐서 빠질 거야. 됐으니까 당신은 자기 걱정이나 해. 다른 애들이 올라오면 당장에라도——."

엔진 소리.

나와 히즈미는 잠시 얼어붙었다가 힘껏 고개를 돌렸다. 선내에서 올라온 아가씨들이 피난용 보트에 올라타는 모습을 포착한다.

달을 등지고 트렌치코트로 밤바람을 받아내던 마인은 씩 웃었다.

그 모습이—— 사라진다.

어느새 그녀는 피난용 보트 앞을 막아섰다.

"이런, 이런. 아주 멋진 밤인걸. 이런 근사한 밤에는, 예기치 않게 마주친 일기일회의 인연에 감사하고 싶기까지 한걸."

점잔 빼는 동작으로 마인은 우아하게 인사한다.

"이 멋진 만남을 짓밟기 위해서라도 지금부터 너희를 죽일 셈인데……. 여기서 묻지, 개는 몇 개로 구성됐을까?"

아름다운 여성의 형태를 한 마인은 콧노래와 함께 공포의 낌새를 알아챘다.

"알아. 상당히 어려운 문제지. 가족처럼 키우는 개를 분해할 기회를 얻은 인간은 얼마 없으니까. 대강 늘어놔 볼까? 인두, 기관, 식도, 기관지, 심장, 폐, 간, 위, 비장, 신장, 췌장, 대장, 소장, 오줌관, 음경, 방광, 직장, 항문, 전립선, 정낭에 정관……. 장기 종류만도 대강 이 정도는 돼. 뼈와 근육까지 깔끔하게 썰어내면 더 늘지. 자, 퀴즈는 이쯤에서 끝내고 너희에게 하나 제안할 게 있어."

미소를 띤 마인은 검지를 세우더니 좌우로 젓는다.

"딱 하나. 딱 한 명만 죽이기로 하지. 단 그 한 사람은 정성스레 분해해서 죽일 거야. 개구리는 열둘, 돼지는 열여덟, 개는 스

물둘. 인간은 몇 개일까 하는 의문에는 직접 분해함으로써 응해야지. 10초 내로 선택해 줘. 바쁜 몸이라서."

뛰쳐나가려던—— 나는 뒤에서 히즈미에게 구속당했다.

사지를 고정하고 관절기를 거는 바람에 완벽하게 꼼짝도 할 수 없었다. 필사적으로 손가락을 뻗지만, 트리거에 닿지 않는다.

"히즈미……, 너어……!"

"미안, 산죠 히이로. 나는 받은 도움은 갚아야지만 직성이 풀리거든. 그러니까 얌전히 있어."

단단히 억눌린 나는 패닉에 빠진 아가씨들을 바라본다.

"시, 싫어! 당신이 죽어요!"

"뭐?! 네가 죽으면 되잖아?! 내가 왜?!"

"다, 당신은 늘 걸리적거리기만 하잖아요!"

서로에게 죽음을 떠미는 소녀들을 본 알스하리야는 히죽히죽 웃는다.

"5초 남았어——."

"그럼 내가 죽을게요."

뜻밖이었는지.

알스하리야는 눈을 크게 뜨고 앞으로 나선 오필리아를 바라본다.

훅, 하는 소리가 나더니 아가씨 뺨에서 피가 한 줄기 흘러내린다. 알스하리야가 위협으로 한 공격을 받고도 그녀는 다른 사람을 감싸듯 한 발짝 더 앞으로 나섰다.

"왜, 왜 그래요……?"

그녀는 떨면서도 한 걸음 더 앞으로 나선다.

"이, 이제, 우리는 선택했어요……. 마, 맘 편히, 죽이세요……."

허공을 올려다보며 흥이 식었다는 듯 마인은 한숨을 내쉰다.

"하나 묻고 싶은데, 넌 왜 입후보한 거지?"

"나는."

소중한 목걸이를 움켜쥐며 아가씨는 씩씩하게 웃었다.

"마지라인가의 숙녀니까요."

"그래, 내가 가장 싫어하는 타입의 인간이로군."

알스하리야는 즐거운 듯 히쭉 웃는다.

"하지만 나는 그런 사람의 미소를 일그러뜨리는 게 가장 좋아."

"앗!"

강제로 목걸이를 빼앗긴 아가씨의 미소가 무너졌다.

"호오, 이거 보게. 꽤 오래된 물건이로군. 어디 쓰레기장에서 주워온 건가?"

알스하리야는 목걸이를 높이 들어 올리며 히죽히죽 웃는다.

"연인 혹은 그에 가까운 애정을 품은 사람이 준 선물……. 그렇지?"

"도, 돌려줘요!"

"나는, 마인 중에서도 가장 인간에게 다정해. 인간을 죽이기보다 파멸시키는 걸 좋아하지. 옛날부터 커플을 깨놓거나 여자들 사이에 남자를 끼워 넣으며 즐기고 있어. 재미있거든. 뇌가 희열에 떨려."

알스하리야의 손에 힘이 들어갔고 아가씨의 눈에서 눈물이 흘러내린다.

"하, 하지 마요……. 그, 그건…… 내 소중한…… 단 하나뿐인 보물……. 그게 없으면, 나는, 다시 그분을 만날 수 없어……."

"훌륭한 조미료를 더해 줘서 고마워. 혀에 진한 희열의 맛이 더해졌어."

한 손에 제압당한 아가씨는 오열하고 발버둥 치면서 손을 뻗는다.

"부탁이야……. 그만……!"

비웃는 알스하리야의 손안에서 목걸이는 삐걱거리는 소리를 냈고──, 이어서 팔이 통째로 날아갔다.

"응?"

날 끝을 허공에 들이민다.

왼팔을 베어서 날린 자세 그대로, 나는 알스하리야를 노려본다.

"……더러운 손으로, 백합에 손대지 마."

빙글빙글 돌면서 떨어진 오른팔에서 나는 목걸이만 빼냈다. 우는 아가씨에게 그것을 건네고 그녀의 등을 툭 밀었다.

"가. 괜찮아. 언젠가 분명 그 사람을 만날 거야. 내가 보증해."

"다, 당신은…… 당신은…… 어쩌게요……?"

대답 대신.

나는 히즈미의 구속에서 빠져나오기 위해 탈골시킨 어깨를 끼워 맞춘다. 두려움에서 빠져나온 호죠 학생들은 죽기 살기로 아가씨를 끌어들여 보트에 태운다.

"VIP 대우로 부탁해."

나는 그녀들에게 웃어 보인다.

"어쨌든 오필리아 폰 마지라인이니까."

호죠 학생들은 고개를 끄덕였고, 멍해 있는 아가씨를 태운 보트는 눈 깜짝할 사이 멀어졌다.

이미 베어버린 오른팔은 다시 났고, 알스하리야는 여유로운 미소를 띠고 있었다.

"기다렸어, 산죠 히이로 군. 우선 소개부터 하자. 나는 알스하——."

"죽어~(^o^)(푹푹푹)"

"장난이지? 처음 보는 데다 인사 중인데."

나는 여러 번 알스하리야의 가슴에 칼을 꽂아 넣는다.

내 머릿속은 『이 녀석만은 죽인다』라는 글자로 가득했다.

"일단 진정해."

뒤로 물러난 알스하리야는 미소를 띠며 가슴에 손을 얹고 고개를 숙인다.

"다시 소개하지. 내 이름은 알스하——."

푸욱! 그녀는 내가 던진 쿠키 마사무네에 정수리를 관통당해 뒤로 쓰러졌다.

벌떡 일어난 마인은 칼을 뽑고 내던졌다.

"그렇게 서두르지 말고 이야기를 들어——, 맨손으로 덤비다니 미친 거 아냐, 이 녀석?"

"죽어어어어어어어어어어어어어어어어어! 뒈져어어어어어어어어어어어어어어어어!"

무기도 없이 맨손으로 마인에게 맞선 나는 한쪽 다리에 차여 날아간 뒤, 배 바닥에 꽂힌 쿠키 마사무네를 잡고 멈춘다.

"이봐, 넌 날 처음 보잖아. 진정 좀 해. 혹시 너, 어디 이상해?"

"시끄러워! 그만한 짓을 해놓고 살아 돌아갈 생각을 한 건 아니겠지?! 웃기지 마, 이 허접아!"

나는 소리치면서 자세를 취한다.

"내가, 몇 번을, 세이브 로드를 반복해 가며, 널 죽여왔는지 알려줄까?! 산죠 히이로와 네놈을 계속 죽인 것만 백 년이다, 너희 죽음은 나한테 최고의 정신 안정제야! 네놈은 죽어! 히이로도 죽고! 몇 번이든 죽어! 지금부터 네놈을 죽이겠어! 죽인다, 죽인다, 죽인다! 네 묘지 위에 백합꽃을 심어 주마!"

"무슨——."

"닥치고 죽어!"

인간과 마인의 시선이 교차했고——, 점프한 알스하리야는 내 상단 차기를 피한 뒤 거리를 두었다.

"나 참, 사람이랑 얘기 한번 제대로 못 해봤나."

"넌 사람 아니잖아."

거친 숨을 쉬는 나는 다시 한번 눈앞에 있는 마인을 바라본다.

마인.

그 육체는 마력으로 구성되어 있다.

자신을 『마신』이라고 칭하며 신을 사칭한 마물은, 진흙에서 인간을 만든 신화를 흉내 내어 마(魔)를 빚어 여섯 기둥의 인간형 마인을 만들었다.

마인은 육체 없는 마술 연산자 덩어리.

사람은 세포의 집합체다.

세포는 분자의 집합체이며, 분자는 원자의 집합체, 원자는 소립자의 집합체다.

환원론의 사고방식으로 말하자면, 인간 역시 소립자 덩어리라고 할 수 있겠지.

하지만 이 세계 사람은 마술 연산자로 구성된 게 아니다. 마술 연산자를 체내에 비축하는 기구는 있지만, 그건 생체 내에 모아두는 것에 불과하며 마술 연산자로 육체를 만든 게 아니다.

이 세계의 공기 중에는 대량의 마술 연산자가 떠돌고 있다.

그렇기에 마술 연산자로만 만들어진 몸을 가진 마인들은 테이블 위 요리를 덥석 집어 먹듯, 손상된 육체를 마술 연산자로 재생하거나 육체 자체를 변화시킬 수 있다.

결국 마인은 기본적으로 무적이라는 것이다.

원작 게임에서도 놈들은 매 턴 입은 대미지만큼 회복했다.

공략 정보 없이 진행한 플레이어는 대부분 마인전에서 첫 게임 오버를 맞는다.

내가 걱정했던 불합리한 패턴……, 그건 잘못된 싸움법을 택하면 아무리 발버둥 쳐도 지는 마인전이다.

이 세계는 게임이 아니다. 한 번 죽으면 거기서 끝이다.

히이로 같은 놈으로 전생했는데 자살하지 않고 내가 살아남은 건…… 눈앞에 있는 재활용 불가능한 쓰레기 얼간이 등신 골통(죽어)에게 승리할 방법을 자연스레 츠키오리에게 전하고, 그걸

돕기 위해서라고도 할 수 있다.

나는 다시 한번 알스하리야를 노려본다.

"뭐야, 그 눈은. 사람을 보는 눈이 아닌데. 『산산조각 내고 믹서에 돌려 하수구에 흘려보내겠다』…… 그런 결의가 담긴, 일그러진 의지가 깃든 눈이야."

엄숙하게, 나는 보이지 않는 화살을 만들어냈다.

팔 위에서 물이 흐른다.

똑바로 뻗은 검지와 중지, 그 사이에 메긴 하나의 화살은 뒤로 흐르면서 희푸른 물보라를 일으켰다.

"인간은 낮에 가까워. 마는 밤에 기울어 있지. 낮의 권속과 밤의 권속, 우리가 동등한 존재로서 지금 이 자리에 있을 수 있는 건 기적이야."

뱃머리에 선 알스하리야는 달밤을 배경으로 찬란한 별빛을 한 몸에 받아들인다.

"하룻밤의 기적에 감사하지. 우리가 이야기하기에 최적의 시기야."

"쓰레기가 하는 말은 이해 못 하니까 죽어! 밤하늘 한가운데서 폭사해 버려! 환희의 눈물을 흘리면서 『펑이요─!』하고 절규하게 해 주마! 무시무시한 기세로 폭발해서 이 밤을 물들일 불꽃이 되도록! 쉽게 말해 죽어!"

"아까부터 『죽어』란 말만 하고 있네."

"닥치고 죽어!"

거리를 좁히려고 하자 알스하리야는 무시무시한 기세로 도망친다.

"도망치지 마! 이게! 존재하는 모든 것은 언젠가 죽는다는 책임으로부터 도망치지 말라고!"

"그야 도망쳐야지. 부탁이니까 얘기를 좀 들어. 혹시 살의에서 태어나기라도 했나? 눈이 충혈돼서 무서운데. 날붙이를 들고 『후우후우후욱……!』거리잖아. 연속 살인사건의 범인 모델로 교육자료에 붙여놔도 위화감이 없겠어."

"얘기는 들어줄 테니까 죽어! 부탁드립니다!"

"알았어, 알았어. 이야기를 듣는다면 제대로 상대해 줄게. 어차피 넌 여기서 죽을 거야."

나는 쿠키 마사무네를 칼집에 담았지만, 그건 페인트였다. 푸욱, 하는 소리와 함께 알스하리야의 이마에 보이지 않는 화살이 꽂혔다.

"농담이지? 마인보다 비겁하고 수단을 가리지 않는다니. 창피하지도 않아? 이야기를 듣겠다며. 무기를 넣는 척하면서 사람을 죽이려 하다니, 이 세상의 도덕 교육은 정말 제 기능을──. 남이 말하는데 화살 쏘지 마!"

수많은 화살을 맞은 알스하리야는 고슴도치가 된 상태에서 두 손을 든다.

"난 네가 죽었으면 하지만, 그 이상으로 널 죽이고 싶어."

"어릴 적부터 살의만 배양해 온 거냐?"

한숨을 내쉰 알스하리야는 몸에서 화살을 빼냈다.

"산죠 히이로 군. 내가 아직 『A』였을 때 엇갈리며 한 말 기억해?"

『부디 저를 죽여 주세요』."

"아무도 네 희망 사항을 말하라고 한 적 없어. 『아쉽네요』라고 했어."

담배 연기가 피어오르는 스크린 뒤에서 단정한 외모를 가진 마인은 속삭였다.

"나는 인간이 좋아. 아니, 사랑한다고 해도 과언이 아니지. 작고 보잘것없는데도 세상의 흐름을 바꾸려 드는 인간이 특히 좋아. 인간 세상에 영향을 주는 개미 새끼가 있다면 그게 고작 개미일지라도 흥미가 생기잖아."

그녀는 득의양양하게 웃는다.

"옛날부터 나는 인간 친구를 원했어……. 인간 세상은 아름다워……. 너는 사랑을 백합꽃에 빗댔는데, 그래, 시적이면서도 오묘한 표현이야……. 하지만 우리 사이에는 의견 차이가 존재했지……."

그녀는 입에서 흰 연기를 토해냈다.

"사랑은 구하는 게 아니야──, 해치는 것이지."

"아아, 그렇군."

오싹오싹.

온몸으로 살의를 느끼면서 나는 웃었다.

"우리는 친구가 될 수 없어. 불구대천의 원수로서…… 죽고 죽이는 수밖에."

"유레카. 같은 의견이야. 그래서 나는 널 죽이기로 했어. 굳이 깨어나서 이런 곳까지 왔는데……. 정말 아쉽게 됐어."

사묘의 알스하리야는—— 씨익 웃었다.

"간다——, 인간."

"와라——, 마인."

우리는 서로 자세를 잡았고—— 상단, 하단—— 교차하면서 서로의 칼이 엇갈렸다. 내 뺨에서 피가 튀긴다.

빨라.

소용돌이치는 하얀 연기에 감싸인 알스하리야는 꼭 그 연기째로 나를 없애려는 듯 내 피로 젖은 팔을 휘둘렀다.

두 눈으로 그 일격을 포착한다.

오른쪽——, 트리거——, 술식 동기, 마파(魔波) 간섭, 연산 완료.

내 옆구리를 찌른 손날에는 일절 의식을 쏟지 않고, 눈을 부릅뜬 나는 녀석의 정수리를 향해 구축되어 가는 빛을 세차게 내리쳤다.

발동, 광검.

모여든 빛의 입자가 일섬이 되어 알스하리야를 세로로 베었지만——, 회복한 마인은 웃으면서 두 눈을 희푸르게 번뜩였다.

온다——, 마안이——!

나는 쿠키 마사무네를 놓고 가까운 거리에서 손끝을 뻗는다.

검지와 중지, 그 두 손가락은 희푸르게 빛난 마안 사이에 꽂힌다.

알스하리야는 경악하며 눈을 크게 떴다——.

"폭발해라."

퍼어어엉!

알스하리야의 머리가 날아갔고 목을 잃은 마인은 박수를 짝짝 쳤다.

"좋은걸."

두부를 잃은 마인은 그 검은 구멍에서 목소리를 낸다.

오싹——, 나는 뒤로 물러나 섬뜩한 소리를 내며 재생하는 마인을 바라봤다. 옆구리에서 피가 철철 나서 다친 곳을 누른다.

"아니, 하지만."

하나, 하나, 정중하게.

모세혈관에서부터 자신을 재구축한 마인은 차진 소리를 내면서 살을 붙였고, 본래의 미모를 되찾은 뒤 미소 짓는다.

"출연진이 조금 시시한걸……. 모처럼의 으스름달밤인데 내 미모도 엉망이고, 영웅 행세하는 바보를 이대로 학살하는 것도 세련되지 못해."

긴 흑발이 바람에 나부낀다.

눈을 내리뜬 알스하리야는 머리를 누르며 손가락을 튕겼다.

"이 밤을 꾸며 보지."

바다가—— 갈라진다.

선체가 오른쪽으로 기울자 시야가 옆으로 회전했고, 솟구친 바닷물이 온몸을 적신다.

물속에서 여자 얼굴이 떠오른다.

여신을 본뜬 뱃머리의 동상은 수면을 헤치며 호흡했다. 이어서 좌현과 우현이 높은 파도를 만들어냈고 단숨에 부상한 선미가 달빛을 쬔다.

한 척의 갤리온선이다.

물속에서 모습을 드러낸 범선은 천천히 차오른 흰 안개에 휩싸이면서, 불가사리와 따개비가 달라붙은 선체를 보였다.

2층의 선두루와 선미루에는 큰 구멍이 났으며 네 개의 돛대는 기운 데다 패였다. 뱃머리를 꾸민 여신 주변은 인간의 머리로 장식되어 있다. ──유령선이다.

유령선의 타륜이 혼자 돌아가더니 찢어져 구멍 난 돛이 펼쳐졌다. 희미하게 보이는 달을 배경으로 흰 번개가 쳤다.

살며시.

여신상의 얼굴을 밟고 한쪽 발로 착지한 알스하리야는 지휘봉 대신 담배를 든다.

"Nuestra Señora de Atocha*(누에스트라 세뇨라 데 아토차)."

달과 안개와 배.

모든 것을 거느린 알스하리야는 등을 펴고는 오늘 밤의 악장을 기다린다.

"무슨 일이든 구상이 중요하지. 장난감들을 서로 이어놓고 서툰 악보를 흥얼거리며 어리석은 영웅의 서사시를 희곡으로 장식해 보자고. 산쵸 히이로 군."

마인은 담배 지휘봉을 치켜든다.

"누에스트라 세뇨라……, 성모와 춤추는 법은 아나?"

_____

* 스페인의 보물 갤리온선

선체가── 다가온다.

반응할 새도 없이 퀸 워치 좌현과 유령선 우현이 세차게 충돌했고, 선체가 확 기울면서 나는 배 위를 굴렀다.

"윽……!"

옆구리의 상처가 쓸려서 무심코 신음했다.

이런. 나는 배 바닥을 날 없는 칼끝으로 내리친 뒤, 자세를 바로잡으면서 이를 갈았다.

아직 선내에서 츠키오리가 싸우고 있어……. 방금 도망친 아가씨들도 아직 멀리 가지 못했고……. 이 녀석이 괜히 해코지하게 둘 수는 없어……!

안개에 뒤섞이듯 해골처럼 생긴 유령들이 서서히 모습을 보인다.

"자아."

밤에 도취하며 마인은 두 팔을 들어 올렸다.

"오늘 밤을 연주하지."

소리.

소리, 소리, 소리.

흰 안개를 휘휘 젓자 천둥소리가 울려 퍼지며 세차게 몰아치는 비가 선체를 때리고, 유령 선원들이 악기를 연주한다.

바이올린, 비올라, 첼로, 플루트, 오보에, 바순, 오르간……. 한 쌍의 배를 중심으로 회전하는 안개와 비와 번개, 죽은 영혼들의 무리가 연주하는 오라토리오, 날아다니는 해골은 헨델의 『메시아』를 노래한다.

공중을 날면서 고개를 위아래로 흔드는 선원 유령이 건반을 두드려 스타카토를 연주한다. 한 덩어리가 된 바이올린은 활을 당기고, 럼주와 비스킷을 먹고 마시면서 웃음소리를 낸다. 소프라노, 알토, 테너, 버스에 의한 사부 혼성 합창이 이사야와 말라기, 누가를 낭랑하게 노래하기 시작했다.

혼돈의 악단을 알스하리야는 흰 연기와 함께 정신없이 지휘한다.

배와 배가 수없이 충돌한다.

흠뻑 젖은 나는 우렁차게 소리치며 뱃머리에서 다른 뱃머리로 옮겨타, 광검으로 마인을 후려친다.

한 번 휘두를 때마다.

흰 번개가 땅거미를 가르고, 인간과 마인의 그림자가 잿빛 구름 위로 드러난다.

마치 마에 맞서는 영웅의 서사시를 비웃는 것처럼.

눈을 감은 알스하리야는 나를 신경조차 쓰지 않고 악보의 보조를 맞추는 데 집중한다. 그녀 주변에서 소용돌이치는 흰 연기는 주인의 연주를 방해하는 날개 달린 벌레를 쫓으려 칼날 모양의 참격을 날렸다.

흐른다.

흐른다, 흐른다, 흐른다.

어느새 해면이 소용돌이치고 있다.

선상 무대에서 소용돌이에 휩쓸리면서 나와 알스하리야는 접전한다.

마인은 소리로, 인간은 칼로 응한다.

가속하는 살육의 무대, 날아간 나는 유령선 배 위를 굴렀고 핏덩이를 토하며 트리거를 당긴다. 나에게 덤벼드는 해골 선원 유령들을 뿌리치고 발바닥으로 마력을 방출시키며 돛대를 뛰어올라간다.

으지직하는 소리가 난다.

단숨에 잘게 베인 돛대는 천천히 기울었고, 돛대 정점까지 질주한 나는 도약했다.

두 눈에 달빛이 비친다.

한 번―― 내가 휘두른 검극은 담배 한 대에 막혔다.

흰 연기를 뿜어내면서 이쪽을 바라본 알스하리야는 미소 짓는다.

"이봐. 승산이 없다는 걸 모르겠어? 개미 새끼 양반?"

"개미 새끼 한 마리 상대로 손가락을 두 개나 쓰면서 우쭐해하지 마. 마인 양반."

시야가 반쯤 회전한다.

멱살을 잡힌 나는 배 바닥에 내쳐졌고 호흡이 멎는다.

순간적인 판단으로 트리거――, 허리와 다리를 회전시키며 발차기를 날렸다. 점프한 알스하리야는 그것을 피했으며 그녀 눈앞에 발뒤꿈치로 차올린 라이트가 떠오른다.

"오늘 밤은 보름달이야."

나는 입꼬리를 꺾는다.

"철은 아니지만, 우리 달구경이나 해보자고."

동그란 라이트가 폭발했고, 마인의 두 눈에 광선이 빨려든다.

이미 일어서 있던 나는 즉시 행동에 나섰다. 혼자 움직이는 타륜에 달라붙어 그것을 역회전시킨다.

겨우 퀸 위치가 유령선과 멀어진다.

나는 녹슨 타륜을 베어서 날려 버리려 했지만——, 짙은 안개 안쪽에서 뻗어온 손이 검지와 중지를 붙들고는 반대쪽으로 비틀었다. 무심코 괴로움에 신음했다.

안개 안쪽에서, 검지가 뻗어 나와 천천히 좌우로 흔들린다.

"장난은 안 되지, 아직 곡은 안 끝났——."

나는 바로 내 중지, 약지째로 눈앞에 있는 공간을 베었다.

두 개의 손가락이 허공을 난다.

안개 안쪽에서 핏물이 솟구쳤다. 곡이 끊기고 시야가 맑아지며, 경악하는 표정을 지은 알스하리야의 형상이 드러난다.

"이봐, 마에스트로."

피와 땀을 흘린 나는 한 번 더 베어 들어간다.

"대신 종지부를 찍어 주지."

십자.

공격을 받은 알스하리야는 만면의 미소를 띠며 뒤로 물러난다.

"이봐, 그냥 나에게 한 방 먹이기 위해 자기 손가락을 날려 버린 거야……? 제정신이 아니로군……. 달에 현혹되어 정신이 나가 버렸나……. 메시아 콤플렉스도 이 정도면 우습군……."

알스하리야는 가죽 장갑을 낀 양손을 자기 얼굴에 대고 손톱을 세우며——, 웃는다.

"좋은걸……. 아주 좋아……. 네가 지옥에서 괴로움에 몸부림치는 모습을 보고 싶어……."

손가락 환부를 손수건으로 둘둘 만 나는 지혈 후에 웃어 준다.

"나는 네가 죽는 꼴을 보고 싶어."

텀과 텀.

그 간격을 심플하게 속도로 묻어 버린 알스하리야는 내 몸을 번쩍 들어 올리고는 던진다. 바다 위를 난 나는 퀸 워치 배 위에 착지한 뒤 뒤로 구르면서 충격을 완화했다.

이어서 사뿐히 내려선 알스하리야는 양손을 들어 올린다.

"자, 시간은 충분히 지났으니 슬슬 클라이맥스로 넘어갈까."

"같은 마음이야. 슬슬 거대한 악이 요란하게 폭발하고 엔딩롤이 나올 시간이군."

마지막으로 떨어진 담배를 잡은 마인은 폐에 연기를 머금었다가 토해냈다.

"가능하다면 네가 오줌이라도 지리면서 도망쳤으면 해. 정의로운 척하는 인간이 바닥을 기고 울부짖으며 용서를 청하는 거지. 친구나 연인, 가족을 버리면서까지 목숨을 보전하려 하는 유쾌한 이야기를 기대 중인데."

"미안하지만 네 고약한 리퀘스트에 응해 줄 생각 없어. 내 계획은 내가 정해. 신이든 마신이든 인간이든, 자기 최후를 정하는 건 자기 가슴속에 깃든 의지뿐이야."

나는 미소를 띠며 비지땀을 흘린다.

"너와 다르게…… 나에게는, 지킬 것이 있거든……. 이 앞으로는…….”

웃으면서 날 끝을 아래로 겨누었고——, 나는 쿠키 마사무네
로 벽을 친다.

“죽어도, 못 보내…….”

“이거 참, 점점 네가 싫어지는걸.”

사면초가로군.

나는 거친 숨을 내쉬면서 입꼬리를 꺾는다.

역시…… 그것뿐인가……, 되든 안 되든…… 해보는 수밖
에…….

“실험하지. 손가락부터 잘게 썰어버리면 몇 cm쯤에서 인간이
『지킬 것』인지 뭔지를 내버릴지. 아주 재미있겠어. 벌써부터 뇌
가 진동해.”

“시끄러워……. 뇌에 바이브레이션 기능 넣지 마, 망할 놈…….
매일 연락할 테니까……, 알림 켜둔 채로 뇌진탕이나 와서 죽
어라…….”

“잘도 나불거리는 그 입이 곧 수명이 다해 멈출 걸 생각하니
슬픈걸.”

알스하리야는 한 걸음 앞으로 나섰고, 나는 보이지 않는 화살
을 쏘았다——. 슈웅——, 마인은 당연하다는 듯 이 보이지 않
는 화살을 잡았다.

“엘프의 화살인가. 이렇게 직접 보는 건 에스틸파멘트와 그
제자 이후 처음인데……, 여전히 깜찍하군. 응?”

알스하리야는 고개를 갸웃한다.

"산죠……, 다이슈……, 너 에스틸파넨트와 무슨 연관이라도 있나?"

뜻을 알 수 없는 말을 하는 알스하리야를 향해 나는 보이지 않는 화살을 쏘았고, 그녀는 그걸 족족 잡아낸다.

나는 쓰게 웃는다.

"나올 타이밍을 잘못 잡았다고……. 썩을 치트……."

"그러는 너는 타이밍을 잘못 맞춰 태어났군. 나와 만나지 않았다면 조금 더 시시껄렁한 영웅 놀이에 매진할 수 있었을 텐데. 실로 가엾고, 실로 진부하고, 실로 경멸스러운 생애야."

알스하리야는 마안을 개안한다.

"슬슬 이 밤에 작별을 고하지."

사방으로 뜨인 눈, 그 균열에서 마력의 진수가 기어 나왔——.

"알스하리야 님!"

마인은 소리가 나는 쪽을 돌아본다.

시선 끝에는 혼자 떠는 소녀가 서 있었다.

"저, 저 기억하세요……? 히, 히즈미 루리인데요……. 당신 덕에 산……. 제, 제발 들어주세요……. 아, 아직 그 녀석에게는 이용 가치가 있어요……. 그, 그러니까……."

무릎을 덜덜 떨면서, 남이나 다름없는 쓰레기남을 지키기 위해 자기 목숨을 걸고 주의를 끈 그녀는 말했다.

"주, 죽이지 마세요……."

"히즈미, 관둬! 네가 죽어!"

"시, 싫어……. 나, 나…… 나는…… 이제 안 도망쳐……. 다,

당신을 보고, 겨우 생각났어……. 여, 여기서 물러나면……. 서, 선생님이 이어 준 의지가 허사로 돌아가……. 나는…… 여기서……! 지금……!"

눈물을 글썽이며── 히즈미 루리는 소리쳤다.

"영웅의 의지를 잇겠어……!"

"이거 눈물 나는걸. 흥분했던 가슴이 점점 차분해져."

알스하리야의 마안이 발동했다──.

"자, 슬슬 다 가지고 논 장난감을 정리할 시간이로군."

히즈미의 눈 속에 주마등이 스쳤다.

＊

키미아좀.

인간의 체내에서 순환하는 내인성 마술 연산자.

통칭, 마력을 분해하는 기능을 가진 세포 내 소기관 중 하나다.

그 소기관이 제 기능을 못 하는지 파업을 하는지 어디서 은둔 중인지. 나── 히즈미 루리가 가진 키미아좀은 본분을 팽개쳤고, 분해되지 않는 마력이 쌓여 운동기능 발달 부족에 심부전, 신부전, 호흡 부전 증상을 일으켰다.

키미아좀 병, 그게 내 명패에 붙은 병명이다.

철이 들었을 무렵, 나는 약 냄새 나는 환자복을 드레스처럼 걸치고 주사 자국이라는 팔찌로 멋을 부린 소녀가 돼 있었다.

"자, 그럼 시간표를 확인하렴."

노폐 마력이 쌓이면 쌓일수록 움직이지 않게 될 확률이 높아지는 심장. 시한폭탄을 가슴에 품고 살아온 나는 평범한 초등학교에 다닐 수조차 없었다.

병원 내에 개설된 원내 클래스에서, 지정 난치병 환자인 나는 같은 병을 앓는 아이들과 같은 것을 배웠다.

"오늘은 산수부터 시작할게. 자, 그럼 교과서 펼치자."

총인원 수가 8명인 병원 내 초등학교.

만성 호흡기계 질환이나 신장 질환, 나처럼 언제 몇 시에 죽을지 모르는 병을 가진 소녀들이 다니는 이 클래스에는 다양한 학년의 아이들이 뒤섞였고, 공작실과 도서실과 음악실이 하나로 통일돼 있었다.

배우는 건 국어, 산수, 사회, 이과 과목, 공작, 음악, 가정과……. 가끔 외국인 선생님과 영어 수업을 하거나 복지대학 학생과 함께 컴퓨터 학습을 했으며, 칠석 모임이나 크리스마스 모임 같은 행사도 있었다.

"루, 루리."

아이들의 웃는 얼굴을 그린 도화지로 꾸며놓은 벽면.

꼭 그곳에 빈 공간이 있으면 누가 사라질 거라는 협박이라도 받은 것처럼, 웃는 얼굴이 빽빽하게 붙은 새하얀 벽. 거기서 눈을 돌린 나는 『히즈미 루리』라는 내 이름이 적힌 노트에서 고개를 들었다.

"아, 아이는, 오늘부터 침대에서 공부한다고……."

시이나 리이나……. 아이들에게는 『리이』라는 애칭으로 알려진 소녀는 나에게 조심스레 속삭인다.

교원을 포함해 9명. 아니, 침대에서 따로 수업하게 된 『아이』를 제외하면 8명뿐인 작은 교실에서 속닥거리는 건 어리석은 짓이다.

입을 다문 나는 필기를 마치고 나서 노트 가장자리를 슥 보여 줬다.

『이제 안 올 거야.』

깜짝 놀란 듯, 리이나는 눈을 크게 떴고—— 그 옆에서 핑크색 모자를 쓴 소녀가 힘껏 노트를 가로챈다.

루비 올리엣……. 아이들에게 『루』라는 애칭을 받은 외국인 소녀는 호쾌한 필치로 써 내려간 글자를 나에게 보인다.

『돌아올 거야.』

"……안 돌아와."

"돌아온대도! 반드시! 돌아올 거야!"

"그러니까, 안 온——."

그녀는 내 멱살을 움켜쥐더니—— 눈물이 맺힌 푸른 눈으로 내 쪽을 노려본다.

"돌아와……!"

"…………."

"자, 잠깐만! 왜들 그러니~! 자자, 싸우지 말렴!"

원내 클래스 담임인 나기사 선생님이 왜소하고 마른 우리를 떼어놓았다.

정중하게, 섬세하게, 조심스러운 손짓으로.

그 다정함에 화가 나서 나는 살짝 날뛰었고 금세 숨이 가빠왔다. 심장 뛰는 소리가 머릿속을 울렸고, 고작 몇 초 만에 숨이 흐트러졌으며, 왼쪽 가슴을 움켜쥔 채 헉헉거리면서 몸을 웅크린다.

나기사 선생님은 익숙한 손짓으로 내 등에 손을 얹는다.

"괜찮니, 루리? 루리, 들려? 가슴이 답답하니? 숨을 잘 못 쉬겠어? 여보세요, 호흡 곤란을 일으켰는데요. 산소 레벨에 변화는 없어요. 빈호흡 증상 있고, 등급 2. 흥분 불쾌감 있어요."

평소와 같다.

나는 날아온 간호사들에 의해 옮겨졌고, 내 쪽을 지켜보는 루비의 걱정스러운 눈빛에—— 정말 화가 났다.

그 후로는 평소 루틴대로다.

피를 뽑고 코 삽입 관을 차고, 할머니에게 걱정을 있는 대로 끼치고.

겨우 해방된 나는 깔끔하게 정리된 침대 위에서 책을 팔랑팔랑 넘기며 내용을 읽는다.

"…………뭐야."

문 틈새로 이쪽을 살피는 푸른 눈.

루비는 면목이 없다는 표정으로 문을 느릿느릿 열더니, 따라온 리이나와 함께 방으로 들어온다.

"루, 루……."

리이나에게 등을 살짝 떠밀린 루비는 천천히 고개를 숙인다.

"미안……, 해……."

"사과할 마음이 있다면 모자 정도는 벗지 그래?"

"루, 루리……. 루, 루는, 그, 약을 먹고 있어서……. 그래서 저, 그……, 모자는……."

"됐어, 리이."

모자를 벗은 그녀는 머리카락이 없는 머리를 드러냈고 나를 향해 고개를 푹 수그렸다.

"미안해."

나는 그 사죄를 무시하고 시선을 문자열로 되돌린다.

"아이는 안 돌아와."

"……왜 그런 말을 해?"

"침대에서 집중 치료실로 옮겼으니까."

천천히.

루비의 보석처럼 푸른 두 눈이 커졌다.

"늘 있는 코스잖아. 원내 클래스에서 침대로, 침대에서 집중 치료실로……. 그리고 그 후엔."

나는 탁 소리를 내며 책을 덮는다.

"끝이야."

"…………."

"알아, 인생은 책과 똑같아. 인간의 페이지 수는 태어날 때부터 정해져 있어. 이 아이는 몇 페이지, 저 아이는 몇 페이지, 저쪽 아이는 몇 페이지 하고. 그래서 그 페이지를 다 넘기면『끝』이 나는 거지."

책을 바닥에 내던진다.

미끄러신 소프트 커버의 책은 루비 발에 부딪혀 멈춘다.

"그리고『난치병』이나『유전적 결함』,『소아병동』같은 장르로 나뉜 책의 페이지 수는 아주 짧아. 그 책처럼."

100페이지 남짓 되는 단편 소설을 내려다보며 루비는 아무 말 없이 침묵한다.

"……그건, 모를 일이잖아."

"알아."

나는 싱긋 웃는다.

"2주일 후면『웃는 얼굴』이 사라지니까."

루비는 힘껏 고개를 들었고——, 리이나는 필사적으로 그 팔을 붙들었다.

뻐끔뻐끔, 루비는 입을 여닫더니…… 힘이 들어간 근육을 이완시키며 리이나에게 끌려가듯 자리를 떴다.

그 2주일 후.

병원 스태프가 아이가 그린『웃는 얼굴』그림을 떼어냈고 대신 다른 아이가 그린 웃는 얼굴이 붙었다.

그 광경을 바라보면서.

파트너나 다름없는 링거대를 거느린 루비는 갈아 치워진 미소 앞에 우두커니 서 있었다.

"호스피털 매지션?"

"응, 대단한 마법사래. 그래서 뭔가 재미있는 수업을 해준다나."

"와~! 재미있는 수업~!"

아이들이 아우성을 친다.

교원을 포함해 8명이 된 우리 교실은 나쁜 소문이 도는 나를 제외하고, 음기를 몰아내듯 더욱 시끄럽게 굴었다.

"루, 루리."

유일하게 나에게 말을 거는 리이나는 웃으면서 내 소매를 잡아끈다.

"호, 호스피털 매지션이…… 뭐, 뭘까……. 에헤헤……. 위, 위저드리 같은 데 나오는 마법사 같은 사람……?"

"바보 아니야? 아니거든."

나는 코웃음 친다.

"마법 협회가 하는 자선 사업의 일환이야. 마법이나 마력과 연관된 병세의 회복을 위해 마법사를 임시 교사 자격으로 각 병원에 파견하는 거지. 실제로는 사회적 이미지를 좋게 하기 위한 거고, 병세 회복에는 아무 도움도 안 돼서 의료 현장에서는 불편해하지만. 특별 지원 학교 교론 면허는커녕 일반 면허로 없는 가짜 교사라 그 이름처럼 사기꾼(매지션)이나 다름없어."

"야, 리이."

턱을 괸 루비는 앞을 똑바로 바라보며 속삭인다.

"그런 애한테 말 걸지 마. 괜히 챙겨줄 것 없어."

"어……. 하, 하지만……."

나는 다시 코웃음을 친다.

"왜 자칭 착한 사람은 늘 거들먹거리며 자애를 베풀어준다는 듯이 말할까? 불쾌하니까 그런 『배려』는 강매하지 말아 줄래?"

"……너!"

루비가 자리에서 일어났고 나는 상대하려 했다——. 하지만 그 사이로 황금 투탕카멘 가면이 끼어든다.

깜짝.

나와 루비는 동시에 몸을 젖혔고 홀연히 등장한 황금 가면을 바라본다.

고대 이집트 왕조의 황금 가면을 쓴 여성은 가죽 샌들을 신었으며, 껄렁한 자세로 앉아 우리 쪽을 보고 있었다.

갈색 피부가 비치는 칼라시리스($고대 이집트 시대에 입던 느슨한 로브), 금과 보석으로 꾸며진 웨세크가 목을 장식했고 좌우로 찬 팔찌를 잇듯 늘어진 검은 베일이 등을 뒤덮었다.

통통.

그녀는 앙크*, 제드 기둥**, 우아스***를 조합한 형태의 삼중 지팡이로 손바닥을 쳐서 그 소리로 우리를 압도한다.

"……저주한다."

나와 루비는 그 괴물 앞에서 얼어붙었다.

"……고대 이집트 저주가 덮쳐들걸."

그녀는 슥 자리에서 일어났고 길쭉한 그 몸을 올려다본 우리는 경악했다.

180……, 아니, 185cm는 된다.

---

* 이집트 상형문자로 영원한 생명을 나타내는 기호
** 안정성을 나타내는 기둥 모양의 기호
*** 지배와 힘, 혼돈의 제압을 나타내는 기호

그녀는 두 손으로 『잡아먹겠다』는 포즈를 취했고 황금 가면을 살랑살랑 흔들며 귀여운 목소리를 낸다.

"저주한다~! 고대 이집트에서 부활한 클레오파트라급 미녀가 월등한 육체미를 내보이며 저주한다~! 이번 달만 해도 10만은 투자한 스킨케어 아이템을 하나부터 열까지 소개해 버린다~!"

"……아티파 선생님."

어이가 없다는 듯 나기사 선생님은 황금 가면을 벗겨낸다.

그 순간.

이국적인 미인의 얼굴이 드러났고, 아이들이 "와아……!" 하고 환호성을 지른다.

"아, 아, 앗~! 아, 안 되죠, 나기사. 버, 벗기면 차, 창피…… 수치사한다고요……!"

폴짝폴짝.

그 자리에서 점프하며 황금 가면을 빼앗으려 하는 장신의 미녀.

여성 중에서도 왜소한 편인 나기사 선생님은 흠흠, 거리면서 황금 가면을 뒤로 뺐고, 농구를 하면 덩크 슛 정도는 여유롭게 가능할 법한 장신 미녀가 울상으로 그 뒤를 쫓는다.

왜 다시 못 뺏는지 모르겠지만.

결국 가면을 되찾지 못한 그녀는 길쭉한 몸을 움츠리면서 나기사 선생님 뒤에 숨었고 작은 목소리로 웅얼거렸다.

"아, 아티파 이즈디하르, 위다드…… 예요……."

"좀 더 큰 소리로! 내 뒤에 숨지 말아요!"

움찔.

꼬물거린 그녀는 혼난 아이처럼 입술을 빼쭉거리며 중얼거린다.

"아티파 이즈디하르 위다드입니다아……. 호스피털 매지션 때문에 저 멀리 이집트에서 왔어요……. 취미는 코스프레고…… 이 옷도 직접 만들었어요오……. 나기사가 미워요오……."

"뭐어?!"

"히익!"

사사사삭, 엄청난 기세로 뒷걸음질 친 그녀는 책상을 훌쩍 뛰어넘어 우리 뒤에 숨는다.

그 모습을 본 나기사 선생님은 관자놀이를 눌렀다.

"……아티, 당신 위대한 마법사가 됐잖아. 근데 왜 학생 때랑 하나도 달라진 게 없어?"

"나, 나기사야말로 하나도 안 변했어! 여전히 심술궂어! 최악이야! 다음에 확 팬티가 다 보이는 옷을 입혀 버릴 거야!"

툴툴거리며 불평을 늘어두는 마법사를 내려다보다가── 눈이 마주쳤다.

그 순간 그녀는 눈을 피했고 얼굴을 새빨갛게 붉히며 헤실헤실 애교 있게 웃는다.

"뭐, 뭐예요……. 나, 남을 너무 빤히 보면, 매, 매너 위반이에요……. 아, 아티는, 코ㅇ케에서 엄청난 집중을 받는 데다, 에, 에스엔에스에서, 리, 리트윗도 엄청 되거든요……. 너, 너무 우쭐해하지 않는 게 좋을걸요……."

"우쭐해 있는 건 너야, 너! 리허설을 몇 번이나 했는데! 이리로 와! 호스피털 매지션이라는 자각은 있는 거야?"

"으엥~, 싫어, 싫어, 싫어⋯⋯! 아아, 노동기준을 확실히 위반하는 장기 리허설은 싫다고오⋯⋯!"

질질.

목덜미를 잡힌 호스피털 매지션은 오열하며 나기사 선생님에게 끌려갔고, 나와 루비는 서로를 마주 본다.

"⋯⋯저거 뭐야?"

"⋯⋯글쎄?"

살벌했던 분위기는 잊고 우리는 동시에 고개를 갸웃했다.

아티파 이즈디하르 위다드.

원내 학생들에 의해 『아티 선생님』이라는 애칭을 단 그녀는 말 그대로 머리 하나가 더 있을 만큼 큰 키와 미모로 주목을 끌었다. 황금 가면이 있으면 원활한 커뮤니케이션이 가능하기도 해서, 눈 깜짝할 새 원내 인기인이 되어 있었다.

매일 같이 애니메이션 코스프레를 하고 와서는 나기사 선생님의 철권에 제재당하는 만담도 좋은 평을 받았고, 초등학생들에게 머리를 쓰다듬어지고 위로받는 재주도 갖췄다.

요 몇 주일 사이 나는 그녀를 관찰했는데 아직껏 안 믿긴다.

그녀가 세상에 여섯 명뿐이라는 『시조』의 마법사 중 하나이자⋯⋯ 세계 최강의 마법사라 불리는 아스테밀 클루에 라 킬리시아와 어깨를 견주는 영웅 중 하나라니.

마법 협회가 운영하는 공식 웹사이트 상단을 꾸민 사진에는 바로 그 황금 가면을 쓴 인물이 찍혀 있고, 과거에 인터뷰한 잡지에서는 분명 『취미는 코스프레』라고 답했다.

"……가짜겠네."

지금은 이집트 남부에서 최중요 임무를 수행 중.

그 문장을 본 나는 병원에서 지급한 태블릿 단말기를 내던진다.

나처럼 마력 관련 병을 가진 아이는 매직 디바이스를 만질 수 없다. 이 새하얀 **병탑**의 공주님이 된 후로 마력 입출력을 일절 금지당했다.

"……저런 여자가 시조의 마법사일 리 없어."

나는 베개 아래에서 스크랩 북을 꺼낸다.

그곳에는 단발머리 여성의 사진이 스크랩되어 있다.

영웅이라 불리기에 걸맞은 공적을 남기고 마인 토벌에 말려든 아이를 구한 뒤, 이 세계에 『왼팔 잃은 영웅』이라는 이름을 남기고 간 시조의 마법사.

브라운 레스 브라켓라이트.

어릴 적부터 계속 동경해 온 영웅의 모습을 나는 손가락으로 훑는다.

"…………."

어린 나의 어깨를 부드럽게 안고 웃으면서 이쪽을 향해 브이 사인을 보내는 사진을 계속 어루만졌고——.

"……좋아하니?"

"꺄아악!"

황금 가면을 쓴 수상한 사람이 말을 걸어와서 나는 무심코 비명을 질렀다.

어둠.

방 한구석에서 나타난 아티파는 지팡이를 붕붕 휘저으면서 가슴을 편다.

"브라운 씨는 말이야~ 강해~. 그 아스테밀 씨가『그럭저럭 강하던데요~. 뭐, 저에 비하면~ 그냥 그렇지만요~. 그럭저럭 강하던데요~』라고 모의전 후에 의기양양한 얼굴로 경쟁 의식 어필할 정도로 강하다니까~."

"…………."

말문이 막힌 내 앞에서 한마디 양해도 없이 원형 의자에 앉은 그녀는 무단으로 병문안용 사과 껍질을 벗기기 시작한다.

"브라운 씨를 동경하는 것치고는."

우물우물, 가면 틈새로 집어넣은 사과를 먹으면서 그녀는 중얼거린다.

"루리는 영웅과 거리가 머네."

"당신……!"

반론하려고 했지만 엄청난 분노에 말문이 막혔다.

"당신이…… 뭘 안다고……!"

"알지."

섬뜩한 황금 가면이 나를 바라본다.

"이 세상에 의지와 긍지 없는 영웅은 없거든."

"…………."

"왜 의도적으로 고립돼 있는 거야?"

이번에는 배를 깎기 시작한 아티파는 속삭인다.
"……무슨 소리야?"
"일부러 자기가 미움받게 하고 있잖아. 모두가 너를 피하게끔 말이지. 너는 초등학생으로 볼 수 없을 만큼 현명하고 염세적이라 슬퍼."
"……무슨 소린지, 모르겠어."
가면 틈새로 쓴웃음 소리가 새어 나온다.
"저 그림이 싫니?"
"뭐?"
"벽에 걸린 그림 말이야. 늘 부모의 원수처럼 노려보던데?"
이번에는 내가 쓰게 웃었다.
"당연하지. 저딴 웃기지도 않는 거 질색이야. 왜 언제 죽을지 모르는 사람들을 그려야 하는데. 여기 풍습인지 뭔지 모르겠지만 최종적으로는 떼어낼 건데 걸어놔 봤자 소용없어."
"그건 아닌 것 같은데~."
깔끔하게 껍질을 벗긴 배를 바라보면서, 달빛 아래의 가면이 중얼거린다.
"왜냐하면 다들 웃고 있잖아."
고개 숙인 내 시선 끝에서—— 사진 속 어린 나는 만면의 미소를 띠고 있다.
"나기사는 『웃는 얼굴』을 그리라는 말은 한마디도 안 한 것 같은데……. 다들 웃는 얼굴을 그려온다고……. 근사해, 너무 근사해……. 웃는 얼굴로 가득 찬 저 교실이…… 누구에게나 이 병원 안에서 유일하게 웃을 수 있는 곳이란 증거지⋯⋯."

"아니!"

나는 무심코 소리친다.

"그딴 건 애들 눈속임이잖아?! 어차피 죽을 건데! 웃는 얼굴 따위를 그려서 뭐 해?! 다들, 다들, 다들 죽을 텐데! 내 병도 그래! 다른 사람들 병도 그렇고! 아무도 치료할 수 없는 주제에! 호스피털 매지션은 무슨! 어른들의 싸구려 입발림이나 늘어두는 게 당신 일이야?! 당신들 제삼자는 안전한 우리 안에서 불쌍하다고 가엾다고! 영혼 없이 동정해 주면 그만이야!"

나는 가슴을 잡고 씩씩거리며 말을 쥐어 짜낸다.

"이, 이 일로 돈을 얼마나 받는지 모르겠지만⋯⋯. 나, 나는 당신이 시조의 마법사란 걸⋯⋯ 그 사람이랑 같은 영웅이란 걸 인정 못 해⋯⋯. 마, 만약 진짜라고 해도⋯⋯. 어, 어차피 다른 목적이 있겠지⋯⋯?!"

눈물을 글썽이는 채로 나는 말을 내뱉는다.

"나가. 이 병원에서⋯⋯, 저 교실에서⋯⋯, 내 시야에서⋯⋯ 사라져 줘⋯⋯!"

"⋯⋯⋯⋯."

묵묵히, 아티파는 자리에서 일어나 내 스크랩 북 위에 휘어진 송곳니를 둔다.

그 송곳니는 너덜너덜한 종잇조각으로 감싸여 있다. 곳곳에 피가 밴 그 종이에는 검붉은 문자가 똬리를 트듯 적혀 있었다.

"⋯⋯이게 뭐야?"

"『코핀』. 아티의 마술 촉매야. 용의 송곳니를 잘라낸 건데, 수호의 심벌과 『낮과 밤의 수호』가 새겨져 있어. 매직 디바이스는 아니야. 일회용 마안 같은 거랄까? 거기엔 파피루스에 새겨진 『영웅』 유감 마술에 의해, 몇 대씩 이어져 온 영웅들의 마력이 담겼어."

선생님은 중얼거린다.

"브라운 레스 브라켓라이트의 마력도 담겼지."

"어……."

"트리거는 대상의 심장을 『낮과 밤의 수호』가 새겨진 끝부분으로 찌르며 자기 마력을 흘려 넣는 것……. 그럼으로써 이 송곳니에 담긴 영웅의 마력이 감응해 악의를 가진 자의 생명을 파괴해. 이게 아티의 소중한 보물이야. 브라운 씨에게 넘겨받은 사명이지."

아티 선생님은 조심조심 그 송곳니를 손수건으로 감싸 품에 집어넣더니—— 내 스크랩 북을 손가락으로 넘겼다.

"아……, 그만……."

그곳에는 사진이 있었다.

더는 이 세상에 존재하지 않는 미소를 띤 친구들과의 추억. 꿈과 희망을 그려 넣은 소원 종이를 웃으면서 걸고, 뺨에 크림을 잔뜩 묻힌 채 웃고 떠들며 케이크를 먹는 행복한 순간.

지렁이가 기어가는 듯한 크레파스 선과 함께 『루리』나 『미이』, 『유아』 등 소중했던 친구의 이름과 사진이 붙었다. 빈칸을 메우듯이 『우리는 쭉 친구』라는 약속이 새겨져 있다.

"……네 보물은 예쁘네."

추억을 두 팔로 감추는 내 앞에서 문을 연 아티파가 속삭였다.

"떼어낸 그림은 아이 그림이 아니었어."

웅크려 있던 나는 두 눈을 크게 뜬다.

"아이의 부모님이 가지고 가신 건 아이가 그린 그림이 아냐……, 네가…… 루리가 그린 웃는 얼굴이지……. 네 할머니가 그림을 가져가도록 허락해 주셨다고, 아이 부모님은 울면서 감사하셨어……. 가장 아이 웃는 얼굴과 비슷하다고……. 정말 즐거웠던 것 같다고……. 여러 차례 고개를 꾸벅이며 고맙다고 하셨지……."

나는 두 팔에 고개를 묻은 채로 떤다.

"네가 화낼 것 같다고 말 안 한 것 같은데……. 알아 뒀으면 해……."

문이 닫히고—— 나는 침대를 빠져나와 맨발로 터벅터벅 걸어 우리가 공부하는 교실로 향했다.

어째서인지 교실 문이 열려 있었다.

달빛 아래.

우리가 그린 웃는 얼굴은 아름답게 빛났다.

그 중심에서 한층 더 빛나는 얼굴.

늘 아이에게 퉁명스럽게 굴던 내가 딱 한 번, 고맙다고 인사했을 때 띤 미소.

그 웃는 얼굴이 빛을 받아 반짝였고——『키노시타 아이』라는 이름이 드러난다.

——루리.

동갑이었던 그녀의 미소를 떠올리며 나는 벽을 긁었다.

"아……, 아아……, 아아아……!"

울면서 매달렸던 벽을 긁으며 주르륵 미끄러져 내려온다.

"아아……, 아아아……, 으아아……. 아, 아이……. 아이…….
미, 미안……. 미안해애……. 아아……, 아아아……, 미안해
애……, 아아아……!"

그 미소에 매달리듯.

나는 계속해서 울었고 아티파는 내 어깨에 웃옷을 걸쳐 주었다.

아티파는…… 아티 선생님은 우리 병을 고치지 않았다.

시조의 마법사는 동화에 나오는 마법사가 아니거니와 사기꾼
도 아니다. 하지만 그 증상을 근본적으로 치료할 수까진 없더라
도 개선하였고, 우리 마음에 깃든 『절망』을 마술사처럼 간단히
사라지게 했다.

"그럼 오늘은 세일○ 문 코스프레 교실을──. 아, 아, 아아~!
나, 나기사, 가면 돌려줘~!"

하지만 그녀가 시조의 마법사라는 사실은 받아들이기 어려
웠다.

왜냐하면 이런 일은 시조의 마법사가 아니라도 할 수 있다. 이
런 벽촌에 있는 병원에서 그녀가 호스피털 매지션 일을 할 이유
가 없어 보인다.

하지만 지금은 그런 건 아무래도 상관없다.

그녀는 내 마음을 구원해 주었다. 그 사실만 있으면 충분하다.

"미안해."

나는 진심으로 고개를 숙이며 루비에게 사과했다.

그런 내 머리에 그녀는 자기 모자를 씌웠다.

"남에게 사과할 마음이 있다면 모자 정도는 벗지 그래?"

"아……, 저……, 그건…… 정말 미안──, 왁!"

모자를 푹 내리 씌워서 다시 올렸을 때 루비는 즐거운 듯 웃고 있었다.

"우리, 친구가 되자."

나는 그녀의 모자를 움켜쥐고 고개를 끄덕였다.

"……응."

휴대용 게임기를 움켜쥐고 사태의 행방을 지켜보던 리이나는 밝은 미소를 띠며 달려온다.

"리, 리이나도…… 리이나도 친구 할래……!"

우리는 어깨동무하고 뺨을 맞댄 채 웃으면서 화해했다.

그런 우리를 보고 아티 선생님은 다정하게 웃고 있었다.

세월이 흘러.

루나, 리이와는 많은 이야기를 했다. 많은 사건을 공유하고 많은 추억을 남겼으며 많은 미소를 나누었다.

언젠가 죽기 때문이 아니다.

언젠가 살아 있었단 걸 떠올릴 수 있도록.

언젠가 그 죽음을 맞이할 때 웃을 수 있도록.

"루리는 어떤 여자가 취향이야?"

특히 자주 했던 이야기는 사랑 이야기였다.

꼭 평범한 소녀처럼 말이다.

침대 위에서 이불을 뒤집어쓴 우리는 소등 시간 이후에도 소곤거리며 얘기를 나누었다.

"으, 음~. 브, 브라운 씨처럼…… 멋진 사람……. 누군가의 미소를 위해 목숨을 바칠 수 있는 사람……. 나 자신이 브라운 씨처럼은 되지 못했더라도……, 그런 사람 곁에서 많은 사람을 돕고 싶다고…… 할까……."

"리이나는?"

"에, 에헤헤……. 리이나보다 게임을 잘하는 사람……."

""포기해.""

"어, 어, 엇. 왜, 왜……?"

뿌리부터 게이머……, 정도가 아니라 게임 폐인인 리이는 단기 퇴원했을 때 세계대회에 나간 적도 있을 만큼 실력자이며 병실에 게임용 PC와 모니터 세 대를 들여오려고 했다가 눈물 쏙 빠지게 혼난 경력을 가졌다.

"그러는 루는 어때? 엔지니어?"

누구나 아는 대기업을 크래킹하거나 선생님 오토바이를 완전히 분해했다가 재조립, 소유자가 전혀 모르는 엔진 시스템을 넣기도 했던 루는 눈을 내리뜬다.

"내가 하는 일에 흠잡지 않는 녀석."

""포기해.""

"뭐?! 어째서?!"

우리는 키득키득 웃으며 미래 이야기를 나눈다.

과거의 우리였다면 푸르뎅뎅한 링거 자국과 주사 자국을 팔에 달고, 병실 밖으로는 잘 나올 수 없는 자신을 사랑할 여자가 어디 있겠냐고 했겠지.

하지만 이제 그런 말은 하지 않는다.

"저기, 아티 선생님 그림을 그려서 벽에 걸지 않을래?"

"오─, 그거 좋네! 루리, 좋은 아이디어야!"

"다, 다 같이…… 다 같이 그려서 걸자……. 에헤헤, 기뻐하려나……?"

언젠가.

언젠가 반드시.

언젠가 반드시 신이 부러워할 만한 기적이 일어나길.

우리가 행복하게 살 수 있는 미래가……. 다 같이 웃으면서 소소하게 연인 이야기를 나눌 때가 오기를 계속해서 바랐다.

그렇게 바라다가──, 어느 날 루의 병세가 악화됐다.

하루 대부분을 세면기에 구토하는 데 쓴다.

루에게 투여하는 약의 부작용은 다 큰 성인조차도 『그냥 죽여 줘』라고 애원할 정도로 강했고, 그녀의 부모님이 정신적인 한계로 졸도할 정도였다.

"루, 루는…… 오늘도 침대에서 공부한대……."

"…………."

──원내 클래스에서 침대로, 침대에서 집중 치료실로.

과거 내가 했던 말이 저주가 되어 나에게 돌아온다.

무섭다.

너무 무서워서 참을 수가 없었다.

만약 루가 죽는다면……, 그 벽에 공간이 생긴다면…… 더는 그것을 메울 수 없을 것 같다……. 쭉 두려워했던 죽음의 발소리에서 도망치듯 두 손으로 귀를 틀어막은 나는 침대 속에서 몸을 웅크린 채 계속해서 빌었다.

공포를 감당할 수 없었다.

나는 루에게 빌린 피킹 툴을 사용해 교실 문을 열고 들어갔다.

동그란 달 아래에서.

무릎을 꿇은 나는 두 손을 모은 뒤 웃는 얼굴로 가득한 제단 앞에서 기도드렸다.

"제발 루를 살려 주세요……. 너무 빨라요……. 너무…… 너무 빠르다고요……. 그 아이에게 시간을 주세요……. 정말 착한 아이예요……. 저는 어떻게 되든 상관없어요…….루만은…… 루만은 죽이지 마세요……. 이제 더는 저에게서 아무것도 뺏지 마세요……. 이제 저는……, 누가 죽는 걸 보고 싶지 않아요……."

이빨을 딱딱 부딪치면서 정신없이 기도했다.

"부탁……, 부탁이에요……. 미이, 유아, 아이, 브라운 씨……. 다들…… 나를 구해줘……."

"그 소원."

낯선 목소리다.

고개를 확 들었다──. 미소를 띤 여성이 달빛을 머금으며 희

255

푸르게 빛난다.

"들어주지."

금빛이 도는 검은 머리카락.

얼굴에 박힌 에메랄드색 눈동자.

섬뜩할 정도로 균형이 잡힌 대칭적인 형상.

갈색 트렌치코트를 나부끼며, 사뿐히 내려선 그녀는 가슴에 손을 얹고 고개를 숙인다.

"안녕, 아가씨. 오늘 밤의 하늘은 달에 도취해 있네."

"……누구야?"

"보고도 모르겠어?"

그녀는 두 팔을 벌리며── 웃는다.

"천사야."

"천사…….."

"그래, 맞아. 바로 그거지. 하늘 위에서 네 기도를 들었거든. 아주 훌륭해. 나는 인간을 사랑하는데, 너처럼 죽음을 두려워하는 인간은 특히 좋아해. 눈물 나는 일이지. 이거 봐, 내가 아끼는 손수건이 눈물로 축축해졌지."

그녀는 살랑거리며 마른 손수건을 흔든다.

"그런데 조금 전, 루비 올리엣이 죽었어."

"……뭐?"

"아아, 아아, 그런 표정 지을 것 없어. 곧 살아 돌아올 테니까. 죽인 건 나지만, 그렇게 끌리는 소재가 없어서. 정신적으로 미숙한 아이는 가지고 놀기도 그러니까 편하게 해 줬지."

이 여자, 무슨 소리를 하는 거지……?

그녀는 어이없어하는 내 앞에서 과장된 몸짓으로 자신을 꾸민다.

"겸사겸사 시이나 리이나도 죽였지. 그건 피치 못할 비극이라고 해야 하겠지. 어쨌든 다 소생시켜서 가지고 놀 셈이니까 한탄할 거 없어. 즉 내가 무슨 말을 하고 싶은가 하면."

자칭 천사는 장난스럽게 윙크한다.

"네가 마지막이야."

훅.

바람을 가르는 소리가 난다 했더니, 그녀가 안개 형태의 나이프를 쥐고 있었다.

"괜찮아, 안심해. 단숨에 심장을 도려내 주지. 지금 타임 어택 이벤트 중이거든. 메인 쇼는 나이프 액션이야. 얼마나 빠르게 인간의 심장을 도려낼 수 있는지 나 자신과 승부 중이거든. 아마 나는 세계 최고의 심장 도려내기 달인이겠지."

입꼬리가 초승달의 형태를 띠었고, 곧 검붉은 입 안이 드러났다.

"그럼 네 심장은 무슨 색일까……?"

두려움에 딱딱하게 굳어 버린 내 목에서 이상한 소리가 났다.

웃으면서 나이프를 거꾸로 든 그녀는 내 아래로 다가왔다──.

그 순간, 창가의 벽이 날아가고 잔해가 사방으로 튀는 가운데 사람 그림자가 뛰어 들어왔다.

"알스하리야아아아아아아아아아아아아아아아아아아아아아아아아아아아아아아!"

"아티 선생님?!"

트리거.

피범벅이 된 아티 선생님은 삼중 지팡이로 『알스하리야』라고 부른 여성을 찔렀고, 그대로 벽으로 몰아붙였다.

방사선형으로 갈라진 알스하리야의 온몸이 안쪽부터 폭발했다.

온몸을 자유자재로 구사해 선생님은 모든 잔해를 치고 차고 때리며 날려 버렸고, 도망치려고 하는 살점을 벽 안에 봉인한다.

"루리, 무사하니?!"

"아티 선생님! 다, 다친 거야?! 이 여자는 뭐야?! 아, 알스하리야면 마인이지?! 루, 루가 죽었단 게 사실이야?! 거, 거짓말이지?!"

"……제길."

이집트 장식을 걸친 아티 선생님은 분하다는 듯 이를 갈았고, 빙글빙글 돌면서 손으로 돌아온 삼중 지팡이의 트리거를 당긴다.

내 발밑의 잔해가 풍뎅이 형태를 띠더니 날갯소리를 내며 나를 끌어올린다.

"선생님……."

두 눈으로 증오를 드러낸 아티 선생님을 보고 나는 겨우 답을 찾았다.

"알스하리야를 쫓아……, 이 병원에 온 거야……?"

고개를 끄덕이며 민얼굴을 드러낸 선생님은 중얼거린다.

"이 병원은 알스하리야의 놀이터 중 하나야……. 왜 일찍 각성한 건지 모르겠지만……, 언젠가 여긴 습격당했을 거야…….

오히려 이 이른 각성은 절호의 기회……. 시간이 더 지났다면, 사태를 걷잡을 수 없었겠지……. 아티가…… 내가…… 여기 있는 이 시점에서……, 모든 걸 끝내겠어……!"

아티 선생님은 아누비스 가면을 썼고──, 그 온몸이 새카만 모래 소용돌이에 뒤덮인다.

낭랑하게, 영창이 세상에 울려 퍼진다.

"내 이름은 아티파. 어머니는 이즈디하르, 할머니는 위다드……. 나는 미라이자 신관이자 길을 여는 자……. 사자의 서를 엮는 자……."

가면 아래의 두 눈이── 희푸른 빛을 띤다.

"낙원은 너를 받아 주지 않아."

휘몰아치는 돌풍.

순흑의 질풍에 나는 오른팔로 얼굴을 가렸다. 모든 유리가 깨지고, 봉인을 대신했던 잔해가 날아갔다.

서서히.

보이지 않는 공중 옥좌에 앉아 다리를 꼰 알스하리야는 두 팔을 벌린다.

"이봐."

새카만 모래 먼지에 묻히면서 파멸과 재생을 반복 중인 마인은 입꼬리를 들어 올렸다.

"실피에르를 비롯한 부하를 보냈는데……, 왜 여기 있지?"

"다 죽였어."

"농담이지? 넌 거의 멀쩡하잖아. 그 클래스쯤 되면 재생하는

데 시간과 대가가 필요하니까 적당히 해줘. 마음에 둔 상대와의 데이트를 준비 중이었는데, 힘이 대폭 깎인 상태로 인사를 건네야 하잖아."

"죽은 사람이 말이 많네."

모든 모래가 앙크의 형태를 띠며 그 끝을 알스하리야에게 겨눈다.

"너만은, 내가 직접 처리하겠어……!"

"이거 원, 왜 내 팬은 이렇게 성가시게 구는지. 스토커 규제법 몰라? 경찰청 홈페이지 같은 데서 보고 오지 그래? 몇 대째의 누구인지 모르겠지만, 너희 변태 코스튬 플레이어 일족과는 누비아에서 지겹도록 놀아 줬잖아. 너희가 자랑하는 이집트 마술과 나의 권능은 치명적일 정도로 상성이 나쁘다는 걸 왜 모르지? 다른 마인이라면 또 모를까, 아무리 발버둥 쳐도 너로선 나를 이길 수 없어."

"선생님……!"

풍뎅이들의 다리에 잡혀 매달린 나는 아티 선생님을 향해 손을 뻗는다.

"도망치자, 선생님……! 저런 건 못 이겨……. 저 녀석 말 따위는 다 거짓말이야……. 다들 분명 살아 있어……. 웃고 있어……. 봐, 저 벽에서……. 그러니까, 선생님, 손…… 손을, 뻗어줘……."

울면서.

나는 손을 뻗었고——『지팡이』를 움켜쥐었다.

휘어진 송곳니 지팡이. 대대로 영웅들의 마력이 담겨온 히는 카드——. 관 속에 잠든 영웅의 의지——, 코핀.

"아티의 마력도 담았으니까……, 여차할 때는 이걸 써……. 아직 알스하리야를 쓰러뜨릴 만한 마력은 없을지 몰라도, 시간 벌이 정도는 될 거야……. 사용법은 알지……?"

뒤쪽으로 자기 생명줄을 건넨 선생님은—— 뒤를 돌아본다.

"루리."

아주 잠깐.

가면을 벗은 선생님은 평소처럼 멋쩍은 듯 미소를 띠었다.

"분명, 너는 영웅이 될 수 있어……. 브라운 씨를, 쏙 닮았으니까……. 누군가를 위해……, 누군가를 위해, 분명 너는 계속 의지와 긍지를 품을 거야……. 다정한 아이……, 미래를 생각하며 웃을 수 있는 아이……. 소중한 누군가를 위해 힘을 낼 수 있는 아이……. 브라운 씨가 그랬어……. 영웅이라는 건 특별한 존재가 아니라고……, 힘이 있기에…… 특별하기에…… 사랑받기에…… 그런 게 아니야. 그런 게 아니라고……, 영웅이란…… 영웅이라는 건……."

그녀는 앞을 본다.

"자기 의지와 긍지로—— 누군가의 눈물을 멎게 하는 사람이야."

바람이 분다.

벽에서 떨어진 아이들의 웃는 얼굴은 교실이라는 속박에서 풀려나 자유를 찾았고, 끝없이 펼쳐진 넓은 하늘로 날아갔다.

손을 뻗었지만 그런 내 손을 빠져나간 웃는 얼굴이 멀찍이 날아간다.

팔랑거리는 게 꼭 소리 내어 웃는 것 같다.

새하얀 도화지를 꽉 채운 웃는 얼굴은 즐거웠던 추억을 이곳에 남겨두고, 자유를 찾아 날갯짓했다.

그리고.

딱 한 장.

단 한 장만이 자리에 남았다.

이것도 아니고 저것도 아니라며, 나기사 선생님을 포함해 여덟 명이 매달려 열심히 그린 부끄럼쟁이의 특징적인 미소다.

서툴고 종잡을 수 없고, 통일감도 없는 이 교실 학생들이 다 함께 그린 미소.

우리가 사랑하는── 아티파 이즈디하르 위다드가 휘몰아치는 바람 속에서 펄럭이며── 웃고 있었다.

"봐, 내가 그랬지…… 이 교실은 모두가 웃을 수 있는 공간……. 나도 이렇게……, 이렇게 웃고 있었구나……. 아아, 정말……."

그녀는 만면의 미소를 띤다.

"멋진 미소야."

돌풍이 불더니, 아티파 선생님의 웃는 얼굴을 그린 그림이 모두를 뒤쫓듯 날아가려 했다. 그것을 오른손으로 잡은 선생님은 자기 의지를 담듯 꼭 움켜쥐었다.

"아티파 이즈디하르 위다드……."

움켜쥔 오른손을 뻗은 채로 선생님은 왼손을 이용해 다시 가면을 썼고——, 아누비스는 이빨을 드러내며 웃었다.

"너는 여기야."

나를 끌어올린 풍뎅이는 넓은 하늘로 날아갔고, 점점 멀어져 가는 선생님에게 나는 멍하니 계속해서 손을 뻗었다.

"영웅의 의지는 계승되겠지……. 언젠가, 영웅은 이 땅에 내려설 거야……. 여기서, 내가 죽더라도…… 루리가…… 누군가가 울게 내버려 두지 않는 누군가가……, 반드시…… 반드시, 너를 몰아붙이며 절망을 희망으로 바꾸겠지……. 모두의…… 모두의 미소가, 이 세상을 채울 거야……. 멋진 미래로 꾸며진 저 벽은, 쭉 이 세계에 남을 거고……. 그걸 위해……, 그걸 위해 우리는 계속 달리는 거야…… 응? 그렇지……?"

목소리가 하늘로 사라진다.

"브라운 씨……."

병원 상층이 통째로 날아갔다. 강렬하고 희푸른 마력광이 터지며 동시에 파괴음과 붕괴음이 번개처럼 울려 퍼진다. 눈을 가리고 싶어질 만한 광경과 귀를 찢는 듯한 소음이 멀어졌고, 나는 마법사가 다수 있는 마법 협회 지부에 내려졌다.

사전에 아티파 선생님의 연락을 받았는지.

분주하게 출동하는 마법사들과 별개로 심하게 다친 나는 그녀들에게 보호되었고, 바로 달려온 할머니 품에 안겼다.

그리고.

그 일주일 후, 퇴원한 나는 복도에서 누군가와 부딪쳤다——.

"…………어?"

왼쪽 가슴이 피로 축축해진 환자복을 내려다본다.

"이거 원."

엎어진 내 앞에서 작은 심장을 움켜쥔 알스하리야가 쓰게 웃는다.

"시간이 대폭 지연됐군. 차트 문제인가?"

좁아져 가는 시야, 차갑게 식어 가는 내 몸.

떨리는 속으로 코핀을 꺼내려 했지만, 내 의식은 점점 흐려졌고—— 각성한다.

"루리!"

"살아났구나, 다행이다!"

낯선 방에서 깨어난 나는 루와 리이 품에 안겨 있었고……, 머리가 난 루를 보고 경악했다. 안색이 너무나 좋은 리이를 보고 하늘을 쳐다본다.

"소생 축하해. 말 그대로 다시 태어난 기분이 어때?"

마인, 알스하리야.

그 얼굴을 본 나는 그녀에게 덤벼들려 했지만—— 둘이 나를 막는다.

"왜, 왜, 막아?! 이 녀석은! 아티 선생님과 다른 아이들을!"

"진정해, 알스하리야 님은 우리를 되살려 준 은인이야. 감사라면 또 모를까 때리겠다니."

"으, 응, 맞아……. 에헤……. 리, 리이나도 아무리 뛰어도 괜찮아……. 마, 많이 먹어도 혼나지 않고……."

"게다가 다른 사람들도 살아날 거래! 죽어 버린 사람들은 권속으로 받아 준다나 봐!"

"……뭐?"

소파 팔걸이에 아무렇게나 두 다리를 올려둔 알스하리야는 중얼거린다.

"안심해, 나는 하찮은 거짓말은 안 하는 주의거든. 거짓말은 안 해. 거짓말은, 말이지."

알스하리야는 히죽히죽 웃는다.

"그, 그래……. 그, 그럼 괜찮겠네……. 응……, 괜찮아……. 괜찮겠어……."

멍한 얼굴로 나는 눈앞에 있는 이상 사태를 받아들였고, 알스하리야 님에게 황급히 고개를 숙였다.

"됐으니까 신경 쓰지 마. 아티파인지 뭔지 하는 그 여자가 생각보다 끈질겨서 나도 빈사 상태나 다름없거든. 회복하려면 연 단위의 시간이 필요해서 여러모로 너희 도움이 필요해."

담배를 피우면서 알스하리야 님은 히죽 웃는다.

"왜 내가 빠르게 부활했는지 궁금하겠지, 『흥미』가 있거든. 내 안의 무언가가 기억하고 있어. 재미있는 인간이 찾아올 거야. 그에 대비하기 위해 내 부활이 앞당겨진 거라면…… 데이트 준비를 단단히 해 둬야지."

나는 알스하리야 님에게 충성을 맹세하기 위해 그녀에게 위협이 될 수 있는 코핀을 건네려 했지만──.

『루리──.』

선생님 목소리가 떠올라 살며시 웃옷 속에 감췄다.

*

알스하리야의 두 눈 속에 낙인이 소용돌이치며 회전했다. 마안 『내세(來世) 반환』이 발동한다.

"저기, 아티 선생님……. 브라운 씨……."

눈물을 글썽이는 히즈미는 목소리를 떨며 웃었고──.

"나……, 당신들 같아졌을까……?"

나, 히이로의 왼팔이 날아갔다.

"어?"

촤아아악, 히즈미의 얼굴에 대량의 피가 튄다.

사이로 뛰어든 나와 부딪히는 바람에 온몸에 충격을 받은 그녀는 검붉게 물든 얼굴로 나를 올려다본다.

왼쪽 팔을 잃은 나는 새어 나오는 비명을 억누르며 어마어마한 상실에 기절할 뻔했다. 상처를 손가락으로 쑤시며 엄청난 통증을 주는 식으로 의식을 유지했고── 미소를 띤다.

"이봐, 히즈미……. 괜찮아? 맞은 거 아니지……? 내 피로 떡칠을 해놔서…… 미안……. 이제, 괜찮아……."

나는 검지로 그녀의 눈물을 닦는다.

"울지 마."

"왜……, 당신…… 왜……?"

멀어져 가는 의식과 어질어질한 머리, 일그러지는 시야. 비지땀을 대량으로 흘리면서 나는 웃는다.

"네가 울고 있잖아."

히즈미는 두 눈을 크게 떴고── 나는 휘청거리면서 그녀 앞에 섰다.

"가…… . 내가 시간을 벌게…… . 아직 선내에 보트가 남아있어…… . 그걸로, 도망쳐…… . 가…… , 가라고, 히즈미…… , 가…… ."

피를 뚝뚝 흘리며 나는 흐릿한 시야 속에서 헤맨다.

──흉상(凶相)이야.

비틀비틀 좌우로 흔들리면서, 정신없이 생각했다.

──아마 곧 죽겠지.

프리의 말을 떠올린다.

나는 서서히 차가워져 가는 나를 내려다보며 중얼거린다.

"…………여기인가."

원작에서는 라피스 루트 막판에 알스하리야 손에 죽는 히즈미를 내려다봤는데.

──운명쯤은 뒤집어 봐.

피투성이가 된 난 후들거리는 다리에 힘을 준다.

"아아, 그러게…… . 아직, 츠키오리나 다른 애들이 배에 남아있어…… . 이 녀석이, 이대로 여기서 날뛴다면…… . 녀석들이죽을지 몰라…… . 그걸…… 신이…… 신 따위가 운명이라고 부른다면…… ."

나는 웃었다.

"내가, 그 사이에 끼어서…… 마, 망쳐놓겠어……!"

"이봐."

알스하리야는 죽어가는 나를 바라보며 비웃는다.

"자기 목숨보다 남의 목숨을 우선한 거냐? 어쩐지 낯설지 않은 의문점이로군. 무슨 이유로 그런 짓을 하는 거지?"

"모르겠다면…… 알려주지……."

나는 바닥에 피로 선을 그으며 선내를 향해 걷기 시작했고——, 부축을 받았다.

필사적인 형상으로.

다리를 굽힌 히즈미는 뒤뚱뒤뚱 왼쪽 다리를 끌면서, 나를 부축해 알스하리야에게서 도망치기 시작한다.

"히즈미……, 너……."

"나는……, 나는, 이제 도망치지 않겠어……. 안 도망쳐……. 도망치기만 하는 건……, 보호만 받는 건…… 울기만 하는 건……, 이제 싫어……. 나는…… 나는…… 내가 할 수 있는 일을 할 거야……. 지금, 여기서……."

그녀 가슴께에서 한 장의 사진이 떨어졌다. 낯선 여성과 어깨동무하고 브이 사인을 취한 여자가—— 선상에서 미소를 띤다.

"특별하지 않은…… 영웅이 되겠어……!"

느릿느릿 걷는 우리를 감상하던 알스하리야는 웃으며 뒤쫓는다.

"좋은걸, 힘껏 도망쳐 봐. 힘내라, 힘내. 아주 멋진걸."

"윽······. 앗······, 아윽······!"

알스하리야는 손끝으로 연기 탄환을 튕겼고 나를 감싼 히즈미의 몸에 구멍이 났다. 우리는 벽에 몸을 기대며 계속해서 죽음의 길을 나아간다.

한 걸음, 또 한 걸음.

머릿속을 태우는 듯한 통증에 정신을 잃을 것 같았지만 뒤에서 들리는 발소리로부터 도망친다. 흐려진 시야 한가운데를 기듯 비명과 고함이 울려 퍼지는 선내를 지난다.

퀸 워치가 크게 흔들리는 바람에 온몸이 벽에 부딪혔다.

피가 흐른다.

객실을 뒤덮은 차가운 벽에 생명을 뜻하는 붉은빛의 액체가 흐른다.

그 새빨간 핏줄기는 도중에 나뉘어 있던 다른 줄기와 합류해 하나의 길이 되었고, 정해진 숙명을 뜻하듯 아래로 떨어졌다.

무시무시한 통증에 몸은 안락을 원했다. 그래도 오로지 의지력으로 나아간다.

새빨간 핏자국을 남기면서 점점, 점점 우리는 선저로 들어간다.

어디서인지 소리가 들린다.

"············."

칼 소리다. 츠키오리가 싸우고 있다.

나는 미소 짓는다.

"············히즈미."

"괜찮아······, 괜찮아······. 반드시······ 반드시 살릴 거야······.

이제…… 이제, 아무도 죽게 하지 않아……. 죽게 두지 않을 거야……."

울면서 구부러진 발목을 질질 끄는 동시에 통증에 비명을 지르면서 히즈미는 나아간다.

"…………히즈미."

"괜찮아……. 괜찮아……. 괜찮으니까……, 괜찮아……."

"…………객실이야."

고개를 숙인 나는 경련하는 손끝으로 객실을 가리켰다.

"객실에…… 숨자……."

"으, 응! 그, 그러네. 알겠어!"

히즈미는 온몸을 살짝 벌어진 틈새로 밀어 넣어 문을 밀어 열려 했고──, 나는 그 몸을 밀친다.

허를 찔린 히즈미는 방 안으로 쓰러졌고 즉시 트리거를 당긴 나는 바깥에서 문을 차 고장 낸다.

"산죠 히이로?!"

밖에서 안으로 굽은 문.

충격 때문에 손잡이 근처에 딱 팔 하나 들어갈 만큼 생긴 틈. 거기로 양손을 밀어 넣은 그녀는 정신없이 틈새를 벌리려 한다.

"뭐 하는 거야?! 응, 뭐 하는 거냐고?! 문 열어!! 응?! 빨리?! 알스하리야 님이 올 거거든?! 응?! 열어줘?! 열래도!"

손톱이 벗겨져서 새빨개진 손끝으로 울면서 히즈미는 문을 비집으려 했다.

"히즈미……, 들어……."

"열라고ㅇㅇㅇㅇㅇㅇㅇㅇㅇㅇㅇㅇㅇㅇㅇㅇㅇㅇㅇ! 열어, 열어, 열어어어어어어어어어어어어어어어어어어어어어어어어어어어! "

절규하면서 히즈미는 주먹으로 문을 쾅쾅 두들긴다.

"히즈미……, 너는……."

눈물과 콧물 때문에 얼굴이 엉망이 된 히즈미는 몇 번이고 반복해서 문을 때리고 차며 점점 상처투성이가 되었고——.

"여기가 아니야."

겨우 움직임을 멈춘 뒤 눈을 크게 뜬다.

"싫어……."

큼직한 눈물방울이 뚝뚝 떨어졌다. 그녀는 나에게로 손을 뻗는다.

"나는…… 싫어……. 영웅이…… 영웅이 되고 싶어……. 그 사람처럼……. 누군가를 위해 살고 싶어……. 선생님처럼…… 누군가의 미소를 위해……, 나를 웃게 해 준 사람들을 위해……."

"이미 오래전부터 영웅이잖아."

나는 웃는다.

"너뿐만이 아니야……. 모두를 지키기 위해 지금도 필사적으로 싸우는 츠키오리나…… 공포를 억누르고 알스하리야에게 맞선 아가씨나……, 나를 위해 계속 목숨을 건 너나…… 모두가 영웅이고…… 이 의지는 계승될 거야……."

나는 그녀의 손을 잡는다.

"뒷일은 내게 맡겨."

히즈미는 고개를 숙이고 오열하면서 고개를 젓는다.

"못 이겨······. 못 이긴다고······. 알스하리야 님은 아무도 이길 수 없어······. 기적 따위 일어나지 않아······. 우리는······ 우리 목숨은, 늘, 신의 장난감이야······. 절대 거스를 수 없어······. 페이지 수는 처음부터 정해져 있다고······. 포기하는 수밖에 없어······."

"나는 이길 거야."

"못 이겨! 브라운 씨나 아티 선생님이나, 누구도! 누구도 못 이겼어! 그런데 어떻게 네가 이겨?!"

"뻔하지."

나는 만면의 미소를 띤다.

"네 이야기는 해피 엔딩으로 삼겠다고 맹세했으니까."

"바보······ 아니야······. 왜, 웃는 거야······. 너, 죽을 거야······. 여기서, 아무것도 못 한 채······ 나처럼······ 아무것도 못 한 채 죽을 텐데······. 그런데······ 왜애······!"

눈물을 뚝뚝 떨어뜨리면서 히즈미는 얼굴을 찡그린다.

"웃는 거야······!"

"히즈미, 나를 믿어. 무슨 일이 있어도 나는 이겨. 여기서 끝낼 거야. 나는 내 손으로 내가 믿는 『끝』을 써넣겠어. 그러니까. 그러니까, 너는 나를 믿어. 너는 여기서 끝나지 않아. 네 미소를 위해 나는 목숨을 걸겠어. 네가, 너만 믿어 준다면──."

강하게.

힘껏, 힘껏, 힘껏.

히즈미 루리의 손을 잡고── 나는 웃었다.

"나는 영웅이야."

멍하니.

눈을 크게 뜬 히즈미에게 웃어 보이며 나는 혼자 걷기 시작한다.

"산죠 히이로!"

그 외침에 나는 뒤를 돌아봤고── 문 틈새로 떨리는 손끝이 송곳니를 내민다.

피범벅이 된 파피루스가 감긴 히든카드……, 『코핀』을 내민 히즈미는 눈물을 흘리며 나에게 마음을 털어두었다.

"내…… 내 마력을 담았어……. 선생님의…… 선생님의 마력도 담겼어……. 브라운 씨 마력도……, 그 전 사람도……. 그 전전 사람도……. 평범한 사람도 있었어……. 평범한 방랑자도 있었고 평범한 농부도 있었고 평범한 학생이었던 사람도 있어……. 모두가 특별한 건 아니야……. 모두가…… 모두가…… 신화에서 얘기하는 영웅은 아니야……. 하지만…… 하지만……!"

낙인에 반발한 영향 때문에 찾아든 심각한 통증에 얼굴을 찌푸리고 오열하면서 히즈미는 나에게 코핀을 내민다.

"그 모두가…… 의지와 긍지를 갖고…… 누군가의 눈물을 멎게 하려고 기도했어……. 바라며, 계속 달려왔어……. 그러니까…… 그러니까…… 이건……!"

그녀의 눈꼬리에서 흘러나온 감정이 떨어져 내린다.

"그저, 모두가 행복하기를 바란⋯⋯, 평범한 사람들의⋯⋯ 영웅들의 소원이야⋯⋯!"

나는 나에게 맡겨진 바람을 받아든다.

"내가, 반드시."

꼭 움켜쥔 지팡이를 통해 영웅 히즈미에게 맹세한다.

"너희가 바란 행복을 이루어 줄게."

"부탁이야⋯⋯."

고개를 떨어뜨린 그녀는 나에게 의지를 맡겼다.

"부탁이야⋯⋯, 브라운 씨가⋯⋯ 선생님이⋯⋯, 모두가 원했던⋯⋯."

울면서 고개를 든 히즈미 루리는 웃는다.

"미소를 줘⋯⋯."

나는 웃는다.

"맹세할게."

발소리가 들린다.

일부러 느릿느릿 걸어 공포를 연출 중인 알스하리야가 모습을 드러낸다.

나는 마인의 의식을 유도하며 계속 아래로 걷는다.

마침내 나는 투박한 엔진 룸에 도착했고──, 옆구리에 난 상처로 대량의 피를 흘리며 큰 문을 열었다. 그 내부에서 물의 화살을 쏜다.

"이런."

알스하리야는 피하려고조차 하지 않았고, 그 화살은 그녀 등

뒤에 꽂힌다.

"빗나갔군. 다음을 기대하고 싶지만, 이제 다음은 없어."

발소리와 함께 알스하리야는 나를 따라 그 방으로 들어온다.

퀸 위치의 심장부.

콘스트럭터 매직 디바이스, 『여왕의 동주』는 조용히 계속해서 돌아갔고── 하나의 마인은 소리 높여 웃었다.

"아쉽게 됐군. 막다른 길이야."

"…………."

"네가 뭘 하고 싶은지는 알아. 『여왕의 동주』가 존재하는 이 공간에는 대량의 마력이 담겨 있으니까……. 이 마력을 폭발시켜 나를 죽음의 길동무로 삼을 셈인가."

나는 비지땀을 흘리면서 비웃는 알스하리야를 바라본다.

"결국 자폭이란 거지. 이만한 양의 마력이 일제히 여기 반응을 일으켜 폭발하면 아무리 나라도 재생할 틈도 없이 단숨에 증발해 사라질 테니까. 마인을 처리하는 손쉬운 방법은 재생이 따라가지 못할 만큼 빠르게 존재를 통째로 지우는 것. 안전 기구는 빗나간 척한 물의 화살로 망가뜨렸지?"

중앙으로 걸어간 알스하리야는 고개를 푹 수그린 다음 웃었다.

"그래서? 그 수준 낮은 머리로 생각해낸 비책이 그게 다야? 아니면 히즈미 루리에게 받은 코핀을 내 심장에 꽂을 수 있을 것 같나? 눈물겨운 장면을 방해하지 않고 끈기 있게 기다려 준 나한테 감사 인사는?"

옆구리로 피를 줄줄 흘리면서 문을 닫은 나는 트리거를 힘껏 당겼고, 공간 내의 마력이 여기를 시작한다.

"아쉽지만."

시시하다는 듯 알스하리야는 손끝을 빙글빙글 돌렸다.

"치명적인 폭발이 발생하기까지 3분 정도의 유예가 있고, 난 너만 한 인간에게 허를 찔릴 만큼 멍청하지 않아. 그만한 시간이 있으면——."

그녀의 오른팔이 내 배를 푹 파고들더니 등을 꿰뚫었다. 폐를 다쳤는지 천천히 내 입꼬리에서 피가 흐른다.

"이렇게 너를 죽이고 난 다음 와인을 한 잔 마시고 안주도 먹고, 이 방에서 유유히 나가는 것쯤 일도 아니지."

의기양양한 웃음소리가 귓불을 때렸고——, 주먹이 마인의 콧등을 부순다.

엄청난 기세로 날아갔다.

뒤로 쓰러진 알스하리야는 아연실색한 듯 손끝으로 코피를 닦아낸 뒤 죽였다고 믿었던 나를 올려다본다.

"……뭘 착각하고 있어?"

배에 큰 구멍이 난 나는 빛을 띤 두 눈으로 마인을 내려다본다.

"내 수준 낮은 머리로 생각해낸 비책은——, 3분 만에 너를 때려눕히는 것뿐이야."

아연실색한 듯 알스하리야는 눈을 크게 뜬다.

"왜, 안 죽었지……. 게다가……."

막대한 마력을 뿜어내며 나는 온몸을 살랑살랑 흔들고 오른쪽 주먹을 움켜쥔다.

"뭐야, 이 마력은⋯⋯. 뭐야, 이 힘은⋯⋯. 뭐야, 이 속도는⋯⋯. 이상해⋯⋯. 뭔가, 낯설지 않아⋯⋯. 이러면 꼭⋯⋯."

전력으로 달린 나는 내 의지를 주먹에 실었고──,

"내가 겁먹은 것 같잖아⋯⋯."

눈앞에 있는 장애물을 힘껏 내리친다.

알스하리야는 코피를 내뿜으면서 왼쪽으로 구른다. 즉시 달려간 나는 다시 오른쪽 주먹을 날린다.

라이트.

라이트, 라이트, 라이트!

몸을 극한으로 강화한 내 라이트 스트레이트는 카운터를 이용해 알스하리야의 안면을 집요하게 강타했다.

휘청.

알스하리야의 상체가 왼쪽으로 기울며 두 눈이 위로 확 뒤집혔다──. 한쪽 팔로 자신을 받친 그녀는 힘껏 버티며 내 옆구리에 연기 형태의 나이프를 꽂아 넣는다.

마인은 회심의 미소를 띠었지만 나는 아랑곳하지 않고 오른쪽 주먹으로 정수리를 후려쳤다.

덜컥, 두부(頭部)가 꺼졌고 그녀는 괴로움에 얼굴을 찡그린다.

"왜, 왜⋯⋯?!"

알스하리야의 눈에 다 감추지 못한 동요가 드러난다.

"왜, 안 죽는 거지⋯⋯. 왜, 왜⋯⋯ 왜⋯⋯?!"

나이프가 내 상반신을 베었고, 나는 걸리적거리는 피투성이 상의를 벗어 던졌다──. 알스하리야는 경악하며 숨을 멈춘다.

"너, 너……."

내 왼쪽 가슴.

거기 꽂힌 것은 유품이자 부적이자 히든카드——, 코핀. 그걸 주시하며 마인은 입을 뻐끔거린다.

"자, 자기 심장에 코핀을 꽂아 넣었나……. 『영웅』의 상징을 새긴 유감 마술에 따른 마력 공유……. 그, 그 안에 담긴 유사 영웅…… 하찮은 개미 새끼들의 마력에 매달린 건가……. 까, 까딱, 잘못하면 내부부터 갈라지며 죽을 텐데……. 이런 고비에 서…… 어, 어떻게, 목숨을 걸 수 있는 거지……."

"뻔하지."

나는 답한다.

"히즈미 루리가 울고 있으니까."

허리춤에서 날아간 오른쪽 주먹이 공기를 가른다.

아래에서 위로 쏘아낸 어퍼컷, 알스하리야의 배가 움푹 패며 등이 부풀었다. 온몸이 부유한 마인은 핏덩어리를 토했다.

때린다.

때린다, 때린다, 때린다!

오로지, 나는 눈앞에 있는 마인을 계속해서 때렸다. 목숨이 깎인 마인의 안면에 초조함이 번진다.

"제, 제길……. 제길, 제길, 제길……. 아, 안 돼……. 시, 시간이……. 이, 이런…… 가짜 영웅 따위에게…… 내가…… 죽는……, 제길……!"

알스하리야는 마안을 해방해 나를 없애려 했고——, 『여왕의 동주』가 해방한 마력에 반응해 혀를 찬 다음 이를 간다.

"타, 탈출을……. 시, 실피에르와 부하들을 불러서……. 아, 안 돼……. 위, 위치가…… 위치가 너무 안 좋아……. 이, 이 녀석, 처음부터 이럴 생각으로……. 으……, 앗……!"

오른쪽으로, 왼쪽으로.

빠르게 움직이는 오른팔이 마인을 무너뜨려 간다.

"네놈이."

구타당한 마인의 표정이 공포의 감정으로 물든다.

"네놈이, 장난감 취급한 여자아이는…… 심심풀이를 위해 착취당했고, 상처 입은 여자아이는 필사적으로, 필사적으로, 필사적으로…… 웃으며…… 영웅을 목표로…… 그 손으로 미래를 거머쥐려 했어……. 그 생명을…… 그 의지를…… 그 미소를……, 네놈이…… 네놈 따위가 헛되게 하겠다면……!"

꺼낸 나이프가 내 오른쪽 주먹을 베었지만──, 엄청난 통증에도 아랑곳하지 않고 그대로 나는 팔을 휘둘렀다──.

"이 주먹으로!"

오른쪽 주먹이 마인의 얼굴에 꽂힌다.

"네놈을 때려서 끝장내 주겠어!"

안면은 물론이고 그녀의 온몸이 요란하게 회전한다.

좌우로 비틀거리면서 자세를 가다듬은 알스하리야는 적의를 드러낸다.

"애, 애송이가…… 기어오르지 마……. 스펙은 내가 앞서……. 인간 따위가…… 장난감 따위가…… 마인을 당해낼 수 있을 것 같아……. 치명상을 줘도 마력으로 틀어막는다면, 단순하게……!"

트렌치코트 안쪽에서 공중으로 흩뿌려진 대량의 나이프. 그것을 움켜쥔 알스하리야가 나를 겨누었다.

"잘게 썰어서 죽여 주마!"

"해보시지, 마인……. 좋은 기회니까……. 정면에서…… 네놈에게……."

나는 비틀거리는 몸을 바로 세우고 새빨갛게 물든 앞머리 틈새로 마인을 노려봤다. ──오른쪽 팔을 뻗어 검지를 까딱거린다.

"인간이 무엇인지 알려주지."

알스하리야가 발을 내디뎠고, 그에 반응한 나도 앞으로 나아간다.

오른쪽과 오른쪽.

주먹과 날붙이가 교차했고, 서로의 살기가 서로의 급소로 빨려든다.

새빨간 혈액이 바닥을 적시고 어마어마한 난격이 오간다. 수없이 날린 주먹이 마인의 온몸을 때려 부쉈고, 사방팔방에서 휘둘러진 날붙이가 인간의 몸을 도륙했다.

피와 피가 뒤섞인다. 인간과 마인은 한데 뒤엉키며 무너진 자세로 살육을 즐긴다.

무척 거칠게 휘둘러진 주먹과 날붙이는 굉음을 내며 공간을 진동케 했고, 『여왕의 동주』가 삐걱거리며 창백한 섬광을 뿜어낸다.

의지와 의지가 충돌했고 이와 이가 맞물렸으며 양쪽 모두의 입에서 고함이 새어 나왔다.

""오오오오오오오오오오오오오오오오오오오오오오오오 오오오오오오오오오오오오오오오오오오오오오오오오오 오오오오오오오오오!""

우리는 서로 목숨을 걸고 계속 서로의 긍지를 깎아내린다.

자신의 실력을 과신했던 알스하리야는 시간이 흐를수록 안색이 변했고, 그 얼굴이 괴로움에 일그러지기 시작한다.

"왜지?!"

아무리 베고 가르고 찔러도 쓰러질 기미가 없는 나를 보고 알스하리야는 떨리는 목소리를 낸다.

"왜 쓰러지지 않지?! 왜?! 어째서?! 어떻게, 남이나 다름없는 사람 때문에 이만한 상처를 참아내는 건데?! 이만한 고통을 참아내는 건데?! 이만한 공포를 참아내는 건데?!"

피범벅이 되어 웃으면서 나는 오른쪽 주먹을 계속 날린다.

"모르겠지?! 너 같은 건 평생 모를걸?! 그 아이가 짊어져 온 희망을! 그 아이가 걸어온 여정을! 그 아이가 짊어져 온 영웅을! 전부 망쳐놓고 목숨을 가지고 놀아온 네놈 따위가!"

분노를―― 노성과 함께 주먹에 실은 나는 눈앞에 있는 마인에게 쏘아낸다.

"알 턱이 있나아아아!"

충격에 밀린 알스하리야는 온몸으로 피를 흘리며 뒷걸음질 친다.

"나는! 이기겠다고 맹세했어! 우는 그 아이의 미소를 위해! 그 아이가 계속 웃을 수 있게! 그 아이가 믿은 영웅이 그 가슴속에서 계속 살아갈 수 있게! 여기서 무너져 줄 이유가 전혀 없다고! 남이나 다름없는 사람을 위해! 빌어먹을 운명 하나 뒤엎지 못하고! 모두가 웃으며 끝날 수 있는 『끝』 하나 보여주지 못하고!"

피투성이가 된 주먹이 알스하리야의 안면에 꽂혔고——.

"그 아이가 믿는 영웅을 등질 것 같으냐아아아아아아아아아아아!"

버티지 못한 마인은 힘껏 물러난다.

계속해서 물러나고 물러나고 물러난다.

알스하리야는 피의 선을 그으면서 후퇴했고, 결국은 도피로를 잃었다.

공간 내의 모든 마력이 소용돌이치면서 희푸른 불빛을 뿜어냈고, 천둥 같은 요란한 소리를 내며 끝을 고한다.

"이봐, 마인. 네 패인을 알려줄까……!"

계속해서 때리며 나는 속삭인다.

"네 패인은…… 인간을 얕봤다는 거야……. 너희 마인과 다르게…… 우리 인간에게는 의지가 있어……. 그렇게 쉽게는 꺾이지 않아……. 자기 목숨보다 소중한 게 얼마든지 있다고……. 그리고 싶었던 것, 지키고 싶었던 것, 구하고 싶었던 것……. 전부 잇기 위해서는 멈출 수 없다고……. 달리는 거야, 우리는……. 계승된 마음을 품고 달리는 거라고……. 널 꺾은 상대는 내가 아니야……. 나 같은 놈일 리가……! 널 꺾은 건……!"

눈앞에 있는 마인의 미소가── 절망으로── 굳는다.

"이 몸에 흐르는 모든 마음이다!"

명치에 주먹이 꽂혔고, 마인의 자세가 크게 기운다.

──미소를 줘.

울면서 웃는 그녀를 떠올리며, 나는 새빨갛게 물든 오른팔을 힘껏 뒤로 당긴다.

"이게…… 이 주먹이…… 이 고통이…… 이 바람이……, 네놈이 장난감 취급했던 개미 새끼의……!"

오른팔을 휘두른 나를 감싸듯이 인간 형태를 띤 마력이 포개진다.

"영웅의 의지다아아아아아아아아아아아아아아아아아아아아아아아아앗!"

왼팔 없는 영웅의 모습이── 나와 포개졌고── 형상을 맺는다.

"브라운 레스 브라켓라이트……."

마인은 눈을 크게 떴고── 주먹이 꽂힌다.

엄청난 기세로 알스하리야가 날아갔고, 바닥에 내쳐진 그녀는 피를 토해낸다.

양쪽 무릎을 비틀거리면서 마인은 일어난다. 여유로운 미소가 굳고, 형태를 유지할 수 없게 된 그녀는 뒤로 물러난다.

한 걸음, 또 한 걸음.

인간을 내버리고 줄곧 비웃으며 독주해 온 마인은, 끝끝내 우

습게 여겼던 개미 새끼에게 따라잡혔고── 벽── 종착점에
몸을 기댔다.

깜짝 놀라며 뒤를 돌아본 마인은 자기 운명을 감지했다.

와들와들 떨면서 두 눈을 크게 뜨고 벽에 기댄 절대악은──
자신을 몰아붙인 영웅이 달려온 여정을 되짚는다.

"새, 생각났어……. 생각났다고……. 위, 위다드에 이즈디하르
에 아티파……. 히즈미의 동료에 아이미아와 소피의 혈족…….
영웅인 체하던 얼빠진 얼굴들……. 늘…… 늘, 늘, 늘…… 내 앞
을 막아선 장애물……."

마인을 바라보는 시야가 서서히 좁아졌다. 나는 비틀거리며
뒤로 물러났지만 갑자기 온몸의 감각이 사라졌다.

마지막의 마지막 순간, 한계가 찾아왔고 눈앞이 캄캄해진다.
『젠장』하는 목소리가 새어 나간다.

몸에 힘이 들어가지 않고 아무것도 안 보여서, 어디로 가야 할
지 알 수가 없었다.

점점 생명이 꺼져 들었고, 자신의 한심함에 이를 갈며 무너져
내릴 뻔한 그때── 발소리가 들렸다.

어둠 속에서.

작기도 하고 크기도 한, 천천히 늘어나는 다양한 종류의 발소
리는── 빛을 불러들인다.

그 빛 속에서.

흙투성이인 맨발로 발자국을 남기며 너덜너덜한 옷을 걸친 소
녀가 달려온다.

쭉쭉, 그녀는 속도를 높이며 가슴을 펴고 웃으며 달린다.

역광을 받은 소녀는 뒤를 돌아봤고, 달리며 나에게로 손을 내민다.

——가자.

뒤에서 비친 서광이 온몸을 비추었다. 새벽녘의 노을색에 감싸인 나는 발자국을 남기고 떠난 영웅들의 잔영이 등을 두들기는 것을 느끼며 앞으로 나간다.

하나, 또 하나.

어둠 속에 빛의 족적이 반짝였고 하나의 도표를 희미하게 비추었다. 모든 이가 살며시 내 등을 밀었다.

——가.

망설이는 내 곁으로 목소리가 전해졌다.

——가.

가냘픈 목소리를 들은 나는 천천히 빛을 되찾았고 시야가 트인다.

——가라, 영웅.

나에게 다가온 왼팔 없는 여성은 손끝을 뻗어 목적지를 가리켰다.

——끝없이.

그녀는 부드럽고 온화하고 슬픔 하나 없는—— 만면의 미소를 띠었다.

——끝없이 달려라.

발을 내디딘 나는 앞으로 쓰러졌다가——, 잃었던 의식을 다시 깨우며 힘껏 발을 내디뎠고── 달린다.

비틀거리면서도, 넘어질 것 같으면서도 마지막 힘을 쥐어짜면서.

"오, 오, 오오오······!"

이 심장을 움직이는 기도를 위해──, 영웅들이 이어온 바람을 움켜쥐고── 그저 발을 앞으로 뻗는다.

앞서가는 여자아이의 등을 쫓아 눈부신 빛 속으로 손을 뻗으며── 나는 달린다.

다다라라, 다다라라, 다다라라, 하고 빌면서, 의지와 긍지로 발을 움직인다. 계속 혼자 달리는 그녀를 혼자 두지 않기 위해 달린다.

의식을 잃을 것 같더라도, 심장이 터질 것 같더라도, 엄청난 고통에 죽는 게 낫겠다 싶더라도.

달리고.

달리고, 달리고, 달리고.

달려서 겨우 손끝이 그 등에 닿았고── 마침내 다다른다.

──아아.

내 목적지를 지켜보고 기쁜 듯이 그렇게 말하더니, 여성의 모습을 본뜬 마력이 녹아내린다.

녹아내린 마력은 빛의 띠가 되어 뒤에서 불어든 황금빛 바람에 나부낀 다음 내가 뻗은 손끝에 감겨든다.

──다들······ 도착했어······. 이게 **우리**의······.

그녀는 미소 지으며 녹아내린다.

그 시선 끝에서, 진흙과 상처로 엉망이 된 여자아이가 웃으며 빛의 띠(결승 테이프)를 끊고 사라졌다.

——미소(목적지)다.

모든 힘과 영혼을 바쳐 나는 진흙투성이의 발자국을 발바닥으로 내리쳤고—— 희푸른 섬광이 온몸을 감쌌다. 목구멍 안쪽에서 절규가 터져 나온다.

"으으으으으으으으으으으으으으으으으으으으으으으으으으으 으으으으으으으으으으으으으으으으으으으으으으으으으으으으 으으으으으으으으으으으으으으으으으으으으으으으으으으으으 으으으으으으으으으으으으으으으으으으으으으으으으!"

"왜, 너희는…… 몇 번을, 물리쳐도……."

포효가 머릿속을 불태우고 일그러진 세계가 흔들린다. 내 심장에서 뽑아낸 코핀을 마인의 왼쪽 가슴에 꽂아 넣었다——.

"누군가의 미소를 위해 목숨을 이어가는 거지……."

힘껏 회전한 나의 발이 그 끝을 박아넣으며 심장을 관통했다.

소리가—— 멎는다.

모든 게 정지하고 추세가 정해지자, 인간과 마인은 결착을 짓는다.

"…………."

서서히 무릎을 꿇은 알스하리야는 자기 심장을 관통한 코핀을 내려다보더니, 우둘투둘하게 팽창과 수축을 반복하면서 내부부터 무너지기 시작했다.

당연한 귀결로 마개를 잃은 내 심장은 서서히 기능이 정지되어 갔다.

점점 앞이 보이지 않는다.

희미하게 웃는 동시에 피를 토하는데 뇌리에 지금까지의 추억
이 스친다.

——웬 예의 없는 침입자가 왔나 했더니 산죠 히이로잖아!

——괜찮아, 알거든! 참가하고 싶은 이벤트엔 빨간색으로 동
그라미를 쳐 놨어!

——너~무 좋아, 달링! 얼른 돌아와!

——오라버니가 또 무슨 짓을 저지르진 않는지 두 눈 크게 뜨
고 감시하는 것뿐이에요.

——내 이름은 오필리아 폰 마지라인!

——시끄럽다 했더니 히이로 심장에서 나는 소리네.

가슴이 따끔하니 아파 왔고 주변을 감싸는 푸른 빛이 부풀어
오른다.

"아아……. 이런 감정을 느낄 줄 알았다면…… 얼른, 죽을 걸
그랬어……. 미안, 츠키오리……. 뒷일은 부탁해……. 그 녀석
들을…… 반드시 행복하게 해 줘……. 믿고 있을게……. 마지막
까지 함께하지 못해서…… 미안하다……."

미소를 띠면서 나는 속삭였다.

"미안, 잘 들어. 저승길 선물로, 인간이 만든 것 중 가장 훌륭
한 격언을 알려 주지."

웃으며——, 나는 마지막 말을 내뱉었다.

"『백합 사이에 낀 남자는 죽어라』."

"아아, 그래…… . 이게…… 이게 바로…… ."

눈을 감은 마인은 즐겁다는 듯 미소를 띤다.

"인간인가."

나는 마지막 마력을 쥐어 짜냈고── 모든 게 희푸른 폭광(爆光)에 물들었다.

작가 후기

안녕하세요, 하자쿠라 료입니다.

여러분께서 힘을 보태 주시기도 한 덕에, 무사히 2권을 발매했습니다. 정말 감사합니다.

본문을 여러 번 반복해서 읽은 결과, 이 작품이 재미있는지 재미없는지 알 수가 없게 됐지만 재미있게 읽으셨다면 좋겠습니다.

이다음은 감사 인사입니다.

일러스트를 그려주신 hai 님. 늘 멋진 일러스트를 그려주셔서 감사합니다. 오필리아 일러스트는 너무 오필리아라서 놀랐어요. 완벽한 롤 머리입니다, 최고예요.

담당 편집자 M 님. 칠칠치 못하고 게으른 제가 어떻게든 서적화 작업에 발을 맞출 수 있는 건 M 님의 도움 덕입니다. 감사드려요.

그리고 독자 여러분, 귀중한 돈을 바쳐 이 작품을 구매하고 응원해 주셔서 정말 감사합니다. 어디까지 갈 수 있을지 모르겠지만 힘내겠습니다.

이 작품 발간에 도움을 주신 분들, 모든 것에 진심으로 감사드립니다.

그럼 여러분, 또 어디선가 뵈어요.

하자쿠라 료

DANSHIKINSEIGAMESEKAI DE ORE GA YARUBEKI YUIITSU NO KOTO Vol.2
©Ryo Hazakura 2023
First published in Japan in 2023 by KADOKAWA CORPORATION, Tokyo.
Korean translation rights arranged with KADOKAWA CORPORATION, Tokyo.

남자 금지 게임 세계에서 내가 해야 할 유일한 일 2

2024년 6월 15일 1판 1쇄 발행

저　　　자 하자쿠라 료
일 러 스 트 hai
옮 긴 이 고나현
발 행 인 유재옥
담 당 편 집 박차우
부 사 장 이왕호
이　　　사 조병권
출판본부장 박광운
편 집 1 팀 최서영
편 집 2 팀 정영길 박치우 정지원 조찬희
편 집 3 팀 오준영 권진영 이소의
디자인랩팀 김보라 박민솔
디지털사업팀 박상섭 김지연 윤희진
라이츠사업팀 김정미 맹미영 이윤서
영업마케팅팀 최원석 박수진 이다은
물 류 팀 허석용 백철기
경영지원팀 최정연
인쇄제작처 ㈜코리아피엔피
발 행 처 ㈜소미미디어
등　　　록 제2015-000008호
주　　　소 서울시 마포구 토정로222, 502호 (신수동, 한국출판콘텐츠센터)
판매 및 마케팅 (070) 8822-2301

ISBN 979-11-384-8339-1
ISBN 979-11-384-8295-0 (세트)

DANSHI KINSEI GAME

SEKAI DE

ORE GA YARUBEKI

YUIITSU NO

KOTO

남자 금지 게임 세계에서
내가 해야 할 유일한 일 2

백합 사이에 낀 남자로 전생해 버렸습니다

~Short Stories~

그곳에는 바다가 있었다.

끝없이 이어지는 빛의 바다가 내 복사뼈를 감싼다. 보드라운 순백의 유사가 바닷물이 밀려들고 걸힘에 따라 발끝에 닿고, 발등을 부드럽게 훑다가 발꿈치를 어루만지고 사라진다.

뒤를 돌아보니 거기에는 새카만 공간이 펼쳐져 있었다.

──이──.

그 새카만 구멍에서 그리운 목소리가 들린다.

나는 그쪽으로 발을 내디디려다가──.

"어이쿠."

팔을 잡혔다.

"너는 그쪽이 아니야."

여자다.

검은 머리에 비취 같은 눈동자, 갈색 트렌치코트를 입은 미녀.

히죽히죽 웃는 그녀는 나를 빛의 바다로 끌어들였고, 내 팔과 다리에 달라붙은 검은 손을 하나하나 정중히 떼어낸다.

"이거 원, 너는 늘 사람 애먹이는군. 뭐, 이것도 우수한 파트너인 내 역할로 하는 수 없이 받아들이지."

"……당신은 누구야?"

멍한 정신으로 나는 낯선 여자에게 물었다.

"이봐, 방금 호화객선 선저에서 할리우드식으로 사이좋게 폭사했잖아?"

1

"함께 죽었다니……, 당신 내 연인이야?"

픽 하고 웃으며 배를 잡은 그녀는 몸을 구부리며 폭소한다.

"뭐야, 너무 웃지 마, 분명 당신은 내 연인이 되기엔 과분할 정도로 미인인데."

"아하하하하! 이봐, 뭐 이렇게 유쾌해진 거지! 기억이 남는다면 소생과 동시에 자기 목을 조르겠는걸, 이거."

"이봐, 그렇게 웃지만 말고 나한테 여기가 어디인지 알려줘. 아까 소꿉친구 목소리가 들렸는데."

나는 뒤로 펼쳐진 암흑을 돌아본다.

"나는…… 그 녀석한테 가야 해……."

"그럴 것 없어. 네 머릿속에 소중히 담긴 소꿉친구인지 뭔지는 그런 어두운 곳에 없어. 그 속삭임은 길 잃은 생명을 사로잡기 위한 상투 수단이고, 시적으로 표현하자면 '사신의 낫'이라는 거야."

"그래……. 그렇겠지……. 그 녀석은 어두운 곳을 싫어하니까……."

"따라와. 현세로 가지."

손을 잡아끌린 나는 해변에서 바다로 이동한다.

"저기, 당신 나를 알아?"

"이 공간에는 시간 개념이 없어. 갖은 '내'가 산재하지. 죽음을 이해하는 나는 이곳에 있는 법을 알고, 현세에서 기억을 가져올 수도 있어. 이 타이밍에 네가 이리로 떨어질 줄 알고 있었지."

"즉 나와 당신은 깊은 관계고…… 하지만 여기서 그 기억을 유지할 수 있는 건 당신뿐이며 나는 당신을 전혀 기억 못 한다는 건가."

"요약을 잘하는군. 거긴 깊으니까 조심해."

발을 헛디딜 뻔한 나를 끌어올린, 내 해마에는 없는 미녀가 입꼬리를 들어 올린다.

"늘 너는 여러 중요한 대목에서 발을 헛디뎌."

나는 그녀를 바라보며 속삭인다.

"당신 좋은 사람이구나."

눈이 동그래진 그녀는 코로 숨을 내쉬며 필사적으로 웃음을 참는다.

"그, 그래……. 그럴 수도……. 윽……!"

"당신은 나를 '파트너'라고 했지. 어깨를 나란히 하고 싸운 거야? 확실히 당신에게는 안심하고 등을 맡길 수 있겠어."

"그, 그만. 더 이상 웃기지 좀 마……. 수, 순수한 눈으로 보지 마……!"

끅끅거리며 그녀는 나를 부축해 헤엄쳤고, 너무나도 눈이 부셔서 아무것도 보이지 않는 곳을 가리킨다.

"여기까지 왔으니 혼자 갈 수 있겠지?"

"당신은…… 같이 안 와?"

한없이 쓸쓸한 표정으로 고개를 도리도리 저은 그녀는 속삭인다.

"눈을 뜨면 현세일 거고 여기에서 있었던 일은 다 잊겠지. 그리고 네 곁에 있는 나 역시 너를 모를 거야."

피어오르는 담배 연기 끝에서 그녀는 빛 너머를 가리킨다.

"그럼 잘 가도록, 타치바나 이츠키."

이름을 말하고 내 등을 밀어준 그녀는 웃는다.

"분명 네가 알려준 백합은…… 좋은 것이었어."

눈앞이 빛에 감싸였고 반사적으로 몸이 움직인다——. 손을 뻗자 모든 게 사라졌다.

"저기, 히이로."

사라락.

황금빛 머리카락이 부채꼴로 펼쳐지고, 옆으로 폴짝 점프한 라피스는 한없이 부끄러운 듯 수줍어하며 나를 바라본다.

"데이트, 하자."

"응~? 데이트~?"

남의 등을 찰싹찰싹 때리는 교복 차림의 공주님. 나는 그걸 부드럽게 떼어내며 그녀를 돌아본다.

"실례지만 마이 레이디. 나와 당신은 가볍게 데이트할 수 있을 만한 금전 관계가 아닐 듯한데요."

"나도 계약서에 사인한 기억은 없거든. 친구 사이에 연봉제는 도입되지 않았네요~."

두 손으로 잡으면 찌부러질 듯 작은 얼굴을 갸우뚱 기울이며, 귀여운 목소리와 함께 몸을 구부린 그녀는 내 책상 위에 양쪽 팔꿈치를 올려두고 미소 짓는다.

"쇼핑 갈래. 같이 가줘."

"츠키오리 불러."

"불렀거든? 하지만 거절하더라. 인기인 사쿠라는 무선 청소기에 빨려들 듯 던전으로 들어갔어."

"그거 빨려든 게 아니라 제 발로 간 거 아니야……?"

라피스는 내 옷소매를 쭉쭉 잡아당긴다.

5

"일어나~. 얼른 일어나~. 어차피 할 일도 없잖아, 일어나~."

"저기, 라피스. 세상의 이치는 그렇게 단순하지 않아. 할 일이 없다 or 할 일이 있다 회로로 판단할 만큼 나는 단순한 인간이 아니라고. 사회라는 이름의 극한의 땅은 or 회로로는 해결할 수 없는 복잡하고 기괴한 회로 기호로 가득해."

"또다. 히이로의 억지 거절 패턴이야!"

남의 손등에 '한가'라는 단어를 써 가면서 앙큼하게 눈을 치켜뜬 라피스는 나를 올려다본다.

"보통 이럴 때는 기뻐하며 받아들이지 않아……?"

"나는 '보통'이라는 두 글자로 정의할 수 없는 남자야. 나를 틀에 끼워 맞추고 싶다면 표준 국어 대사전 레벨의 풍부한 글자 수와 어휘력을 준비하도록."

"'백합'."

"…………."

"두 글자로 정의할 수 있잖아."

"…………."

아니거든?

라피스는 애초에 백합이 뭔데, 꽃 아니야? 하고 푸념했다. 여러 번 설명해 줘도 알아듣지를 못하는 그녀는 한숨을 내쉬며 뺨을 부풀린다.

"그래서. 심술쟁이 히이로는 쇼핑 데이트도 같이 안 가주는 거구나."

"아니, 그냥 짐꾼으로 가는 거면 가줄 수 있는데……. 애초에 뭘 사러 가는데?"

"속옷."

"…………."

"속옷."

"아니, 애초에 넌 속옷을 안 입——."

콧등에 우아한 춉이 날아들었고 부당한 폭력에 어안이 벙벙
했다.

"왜 때려?!"

"왜 내가 속옷을 안 입는다고 생각해?!"

코를 새빨갛게 붉힌 라피스는 팍팍팍, 연속 춉을 날린다.

"입거든! 입거든, 속옷! 뒤쪽 훅, 프런트 훅, 스포츠용, 나이트
용, 노 와이어 다 갖고 있거든! 단색이랑 레이스 물방울무늬, 줄
무늬도! 색색으로 컬러풀해서 장식물처럼 길에 걸어둬도 될 정
도거든!"

"라, 라피스 씨. 진정하시죠……. 속옷 장을 털어서 괜히 길을
에로틱하게 물들이지 말자고……."

라피스는 씩씩거리면서 움찔움찔 입꼬리를 떤다.

"근데 왜 내가 속옷을 안 입는 줄 알았어……?"

"왜, 왜냐하면 스승님이 정장 차림의 엘프는 속옷을 안 입는
다고……."

"나 지금 교복 차림이잖아~? 매일 그런 아슬아슬한 옷을 입
고 룰루랄라 세상 태평하게 등하교하는 줄 알았어~? 학원 앞에
변녀 출몰 주의 간판 세울 일 있어~? 응~?"

"죄, 죄송합니다. 하지만 남자인 날 데리고 속옷을 사러 가는 것도 이상하게 들리는 것 같아. 엘프는 다들 상식을 수풀에 무단 투기하는 아웃사이더뿐이야?"

"다, 당연히 농담이지. 왜냐하면 한 번 정노는."

라피스는 부끄러운 듯 입술을 깨물더니 나를 힐끗 살핀다.

"내 농담에 히이로가 창피해하는 모습을 보고 싶었는걸……."

허를 찔린 나는 얼굴을 붉혔고, 고개를 돌린 라피스 역시 뺨을 붉혔다.

【게이머즈 특전 쇼트스토리】

"전속 노예!"

남의 깃털을 손끝으로 만지작거리는 츠키오리를 무시하며 교실에서 꿀잠을 즐기던 나는 고개를 든다.

"이 아름다운 미성."

나는 빠르게 일어나 오필리아 앞에 무릎을 꿇는다.

"마이 레이디……."

"예스! 나 오필리아 폰 마지라인! 본의는 아니지만 당신에게 짐을 맡기겠어요! 새끼 오리처럼 내 뒤를 졸졸 따르도록 하세요!"

"오브 코스……."

때는 방과 후, 오필리아 폰 마지라인에게 쪼르르 달려온 썩을 금발. 거기서 내려진 것은 훈계와 편의에 따른 짐꾼 노릇. 지금 여기 인지를 초월한 구매전이 막을 올린다.

"다음 회, 쓰레기남 ~백합끼임남전~ '내가 아니라 츠키오리를 불러서 쇼핑 데이트를 했으면 했고, 둘이서 한 쇼핑백을 들었으면 했다'."

"아까부터 구시렁구시렁 무슨 말을 하는 거죠?"

"아뇨, 신경 쓰지 마시죠. 당신이 신경 쓰실 만한 일이 아닙니다. 그런데 오늘은 몇 킬로그램의 짐으로 저를 괴롭히실 건가요?"

"잔뜩!"

아가씨, 세상에서 가장 귀여워.

도쿄 메트로 긴자선을 타고 오모테산도역에 내린다.

사람들 속에 섞여 출구로 나온 나는 특징적인 세로 롤 머리를 쫓는다.

짐꾼용 쓰레기남과 나란히 걷기는 싫은지 앞서가는 아가씨. 그 뒤를 쫓아 나는 오모테산도의 멋진 카페가 늘어선 길을 걷는다. 뒷골목 카페의 근사한 물건들을 곁눈질하면서 우리는 인기척 없는 곳으로 척척 나아갔다.

이렇게 아가씨 짐을 들어주는 건 이게 처음이 아니다.

아무래도 아가씨는 정말 내가 자기 '전속 노예'인 줄 아는지 이 네 글자를 외치면 램프의 요정처럼 소원을 들어준다고 믿는 경향이 있다.

맡겨만 주십시오. 대부분의 소원은 이뤄드릴게요!

가능하다면 나의 '다른 여자(가능하다면 츠키오리)와 친해졌으면'이라는 소원도 반대로 들어줬으면 하는데, 아가씨 사전에 '전속 노예' 네 글자는 있어도 '상부상조' 네 글자는 없는 듯하다.

제멋대로인 아가씨가 멋져……, 그렇게 마음속으로 진술하는데 목적지이던 꽃집에 도착한다.

"음~. 마지라인에겐 부족하군요…….."

굉장해. 머리 볼륨이 너무 빵빵해서 롤 머리만으로도 통로가 꽉 차…….

히이로에게 떠넘길 짐(품명: 꽃)을 고르는 롤 머리 괴물에게서 눈을 뗀 나는 주변을 죽 둘러보았다.

그야말로 백화요란.

장미나 거베라, 튤립처럼 정통적인 꽃들이 늘어선 가게 앞.

점내 투명 디스플레이 안에는 이름도 모를 세계 각국의 꽃들이 앞다투어 꽃잎을 피우며 알록달록한 자태를 뽐내고 있었다.

"전속 노예, 기절해 있지 말고 꽃 고르는 걸 도와요!"

"무슨 시각적인 착각을 일으켜야 서서 기절한 걸로 보는지. 꽃 고르는 걸 도우라고 해도, 내가 아는 세상의 유일한 꽃은 '삐 끔 플ㅇ워'뿐인데……. 이건?"

왠지 모르게 눈에 띈 새하얀 꽃을 가리킨다.

"프리뮬러……."

멍해 있던 아가씨는 퍼뜩 정신을 찾고는 미소를 띤다.

"오호홋―! 꽤 센스가 좋군요! 프리뮬러는 보통 꽃집에 없거든요! 레어 아이템이에요!"

"오~. ……그럼 이 꽃을 어쩌게?"

점원의 손을 거쳐 꽃다발로 모습을 바꾼 프리뮬러에 코를 파묻은 아가씨는 왠지 모르게 쓸쓸한 듯 중얼거린다.

"공양할 거예요. 이 꽃을 좋아했던 분에게."

언급을 피한 나는 아가씨와 가게를 나와 학원 앞으로 돌아왔고, 그녀에게 한 송이 프리뮬러를 내민다.

"어……."

"아니, 마음에 들어 하는 것 같길래. 성묘용과는 별도로 사 놨지. 괜찮으면 이걸 츠키――."

그녀의 목에 걸린 푸른 목걸이가 흔들린다.

살며시 프리뮬러를 받아든 아가씨는 진심으로 기쁜 듯 뺨을 붉혔다.

"고마워요……."

'츠키오리에게 선물하지 그래?'라고 할 수 없게 된 나는 입을
다물었고, 여느 때보다 얌전해진 아가씨는 행복한 듯 한 송이
프리뮬러를 바라봤다.

04830

정가 9,800원

ISBN 979-11-384-8339-1
IODN 979-11-3R4-8295-0 (세트)

DANSHI KINSEI GAME

SEKAI DE

ORE GA YARUBEKI

YUIITSU NO

KOTO